看守の信念

城山真一

宝島社
文庫

宝島社

看守の信念

[目次]

看守の信念

プロローグ

時間外の病院は、人影もまばらだった。

メインライトが消えた薄暗いロビーを男は駆け抜けた。

廊下の角を曲がると、急に視界が明るくなった。大きな赤いドアが立ちはだかり、「救急処置室」の文字が目に飛び込んでくる。ドアは壁のように隙間なく閉ざされ、向こう側の様子は何もわからない。

男は肩で息をしながら、廊下の椅子にとりあえず腰を下ろした。

祈るような目で救急処置室のドアをじっと見つめていると、「失礼ですが」と声をかけられた。

振り返るとスーツ姿の男が二人立っていた。目つきの鋭いほうが「さきほど電話を差し上げた――」と、懐から警察手帳を取り出した。

「病院から怪我の具合はお聞きになりましたか」

「いいえ。まだ、何も……。救急処置室が取り込んでいるみたいで。刑事さん、何かご存じなら、教えてください」

「どうやら体だけでなく顔も負傷しているようです」

「顔ですか！」男が刮目した。

「両頬を深く切られて鼻骨は陥没し、腹部には深い刺し傷を受けています。準備ができ次第、すぐに手術室に移されると聞いています」

刑事さんっ、と男が刑事の両腕を摑んだ。

「どうしてそんなことに！　何があったんですか！」

そのとき、救急処置室に通じる赤いドアが開いた。

ドアの向こうからストレッチャーベッドが現れた。医師と看護師に囲まれたベッドが勢いよく滑り出した。

ベッドに載っていたのは、人というよりも巨大な白いさなぎだった。体は白いシーツに覆われ、顔にも真っ白な包帯が巻かれていた。顔の中心あたりは、何か被せてあるのか異様に盛り上がっている。包帯の隙間から目と口だけが、かろうじて確認できた。

「おい、大丈夫か！」

男がベッドにしがみつこうとしたので、看護師が慌てて止めに入った。

「ベッドには触れないでください！」

「容態は？　教えてください！」

「ご家族の方ですか」

ベッドの脇にいた背の高い男性医師が男に話しかけた。

「はい、そうです」

「今から緊急手術を行います。刺し傷が内臓に達していて、出血量も多く危ない状態です。私ともう一人、別の医師で腹部と顔面の手術を同時に行います」

「助かるんですよね？　顔は元に戻るんですよね？」

「全力を尽くします」

男が医師を押しのけてベッドに近づいた。

包帯の隙間に見える目がうっすらと開いた。

「聞こえるか！　俺だ。聞こえるか！」

「離れてくださいっ」

看護師が男をベッドから引き離そうとした。しかし、男が離れようとしないので、見かねた刑事たちが男の胴体を抱え込んだ。

それでもなお、男はベッドを追いかけようとしたが、刑事たちに押さえ込まれて動けない。

医師と看護師に囲まれたストレッチャーベッドがエレベーターに収まった。

エレベーターのドアが閉まり、刑事たちが男から腕をほどいた。
男はよろよろと前に進むと、急に全身の力が抜けたようにすとんと両ひざをついた。
さらに両手をつき、四つん這いの姿勢になった。
ウウッ、ウウッと獣の咆哮のような声が廊下を伝った。
刹那、その声が途切れた。
「つかさ――っ」
耳を裂くような絶叫が廊下に響き渡った。

第一話　しゃくぜん

1

早朝五時、一台のミニバンが、金沢の西側にある海岸へと向かっていた。

車には、三名の刑務官と出所間近の受刑者、坂本治温が乗っていた。ハンドルを握っているのは、任官三年目の諸田。二列目のシートには、坂本を挟んで助手席の後ろに亀尾、運転席の後ろに武吉が座っていた。

亀尾は四十五歳。役職は看守部長。車中の三人の刑務官のなかでは一番のベテランである。亀尾とともに二列目に座るもう一人の刑務官、武吉は三十代後半の中堅で、階級は亀尾と同じ看守部長である。眠そうな目で外の景色を眺めている武吉は、普段からどこか軽薄な空気を放っているが、受刑者にはなぜか慕われている。

三人の刑務官が勤務する加賀刑務所は、金沢市の南東にある医王山と呼ばれるなだらかな山の中腹に位置していた。現在、収容している受刑者はおよそ六百人。刑務官は百六十人。規模としては小型の地方刑務所にあたる。

ここは、犯罪傾向の進んでいない「A指標」と呼ばれる受刑者と比較的犯罪傾向の進んだ「B指標」と呼ばれる受刑者の両方を収容している全国でも珍しい刑務所だった。

亀尾はちらっと隣の坂本の様子を確かめた。坂本は両手を膝に置いて、姿勢よく前を向いている。

坂本は二十六歳。日本人の漁師の父親と、どこで知り合ったのか不明だがフランス人の母親の間に生まれたハーフだ。母親は坂本を産んですぐにフランスに戻り、それっきりだという。

色の白い坂本は特徴のある顔をしていた。西洋人特有の頰骨の出た細長い顔のつくりだが、鼻は低く、目は一重まぶただった。

坂本の罪状は傷害。服役は二度目である。最初の服役は十代のとき。敵対する不良グループとのけんかで相手を半殺しにして少年院送りとなった。二度目は、酒場でのトラブルから再び暴力沙汰を起こした。十五歳のときから漁に出ているこの男は、他人といさかいになったとき、言葉よりも体が先に動くらしい。

坂本はひどい斜視で、両の目の視線がいつも外側を向いていた。幼い頃はそのことがコンプレックスだったが、成長するにつれ自らがハーフであることを意識し始めると、劣等感は目だけでなく顔全体に及んだ。目や顔のことでからかわれると、ついかっとして、気づいたときには手が出ているという。

刑務所での矯正プログラムを重ねるうちに、坂本はそのことを自分で語れるようになった。自分を客観的に分析できるにはそれなりに時間がかかる。だが、そこまで到達したということは、心理状態を制御できる方向にうまく進んでいる証しでもあった。

三人の刑務官と一人の受刑者は、全員、カジュアルな装いをしていた。坂本は、スポーツブランドのロゴの入った白いTシャツにショートパンツといった格好である。

この時間、通りを行く車はほとんどないが、ミニバンに乗っている男四名を見て、まさか刑務官と受刑者とは誰も思いはしないだろう。唯一、それを表すのは、亀尾が握る紐――坂本の胴体に括りつけられた腰縄だった。

「なあ、坂本。今の時期、漁では何が獲れるんだ」

亀尾は自身の緊張を紛らわそうと坂本に尋ねた。

「本来ならイカですね。でも、今年もだめらしいです」

今日の主役は、俺ではなくこの若い受刑者だ。俺より緊張してもいいはずだが、その口調に、いつもと変わったところはない。

「北朝鮮の船のせいですよね。いつまで続くんだか」

運転席でハンドルを握る諸田がやや怒気を含んだ声を発した。

北朝鮮籍と思われる漁船が日本の領海でイカ漁を続けているというニュースは、亀尾も知っている。諸田はそのことに怒っているのだろう。

「で、イカがどうしたんですか」

ワンテンポ遅れて武吉が、のんびりした声で会話に加わろうとした。

亀尾は軽く苛立ちを覚えて、「もういい」といって窓の外に目を向けた。

――気持ちが高ぶっているのは、どうやら俺一人みたいだ。

初めて導入される更生プログラムに今から臨む。俺にとって今後の刑務官人生を左右する大事な仕事。亀尾が緊張している理由はこれだった。

近年、刑務所の上部機関、法務省矯正局は、通称、しゃくぜんと呼ばれる釈放前教育に積極的に取り組むよう全国の刑務所に呼びかけていた。

しゃくぜんは、仮出所予定者に対して、出所予定日の二週間前から行われる更生プログラムである。出所予定者はそれまで過ごした生活棟から離れて一人暮らしの形態で生活する。加賀刑務所の場合、兼六寮という専用の寮に入る。世間に慣れるため、ここで出所後の生活に近い形で日々を過ごす。日中は法務教官と刑務官が講師となり、最近の世の中で起きていること、社会制度の変化などを受刑者に教える。

初犯や交通事故で服役するA指標の受刑者に、しゃくぜんの一環として私服の刑務官が同行して外出や外泊をさせる刑務所もある。なかには、出所後、すぐに仕事に就けるよう、就職予定の会社で数日仕事に従事させたりする場合もある。

しかし、出所前の外出は、あくまで試験的な域を出ないもので、ほとんどの刑務所は導入に及び腰だった。

理由の一つは、受刑者に随行できる刑務官の数に限りがあるためだ。受刑者が外出するときは、刑務官が三名以上同行しなければならない。人的な負担が大きくなれば、それだけ刑務所のほかの業務にも支障が出る。

だが、この制度でもっとも懸念されるのは、刑務官の負担よりも外出時の受刑者の逃走だった。

出所が近いとはいえ、あくまで受刑者。もし逃走すれば、仮出所予定者なら、仮出所取り消し。そうなった場合、世間は受刑者より刑務所を批判するのは目に見えている。満期出所予定者なら、検察に送られて新たな犯罪として起訴されることもある。

「この外出制度は犯罪傾向の進んだ受刑者にこそふさわしい制度なんです。本来、更生とは、社会に関わりながら更生改善を促していくことです。受刑者が社会復帰したときに、ギャップを感じず、スムーズに世間に適応するためには、釈放前教育をもっと積極的に行っていかなくてはいけません」

二か月前、法務省矯正局の担当者が加賀刑務所を訪れ、刑務官を前に受刑者の外出制度の意義を熱く説いた。

「世間の空気を吸うことで、出所予定者の精神的な不安は取り除かれます。出所したあとの受刑者の再犯を防ぐには、外出制度は必要なカリキュラムです。現場の刑務官のみなさんがいろいろと懸念するのもわかりますが、受刑者のなかからふさわしい者を選んで、実施してみてはどうでしょう」

説明会のあと、処遇部所属のベテラン刑務官による検討の場が設けられた。

――ウチの受刑者には無理だろ。ハードルが高すぎる。

――相変わらず本省は頭でっかちだ。

外出や外泊制度は、軽犯罪の受刑者にあてはまるもので、それ以外の受刑者にはそぐわない。刑務官の意見は、「外出プログラムに反対」で一致した。

だが、鶴の一声で導入は決まった。現場の議論を無視して、刑務所長の海老沢（えびさわ）が「とにかく、やれ」と指示した。加賀刑務所長のあと、もうワンポスト上を狙う海老沢にとって、点数稼ぎの絶好の機会だった。

刑務所組織は上意下達が絶対。決まった以上、プログラムを成功させなくてはいけない。そのためには、仮出所の近い受刑者のなかから外出に適した受刑者を選ぶ必要があった。この選考が外出制度の成功を決める重要な要素であることはいうまでもない。

釈放前教育を担当する亀尾に、候補者を選考せよとの指示が下った。選ぶ基準は、外に連れ出しても問題を起こさない受刑者。つまり模範囚。外出制度の本来の趣旨からすれば、社会に適応するのが難しい受刑者こそ外出させたほうが訓練になる。だが万が一、外出中に事故が起きてもらっては困る。とりわけ刑務所への出入りを何度も繰り返す累犯受刑者は、再犯の可能性が高いといわれている。実際、出所後、半数近くが事件を起こして刑務所に戻るのが現実だ。

亀尾は、受刑者の調書リストに目を通すだけでなく、担当刑務官からも受刑者の性格について詳しく話を聞いた上で、候補者を二人にまで絞り込んだ。

上司である首席矯正処遇官の伊達と指導官の火石に、二人の候補者の書類を渡した。

「兼六寮に入ったのは、どっちのほうがあとですか」火石が尋ねた。

「坂本です」

「時間に余裕があるほうがいいので、坂本にしませんか」

火石が伊達に了解を求める。

「私は特に異論はありません」

「では坂本で。外出の際、同行は亀尾さんにお願いします」

やはり、自分が……。打診があるかもしれないとは思っていたが、実際に自分が指名されると背筋がひやりとした。

新たな仕事は、なるべくなら先頭を切ってやりたくない。これは亀尾に限らず、刑務官、いや公務員なら誰しもが思うことだ。前例がない仕事は、やってみなければわからない怖さがある。成果が上がらず、失敗に終わることもありうる。

亀尾が黙していると、伊達が意味深な笑みを浮かべた。

「この仕事をしっかりやれば、次の人事でおまえを動かす予定だ」

亀尾は瞬き(まばた)を止めた。ここで点数を稼げば、次の人事異動は昇任付きだと、伊達は匂わせたのだ。

刑務官の階級は七段階。亀尾は下から二番目の看守部長。ちなみに、一番の下は役なしの看守で、看守部長の一つ上は、副看守長である。

副看守長と看守部長。この二つの間には大きな差がある。副看守長になれば、役職で呼ばれるようになり、階級章と制服の袖には金色の線、いわゆる金スジが入る。ちなみに看守は黒い線だから、黒スジ。看守部長は銀色の線だから、銀スジである。刑務所の内情に詳しい受刑者たちは、制服の金スジを見て「この刑務官はちょっと偉いんだな」と一目置く。

亀尾には上を目指したい、できれば定年までに副看守長のさらに上の看守長までたどり着きたいとの目標があった。そのためにはまず副看守長に昇任しなくてはいけないが、気づいたらもう四十五歳で、上を目指すか現状で満足するか、リミットとなる年齢だった。

副看守長になれば、給与面の待遇も違う。高校生の息子は金がかかる年頃で家計も少しは楽になる。だが、何より昇任して妻を喜ばせてやりたかった。古い官舎暮らしに不満な顔を見せたことのない妻に、「昇任した。おまえのおかげだ」といってみたかった。

そのための努力もしてきた。筆記試験による選抜を二年前にくぐり抜け、二か月間の中等研修を受講した。これで副看守長に昇任する資格を得たはずだが、亀尾には昇任の声は一向にかからなかった。

昇任見送りは上のポストが詰まっているから。そう聞かされたこともあるが、亀尾より年次が下の連中があっさり昇任していくところを見ると、理由は別にありそうだった。

薄々は、わかっている。昇任候補者の最後尾にされてしまう理由。それはある事件のせいだった。

亀尾の前任地は、軽犯罪者専用の短期収容型の刑務所だった。半官半民の画期的なその施設は、受刑者の自主性を重んじる方針で監視は緩かった。

その刑務所で、亀尾の巡回時間中にある受刑者が脱走した。刑務所内にサイレンが鳴り響き、パトカーも出動した。刑務所や周辺の住宅はものものしい雰囲気に包まれ、亀尾は生きた心地がしなかった。

脱走から二時間後、受刑者は近くの公園で捕捉された。近隣住民に被害はなかったが、事件は、亀尾へのマイナス評価としてついてまわった。

幼い頃、亀尾のあだ名はドンガメだった。他人より思考が遅く、何をするにも時間がかかった。そして、たいてい失敗した。それは大人になっても変わらなかった。

だからこそ、人一倍、努力してきた。上司はそのことを理解し、今回、外出プログラムという昇任につながる大きなチャンスを与えてくれた。

だが、不安もある。失敗すれば、金スジへの昇任は遠ざかる。いや、ほぼ消えるといっていいだろう。つまり、これは刑務官人生をかけた大勝負だ。

たじろぎそうな思いでいると、「心配いりません。きっとうまくいきます」と火石に励まされた。

加賀刑務所で唯一のキャリア刑務官からいわれたら、不思議とやる気がわいてきた。

亀尾は兼六寮に出向き、一人の生活を始めたばかりの坂本に、更生の一環として近く外出することになったと伝えた。

「おまえが栄えあるこのプログラムの第一号だ」

「俺なんかでいいんですか」

「おまえは、更生の道を順調に進んでいる。あとはシャバで自信をつけたほうがいい。だから、外に出て世間の人たちと接するんだ。いいな」

「はい」とこたえる坂本の両目が揺れ動く。

それは、嬉しさを含んだものなのか、あるいは不安を含んだものなのか、焦点の定まらない瞳からは判断できなかった。

外出プログラムの内容は、海岸清掃ボランティアへの参加と決まった。

プログラムの前日、坂本に外出の行程を説明した。早朝、亀尾ら三名の刑務官が同行して西側にある海岸へ向かう。その際は、坂本も刑務官も全員私服。ボランティアに参加するグループの責任者だけがこちらの事情を知っている。

難しいことは何もない。坂本の外出が決まってから今日まで、亀尾は胸の中で自分にいい聞かせた。海辺で模範囚と一緒にボランティアに参加し、それが終われば刑務所に戻る。ただ、それだけの仕事。

――緊張すると、思考回路のスピードが遅くなるのが自分の悪い癖だ。

亀尾は腰縄の紐を握り直して、窓の外を眺めた。

2

「あのコンビニです」

諸田の声に視線を外に向けるとコンビニエンスストアの看板が見えた。

海岸ボランティアに参加する前に、コンビニで買い物をする。予定どおりの手順だ。いきなり大人数に囲まれて清掃活動に参加するよりも、まずはコンビニで簡単な買い物をさせ、肩慣らしをさせる。

ミニバンはコンビニの駐車場に入った。亀尾はコンビニに目を向け、店内の様子を確かめた。外から見る限り、早朝のコンビニに客は若い男が一人だけ。店のオーナーには今日のことは前もって話してある。

亀尾は坂本の腰縄を解く(ほど)と、ズボンのポケットから百円玉を二枚取り出した。

「これで何か買ってこい」

坂本の頬にかすかな緊張が張りついていた。

「初めてのお買い物でちゅか」

武吉が茶化すと、坂本の両肩からふっと力が抜けるのがわかった。武吉はこのあたりがうまい。だから受刑者に人気があるのかもしれない。亀尾にはできない芸当だ。

助手席側の亀尾が車から降り、そのあとに坂本も続く。

「俺はここで待っている」

「じゃ、行ってきます」

軽い足取りで店に入った坂本は、雑誌コーナーの前で立ち止まった。予定外の行動に、思わず「おい、何やってんだ」と声が漏れた。

坂本は成人男性向けのエロ雑誌を手に取るとページをめくり始めた。

「あいつ……」思わず口元が緩む。

坂本は雑誌を元の位置に戻すと、奥に向かってゆっくりと進み、店内を一周してレジの前に立った。

会計を済ませて外に出てきたその手には、レジ袋がぶら下がっていた。半透明の袋から、ポテトチップスの包装が透けて見える。

坂本を車に乗せて、亀尾はスライドドアを閉めた。

「第一段階クリア」

武吉が坂本の膝頭にこぶしを押し当てた。

坂本は、少しはにかんだ顔で頭を下げた。

コンビニを出た車は、海岸近くにある公園の駐車場でエンジンを停止した。

周囲は雑木林で覆われており、駐車場から海岸の様子はほとんど見えない。木々の揺れる音だけが聞こえてくる。

亀尾が先導して雑木林の歩道を歩いた。坂本が続き、その後ろに武吉と諸田が並んで歩く。雑木林のなかは薄暗く、海岸まで意外に距離があった。

コンビニに立ち寄ったことで坂本の緊張は解けたかもしれないが、亀尾のほうは不安と緊張が強くなっていた。耳のあたりで脈が打ちつけている。

パンッと乾いた音がした。驚いて振り向くと、武吉が自身の腕をたたいていた。

「ここヤブ蚊だらけですよ。亀尾さん。早く抜けましょう」

「おう」とこたえて、亀尾は歩調を速めた。

雑木林を抜けると、眼下に海岸が広がった。

へぇ、と武吉が感嘆の声を上げている。

この海岸はきれいな半円を描いた入り江状になっているのが特徴で、夏場は家族連れに人気があるレジャースポットだった。

海から吹いてくる緩い風を全身で受け止めながら、四人は丸太の階段を下りた。

海岸にはすでに人が集まっていた。清掃ボランティアは三十名ほど。参加している年齢は若い層に偏っているのかと思ったが、意外に幅が広かった。事前に聞いた話では、ラジオ放送局が毎年この時期に参加者を募って行われているものだという。

海岸に着くと、亀尾は保護司の長門を見つけて挨拶をした。六十代半ばの長門は、でっぷりとした体にやや赤みがかった顔をしている。

長門は元刑務官で、加賀刑務所で一緒に仕事をしたこともある。今は、若者の更生保護を担うボランティア団体の会長を務めている。

「やあ、久しぶり。元気そうだな」

「今日はご協力ありがとうございます。彼がですね……」

亀尾が坂本のことを話そうとすると、長門は「いや、いい」と手を振り、そそくさとその場を離れた。

何もいわなくてもいいぞ――。長門の気遣いに亀尾は感謝した。

「亀尾さん、見てください。彼らも参加者ですよね」

諸田が指で何かを突くような仕草をした。その先に目を向けると、二十歳前後の男性二人が、貸し切り状態の海辺で嬌声を上げて走りまわっている。

二人の髪の色が目を引いた。一人はグリーン。もう一人はパープル。長門が面倒を見ている更生中の若者が参加すると聞いていたが、おそらく彼らがそうなのだろう。

「大丈夫ですかね」と諸田が小声でいった。

坂本とトラブルにならないか不安に思ったのだろう。

「長門さんがいる。心配ない」

その言葉は、諸田にではなく、自分にいい聞かせるためのものだった。

開始時間となり、ラジオ放送局の女性パーソナリティが清掃活動の趣旨を話し始めた。

坂本は、刑務所生活で染みついたせいか、自然と〝気をつけ〟の姿勢になって話を聞いている。目立つといえば、たしかに目立つが、気にするほどでもないだろう。

亀尾は周囲を見渡した。海水浴シーズンが終わり、海岸にはゴミが散乱していた。なかには、テレビのリモコンなど、海水浴客のゴミとは思えないものも混じっている。リモコンには、見たことのないブランドのマークが印字されていた。大陸から海を渡って漂着したものかもしれない。

では、始めましょうと号令がかかり、ボランティア参加者は海に向かって一斉に横に広がった。

亀尾たち四人も散らばった。近くで固まって作業をしているのは不自然に見えるので、ある程度距離を取るとあらかじめ決めてあった。

腰を落としてゴミを拾いながら、亀尾は坂本の様子をちらちらと確かめた。坂本は黙々とゴミを拾っている。

その様子を見つつも、亀尾の気持ちは落ち着かなかった。受刑者の腰縄を外して塀の外で自由にさせたという経験はないので、やはり不安はある。

坂本ばかり見ているわけにもいかず、亀尾は二人の刑務官のほうにも視線を送った。諸田は真剣な表情でごみを拾っている。武吉のほうは、あくびをしながら緩い動きでごみに手を伸ばしている。

しばらくすると、前傾姿勢がきつくなり、亀尾は起き上がって腰を伸ばした。目の前に、うすぼんやりとした白い景色が広がり、思わず目を細めた。横一線に伸びる水平線と空の境はあいまいで、沖から海岸へ緩い波が押し寄せてくる。

起伏の少ない海を眺めながら肺いっぱいに息を吸い込むと、少しだけ緊張の糸が緩んだ。

キャハハッ。弾(はじ)けるような笑い声が聞こえたのは、そのときだった。

声のほうに目を向けると、二人の若者が視界に入った。ゴミ清掃が始まる前に、ふざけあっていた派手な髪の二人だ。彼らは、袋に入らない大きなゴミをビニールシートが敷かれた所定の場所に運んだところだった。ちょうどそこに、同じく大きなゴミを運んでいた坂本がいた。二人の若者は崩れた笑みを浮かべて、坂本に話しかけている。

にわかに緊張の糸が張った。亀尾はゴミを拾うふりをしながら、彼らのいる場所にさりげなく近づいた。

「ねえねえ、おにいさん。どうしてコンビニの袋なんか持ってんの？　あっ、ポテチ？　もしかしてゴミに混じってたのを拾ったとか？　にしては、汚れてないねえ」

グリーンヘアが、坂本の手からぶら下がるレジ袋のなかを覗き込んでいる。

「あ！　これ、コンビニ限定のやつじゃね？」

亀尾は舌打ちした。どうしてコンビニの袋なんて――。車を降りるとき、袋を置いて行けといえばよかったが、こっちも緊張していて気づく余裕はなかった。

坂本は二人と目を合わせず、うつむいている。

坂本が下を向く理由はわかっている。初対面の人間に、自分が斜視であることを知られたくないからだ。刑務所でのカウンセリングで坂本自らが語っていた。

パープルヘアが、大げさに体を折って坂本の顔を覗き込んでいる。

「あれえ。お兄さんって、もしかしてハーフ？」

「えーマジ！　何人？　ねえ教えてよ」

二人の若者は勢いを増していくが、坂本は戸惑い気味に立ち尽くしている。

亀尾のこめかみに、汗がじわりと浮かんだ。嫌な想像がおのずと浮かぶ。怒りを爆発させた坂本が若者二人を殴り倒す光景だ。

別の方向から咳払いが聞こえた。諸田だった。どうします？　引き離しますか？　と目で問いかけている。

亀尾は、このままでいい、と小さく首を横に振った。こんなことでフォローをしていたら、シャバでやっていけるわけがない。

「さっきから気になってたんだけど」

グリーンヘアがおもむろに坂本の頭に手を伸ばした。「そろそろ髪切ったほうがいいんじゃない。なんだか、いがぐりみたいだよ」

「いえてる、いえてる」とパープルヘアが同意する。

坂本は頭髪をいじられるままにしていた。亀尾はその様子に目を凝らしながら、緊張の目盛りが一段上がるのを感じていた。

焦点の合わない坂本の目はどこを見ているのか、わからない。ただ、顔から血の気が引き、色白の顔が一層白くなっている。

亀尾がつばを飲み込むと、ごくりという音が鼓膜まで響いた。

――ゆっくり数字を数えろ。六秒我慢するんだ。

指導官の火石が講師を務めるプログラムに同席していたときに聞いた話だ。カッとなったとき、六秒こらえましょう。六まで数えたら、怒りは不思議と消えます。

坂本、俺も一緒になって数えてやる。刑務所から来た全員、ここは我慢のしどころだ。

一……二……。

若者は執拗に坂本の髪をもてあそんでいた。

三……四……。

「よかったらさあ、俺の働いている美容室に来なよ。最近、オープンしたんだ。まだ見習いだから髪切れないけど……」

亀尾は自分の髪に触れられているような不快感を覚えながら、奥歯をかみ締めた。

つまらない話はやめろ。

五……六……。

「ねえ、聞いてる？」

坂本は反応しない。

「あれー、もしかしてシカト？」

二人の若者から笑い声が消えた。亀尾の額から汗のしずくが流れる。

我慢しろ。我慢だ、坂本。

「なんかいってよ。お兄さん、どこ見てんの」

その言葉をいうなっ。

坂本が体をよじって、グリーンヘアの手を振り払った。

だめだ、キレる。まずい！

「髪を切るの……考えておきます」

坂本は所在なげに左右に肩を揺らし、不器用な仕草で口の端を吊り上げようとしていた。

「あ、そう。じゃ、これ名刺ねー」

グリーンヘアが鎖を垂らした財布から名刺を取り出し、坂本に渡した。

坂本から離れた二人は、坂本のことなどすぐに忘れたかのように、何かをいい合いながら、ゴミ拾いの作業に戻っていった。

亀尾はその場にしゃがみこむと、深いため息を吐き出した。顔にはびっしょりと汗をかいている。

汗をぬぐって顔を上げると、諸田が胸の前で小さくこぶしを握っていた。

砂浜に広がるゴミが半分ほどに減ったころだった。

「何だ、あれ！」

ボランティアに参加していた中年男性の一人が沖に向かって叫んでいる。

海に目を向けると、百メートルほど沖に木造船が浮かんでいた。

漁船ともいえない、長さ四メートルほどの小型のボートだ。屋根はなく、船上で人影が動く様子もない。船尾がやや沈んでいるのは、どこか損傷しているのかもしれない。

いつからあんなものがあったのか。坂本と若者二人のやり取りに気をとられていたせいで、亀尾は気づかなかった。

船はゆっくりとだが、岸のほうに近づいてくる。髪を染めた二人が海に向かって駆けだした。ほかのボランティア参加者たちは手を止めて、船を見つめていた。

「無理するなよ。どうせ船は岸に寄ってくるんだから」

長門が若者二人に呼びかけたが、二人は我れ先にとしぶきをあげながら、衣服が濡れるのも構わず船に近づいていく。

先にたどり着いたパープルヘアが振り返って、大声を張り上げた。

「なんか載ってます。すごく臭い」

二人が岸のほうへ船を引っ張り始めた。近づくにつれ、船の状態がはっきりとした。

かなり朽ちている。黒っぽいのは塗装ではなく、木が腐っているせいだった。

船首に書かれた文字は、ところどころ剝がれてはいるが、ハングル文字と八桁の数字のようだ。船の上には、汚れた布で覆われた塊が見えた。

砂浜に船が近づくにつれて、周囲のざわめく声が大きくなった。

これがどういう船なのか、その場にいる全員が察していた。北朝鮮籍の船。秋から翌年の春先にかけて日本海の海岸に漂着する。今シーズンは、船が見つかったというニュースはまだ記憶にない。久しぶりの漂着だ。

船はもう目の前だった。船先が砂にめり込んだ瞬間、船体が揺れた。船上の布に覆われた塊がごろりと転がると、ほうぼうから悲鳴や短い叫び声が上がった。

布からはみ出したのは、腐食が進んだ人間の死体だった。おそらく、性別は男。船と同化したように、肌も衣類もひどく汚れて、皮膚と衣類の境目がわからないほど黒くなっていた。強烈な悪臭が鼻に差し込んできて、亀尾は思わず鼻を押さえた。

「みんな、下がれっ」

太い声が海岸にとどろいた。声の主は長門だった。

「おまえたちもすぐに離れろ。長く漂流していたなら、危ない菌やウイルスがついているかもしれん」

人々が一斉に船から離れ、若者二人も、やべえと声を上げて飛びのいた。

「大変なことになりましたね」

すぐそばに諸田がいた。

「海上保安庁に連絡しないとな」

一一八番。海上保安庁の庁舎はここからそう遠くはない。連絡すればすぐに駆けつける。

腰に巻いていたポーチから亀尾が携帯電話を取りだそうとしたとき――

「亀尾さんっ」

武吉が小走りで近づいてきた。目立つから大声で呼ぶな。注意しようと口を開きかけてすぐにつぐんだ。武吉が緊張を孕(はら)んだ目をしていた。

「どうした」

「坂本が消えました」

「何だと」

坂本がいたはずの方向に目を向ける。たしかに、いない。

慌てて砂浜とそのまわりを見渡すも、坂本はどこにも見つからない。木造船の出現という予期せぬ出来事に気持ちが奪われ、坂本への注意がおろそかになっていた。

「あいつ、勝手に行動するなんて何を考えているんだ」武吉が吐き捨てるようにいった。

亀尾も同じ思いだった。受刑者は自分の意思だけで行動することは許されず、常に刑務官に請願しなければならない。そのことは刑務所に入所したときに、まず叩き込まれる。

なのに、どうして？

すぐにこたえにたどり着き、亀尾は慄いた。――逃げたのだ。

前の刑務所で起きた受刑者の逃走事件が脳をよぎり、全身が粟立った。

頭蓋のなかでぎりぎりと不快な音がした。めまいを起こしそうになり、しっかりしろと脳を叱咤した。

もう一度周囲を見渡す。海、砂浜、雑木林。坂本はいない。幸い、ボランティア参加者は、今も木造船に気をとられている。坂本がいなくなったことに気づいている人間はいない。

「俺は雑木林を見に行く。武吉は海岸の右側、諸田は左側だ。海岸の外側の岩場までは無理して行く必要はない。足を滑らせたら、危ないからな」

三人だけで行う捜索に、あまり時間をかけすぎてもいけない。もしも見つからないときは、十五分をめどにこの場所に戻るようにと指示した。

亀尾は丸太の階段を駆け上がり、雑木林のなかに入った。

遊歩道を離れて野生の草木のなかを突き進む。雑木林は思ったよりも奥行きがあった。周囲に目を配るが、人影は見当たらない。

「さかもとーっ」

亀尾の声は雑木林に虚しく吸い込まれた。耳を澄ますと、草木の揺れる音しか聞こえてこない。

歩きまわると、次第に息も上がってきた。全身汗まみれで、背中にはポロシャツがべったりと張りついている。

逃げるなら、こんな場所にとどまっているはずがない。そんな考えが頭をよぎり意識がかすみそうになったが、亀尾は頭を振って何とか正気を保った。

約束の十五分が過ぎ、遊歩道のほうへと引き返した。雑木林を抜けると、階段の下に武吉と諸田の姿が見えた。諸田が亀尾を見上げて、両手でバツ印を作っている。坂本は見つからなかったらしい。

亀尾はこれからすべきことを考えた。まずは坂本の逃走を刑務所へ伝え、そのあと一一〇番通報——。

釈放前教育のさなかに発生した受刑者の失踪。しかも導入の初回。この失態は、亀尾自身の昇任見送りどころか、加賀刑務所の汚点となる。

階段を下りると、携帯電話を取り出した。伊達のデスクの直通番号を探すも、あるはずの番号がなかなか見つからない。例によって動揺している。自分の動作がもどかしい。

焦るなといい聞かせ、亀尾は深呼吸してから、再び番号を探した。

あった。

ボタンを押そうとしたとき、「待ってください」と武吉が亀尾の手を押さえた。

「おい、何をするんだ」

「あれ……あれを見てください。坂本じゃないですか」

武吉の視線の先を目で追った。海に向かって右側の岩場に人影が見える。

たしかに坂本だ。どういうわけか、肩に人を担いでいる。

「誰か来るぞ」と声がした。

ボランティア参加者の何人かが坂本のほうを見ていた。一人、また一人と坂本に視線が集まる。坂本はゆっくりとした足取りでこちらに向かっている。

「亀尾。歩いているのは、例の彼だよな」

長門が近づいてきた。「どうしてあんなところにいる？　肩に担いでいるのは誰だ」

「さあ……」何が起きているのか亀尾にもわからなかった。

みんなが坂本を見ている。こんな場面で坂本には目立ってほしくなかった。長門以外の参加者は、坂本が受刑者だということを知らない。

「大丈夫です。みなさん、どうぞ清掃に戻ってください」

諸田がボランティア参加者をなだめようとしたが、その声は虚しく響くだけで、誰もごみ拾いに戻る気配はなかった。無理もない。死体の載った木造船が現れた段階で、清掃ボランティアは終わったも同然だった。

人々の群れが二つに分かれ、坂本のために道を開けた。濡れたTシャツがぴったりと坂本の上半身には張りついて、逆三角形の体が浮き上がっている。肩に載っているのは成人の男性のようだ。上半身は裸で、ぼろきれのような短パンをはいている。全身ずぶ濡れで、体には、どういうわけか浮き輪が縛りつけられている。

坂本は誰かを救助していたのか？　だが、ゴミ拾いの途中に海を方々眺めたとき、人が泳ぐ姿はどこにもなかった。

となると、岩場で魚釣りでもしていて海に落ちた人間を助けたのか？　まあ、いい。とりあえず坂本は見つかった。それより刑務所への連絡はどうする？

亀尾は握りしめていた携帯電話を見つめた。

武吉が、亀尾の胸の内を見透かしたようにいった。「坂本はいたわけですし」

「しなくてもいいんじゃないですか」

武吉のいうとおりかもしれない。坂本は逃げたのではなかった。

亀尾は小さくうなずくと、携帯電話をポーチに戻した。

坂本は亀尾の前で立ち止まると、男を砂浜にゆっくりと下ろした。

「誰か救急車を呼んでくれ」長門の声が聞こえた。

亀尾は横たわる男をじっくりと眺めた。顔は浅黒く、目は虚ろ。喉元を上下させて苦しそうに息をしている。

「どういうことだ、坂本」

「海でおぼれそうになっているのを見つけて」

心配させやがって——。亀尾はこぶしを握りしめた。

そのとき、横たわっていた男が奇声を上げ、頰のあたりをかきむしった。驚いた群衆が、わっと声を上げてあとずさった。

「もしかして、木造船の乗組員か」と坂本に尋ねた。

「おそらく、そうだと思います」

日本海を渡ってきた古い木造船に生きている乗組員がいた。その乗組員は、岸に日本人が待ち構えているのに気づいて、浮き輪を抱えて海に飛び込んだ。だが、体力をひどく消耗していたせいで体は思うように動かなかった。ボランティア参加者は誰も気づかなかったが、坂本は漁師だけに遠目が利いたのだろう。乗組員を助けるために海に入った。

結果オーライ。だが、へたをすれば坂本がおぼれる可能性だってあったのだ。

「坂本。こういうのは、先に俺たちに話をしてからだな」

両方か。

「すみません。口よりも体が先に動いてしまって」

亀尾の体は打ち震えていた。坂本への怒りか、過ぎた不安の余韻か、あるいはその両方か。

震えを抑えるために呼吸を整えていると、遠くからサイレンの音が聞こえた。

「亀尾さん。自分、思うんですけど」隣にいた諸田が真顔でいった。

「なんだ」

「憎い相手を見殺しにしなかったのは、立派じゃないですか」

「どういう意味だ」

「ここへ来る途中、今年は、イカが全然獲れないって話をしましたよね。獲れないのは、この男の国のせいですよ。こいつだって、違法船の漁師だったかもしれない。漁に出ていた人間なら、こんな奴らを助ける必要はあるのかって、普通は思うんじゃないですか。だけど坂本は助けたんですから、立派ですよ」

たしかに諸田のいうのも一理ある。だからといって、勝手に救出に向かっていいという話ではない。もしも坂本に何かあったら、亀尾の責任だったのだ。

坂本は、助けた男をじっと見下ろしている。その表情からは何も読み取れない。

「立派な坂本のおかげで、こっちは朝っぱらから無駄に肝を冷やしましたけど」

武吉が、皮肉を込めた笑みを浮かべた。

「だから、『よくできました』ってわけにはいきませんね」

3

海岸で海上保安庁と警察から事情聴取を受けていたために、帰りの時間が予定よりも遅れた。

朝の通勤ラッシュの時間帯が終わり、主要道を走る車はまばらだった。

そんな外の景色は、亀尾の視界をただ通り過ぎていく。

起きたことすべてを上層部へ報告すべきか、悩んでいた。木造船が漂着し、船から死体が見つかった。別の乗組員が生きていて、海でおぼれそうになっていたのを、外出プログラムを受講中の受刑者が救出した。

一聞するといい話だが、そんな単純なものではない。刑務官たちが木造船に気をとられている間に、坂本は勝手に行動した。しかも、海に入っていく様子を亀尾たち刑務官は誰も見ていなかった。

坂本がいないことに気づき、捜索しても見つからなかった。あきらめかけたころ、海岸の端から坂本が男を担いで現れた。

坂本の弁を借りれば、承諾を得る時間がなかった、急いで救出に向かう必要があったという。坂本が乗組員を担いで現れたという結果を見ても、それは事実だ。しかし、およそ三十分の間、亀尾たち三人の刑務官は坂本を見失っていた。

「空白の三十分」の存在——それは受刑者の管理を怠ったことを意味する。つまり、外出プログラムの試みは成功したとはいえなくなる。

上司にどう説明するか。ここは口裏を合わせるしかない。空白の三十分などなかった。坂本が勝手な行動をとったことは秘密にしなくてはいけない。

亀尾は軽く息を吸った。

「今日のことは俺が上に話をする。おまえたちは誰にも、何もいうな」

亀尾の言葉に、車内には妙な緊張感が漂った。

「坂本から海に入りたい、救助をしたいと話があった。俺はそれを認めた——」

声が上ずりそうになるのを抑えて、亀尾は〝作り上げた事実〟を語った。無理筋な気もするが、これしかない。

話し終えたあと、亀尾は、「わかったな」と念押しした。

一瞬の沈黙のあと、武吉と諸田が順に「はい」と返した。武吉も茶化した態度はとらなかった。

坂本からの返事はなかった。下を向いて黙っている。潮の匂いがするTシャツはまだ半乾きのままだ。

早朝、海岸へ向かっていたときよりも坂本に生気がない。予期せぬ救助劇の主人公となったことで疲れが出たのか。あるいは、自分のとっさの行動で同伴した刑務官たちに迷惑をかけたと反省しているのか。

「坂本。わかったな」

語気を強めた。わずかに顔を上げた坂本が、「はい」と首を縦に振った。

そんな坂本を見ていると、脳の奥で薄暗い光がともった。

だがその光が意味するものに、亀尾はまだ気づかなかった。

刑務所に到着すると、亀尾だけ処遇部長室に向かった。

車内で伊達に電話をしたとき、戻ったらすぐに部長室で簡単な結果報告をせよといわれていた。

部屋には処遇部長の万波（まんなみ）と伊達がいた。火石の姿はなかった。

「どうだった」

万波と目が合うだけで、首筋にぞくっと冷気が伝った。

「プログラム自体は無事に終わりました。ただ、先ほど電話でお伝えしたとおり――」

清掃活動よりも、坂本が海でおぼれていた密航者らしき外国人を救助した話が中心になった。

万波と伊達は険しい表情で聞き入っていた。

亀尾の説明が終わると、万波が「どうして坂本に行かせた？」と重い声で訊いた。

亀尾は背中にじっとりと冷や汗をかきつつ、「坂本が助けに行くといったので、許可しました」とこたえた。

「危険はなかったのか」

「はい。周囲を見たうえで、判断しました」

「予期せぬことが起きるものだな」

万波の眉の間のしわが深くなった。それを見て、亀尾はつばを呑み込んだ。空白の三十分のことはいわないほうがいいと改めて思った。

「ほかは予定どおりだったのか」と伊達が尋ねる。

「はい」

「あとは、所長への報告会のときに、詳しい話を聞かせてくれ」

今日のところはどうやらこれで終わりのようだ。もっといろいろ問い詰められると覚悟していたが、万波と伊達は、坂本の救出劇にさほど興味を示さなかった。

部長室を出ると、全身から力が抜けた。

——乗り切った。

亀尾は薄汚れた天井を見上げて、長い息を吐き出した。

4

坂本の様子がおかしいと気づいたのは、兼六寮の五名の受刑者に、最近の社会情勢の講義をしていたときだった。

座学講義を受ける際、受刑者は姿勢を正して聞くよう、普段の刑務所生活で厳しく叩きこまれる。ところが、今日の講義での坂本は、背中を丸くして視線を机に落としていた。

講義の途中、気分が悪いのかと、亀尾は坂本に尋ねた。そのときは、「大丈夫です」とこたえて背筋を伸ばした坂本だったが、その後もうつむくことが多かった。

外出プログラムの帰りの車内でも、坂本は生気のない表情をしていた。今の坂本の状態は、明らかに普通でないように見える。亀尾は心配になって、休憩時間に坂本の居室を訪れた。

「おい、どうした。ずっと集中できていなかったように見えたぞ」

「……」

焦点の合わない坂本の目が左右に動く。やはり様子がおかしい。

「体調が悪いのか」

「じゃあ、講義に集中しろ。態度が悪いと見なされれば、仮釈放はなくなるぞ」

奮い立たせるための、はったりだった。制度上はありうる。釈放前教育で不適当との結果が出れば、仮出所は取り消され、普通の刑務所生活に戻ることになる。だが、亀尾が知る限り、釈放前教育の途中で、不適当とみなされた受刑者は過去にいない。

坂本が亀尾に背中を向けた。

「……ださい」

「なんだと?」

耳を疑った。

「そうしてください」

今度ははっきりと聞こえた。仮釈放を取り消してくれと坂本はいったのだ。

「どうしてだ」

坂本は振り返ろうとはせず、壁にかかった鏡を見て肩を震わせている。

「おい、坂本――」

鏡に映る坂本の顔を見て、亀尾の胸に何かが食い込んだ。射るような目、むき出しの歯茎。

その顔が覆われた。坂本が手で鏡を覆い隠したのだった。

「いえ」

「いいたいことがあるのなら、いえ」

坂本は亀尾のほうを振り返らない。頭と肩が震えている。

「あの朝鮮人に……助けられたんです」

助けられた？　あのとき、担いでいたのは坂本のほうだったではないか。

「誰が助けられたっていうんだ」

亀尾の頭の奥で、淡い光がともる。

「坂本……」

次の瞬間、電極で刺激されたかのように、脳内に強い光が放たれた。

その先をいおうとして、チャイムに遮断された。講義が始まる五分前の合図だ。

「おまえ、まさか……」

浮かんできた言葉を口にできないまま、亀尾は呆然と立ち尽くした。

5

次の講義は、交通安全のＤＶＤ視聴で、亀尾はＤＶＤプレイヤーを操作する役割だった。もし、講師がどっぷり話す内容の講義なら、今の自分はまともに話すことはできなかっただろう。

海岸での空白の三十分。あのとき起きたことは——。

横一列に並ぶ五人の受刑者の後ろで、亀尾はＤＶＤ映像を眺めながら、思考を巡らせた。坂本が海に飛び込んだのは、木造船の乗組員を救うためではなかった。乗組員を助けたのは偶然で、泳いでいるときにたまたま見つけたからに過ぎない。受刑者は刑務官の命令どおりに行動することをたたき込まれる。自分の意思で行動したいときは、前もって刑務官に申し出る。二度目の服役の坂本には、当然、そのルールは染みついている。ましてや、外出制度の第一号に選ばれるほどだ。勝手に海に入るなんてありえない。ところが、坂本は亀尾に了解を求めることなく、海に入った。

目的は逃走するため。動機は——。

坂本の居室を訪れたとき、鏡に映る坂本の表情は、苦痛に歪んでいた。それを見た亀尾は確信した。坂本はボランティア清掃の途中に収容病を発症したのだ。

収容病は、長く刑に服し過ぎたことで、出所したあとの環境の変化についていけなくなる心理状態のことである。だが長く刑に服した人間ばかりがかかるとは限らない。人間の病には、急性の発熱や腹痛があるように、急性の収容病にかかる受刑者がいてもおかしくない。特に、今回の坂本には、そうなる理由があった。

自分の容姿を好奇の目で見られると、極度のストレスを感じる。坂本はカウンセリングのときにそう告白していた。

海岸での清掃作業のときに、坂本は、見知らぬ若者二人につきまとわれ、容姿のことでしつこく話しかけられた。そこで坂本は痛感した。出所したら、多くの知らない人間と遭遇する。そのたびに好奇の目にさらされ、容姿のことを指摘される。果たしてシャバで自分の心を制御して生きていけるのだろうか。克服したはずの暴力的な衝動がまた芽生えるのではないか。

不安と恐怖に襲われた坂本に防衛本能が働いた。少しでも長く塀の中にいたい。仮出所しないためには、外出が失敗だったという結果が残ればいい。海岸で逃走すれば、刑務官は上司に報告しないわけにはいかなくなる。

そんな坂本の思いにこたえるようにチャンスが訪れた。木造船が出現し、周囲の目がそちらに奪われた。その隙に坂本はそっと海に潜り、船とは別の方向へと泳いだ。逃走がどこまで本気だったのかは定かではない。外出失敗という結果さえ作りあげれば十分。そのためには、適当なところで捕まるつもりだったのかもしれない。

ところが、想定外のことが起きて、坂本は逃げられなくなった。例の木造船から飛び降りておぼれている乗組員を見つけてしまったのだ。

海面でもがく人間を見殺しにはできない。漁師だった坂本の本能が働き、無我夢中で乗組員を助けた。

岸にたどり着いた坂本は、もはや逃走はできないとあきらめたが、早朝、自分のために同伴してくれた三名の刑務官に、逃走を企てたと口にする勇気もなかった。おぼれている人間を見つけて海に飛び込んだ——坂本の言葉を幸い誰も疑わなかった。

一方、亀尾のほうは、坂本の話をそのまま刑務所に持ち帰って報告することはできなかった。刑務官の承諾なしに坂本が勝手に海に飛び込んだというのは、受刑者管理の点で見過ごすわけにはいかない失点となる。

亀尾は話を作り替えた。海岸ボランティアで、木造船乗組員の水難事故に遭遇した。坂本は、刑務官の了解を得たうえで、救出に向かった。外出プログラムに影響はなかった。想定外の場面でも坂本は正しい行動をした。プログラムは成功——。

これですべてが収まるはずが、そうはならなかった。

海岸で起きた事実を作り替えても、坂本の内面まで作り替えることはできなかった。収容病が、坂本の心を支配した。いったん芽生えた社会へ出ることへの不安は膨張を続けて、その後の講義にも集中できなかった。

しゃくぜんを強化するのは、ある意味、収容病の予防であり、いうなれば、病への抵抗力を高めるためだ。ところが坂本は、しゃくぜんの最新メニューで皮肉にも収容病を発症してしまった。

『仮出所中に交通事故を起こした場合、仮出所が取り消される場合があります——』

DVDの声が亀尾の耳をなぞっていく。

坂本の背中がかすかに揺れていた。

おい坂本、と胸のなかで呼びかける。今さら俺に何ができる？　おまえが収容病を発症して逃げようとしたなんて、上に報告できるわけがないだろ。刑務所でやるべきことはやり尽くした。坂本、おまえは仮出所するんだ。

——否、本当にそう思うか？

亀尾の耳の奥で声がした。

問題に遭遇し、思考が遅くなると必ず現れる、もう一人の自分だ。

——おまえのためだろ？

小刻みに動く坂本の背中を凝視した。坂本は揺れてなどいなかった。亀尾自身が震えていたのだ。

このドンガメが。このドンガメが。そして、もう一人の自分は最後にこういった。

——たまには突き進んでみろ。

6

夕方、仕事を終えた亀尾は自家用車に乗って官舎を出た。向かうは、金沢市内にある長門の自宅だった。途中で和菓子店に立ち寄って、菓子折りも買った。

ボランティアに参加させてもらった礼を改めて伝えたくて、と長門にはアポを取った。感謝の意を伝えるだけなら電話でもいい。真の目的はそうではなかった。

長門は、坂本が刑務官に無断で姿を消したのを知っている可能性がある。保護司と刑務所の職員は、いろいろな会合で顔を合わせる。その際、海岸清掃のことが話題にならないとも限らない。

あのときよぉ、受刑者がいなくなって亀尾たちが捜してたんだ——。長門がそんな言葉を漏らせば、亀尾の嘘がばれてしまう。そうならないよう、もし長門が海岸で起きた出来事の真相に気づいていたら、他言しないでほしいと頼むつもりだった。

長門ならこっちの思いを理解してくれるはず。刑務官を定年まで勤めれば、墓場まで持っていかなくてはいけない出来事の一つや二つはあるだろう。今回のことは長門の胸の内に収めてもらうしかない。

古い意匠の戸建て住宅が並ぶ団地に長門の家はあった。ちょうど長門は玄関先でプランターに水やりをしていた。長門は妻に先立たれて一人暮らしをしている。

亀尾の車に気づいた長門は、敷地内の空きスペースに車を停めるよう手招きをした。

「いらっしゃい。汚い家だけど、まあ入ってくれ」

家のなかは、長門の言葉とは反対に掃除が行き届いていた。

亀尾が菓子折りを差し出すと、長門はさっそく包装を解いた。

「おっ、うまそうなきんつばだ。今茶を出すからな」

長門は湯を沸かしに台所に立った。

どう切り出そうか考えているうちに、長門が急須と湯飲みを盆に載せて戻ってきた。

長門の入れた茶を口に運んだ。なかなかの味だった。

「おいしいです」

「一人暮らしだと、こういうのもうまくなってくるんだ。そういえば、彼。坂本君だっけ。帰り際、疲れた顔してたなあ」

亀尾は、湯飲み茶わんを落としそうになって、握り直した。長門がいきなり坂本の話題を振ってきたのは、何か気づいているからだろうか。

「久しぶりの外出はやはり疲れたようです。外出プログラム自体は、トラブルもなく終わりましたので、我々としてはほっとしましたが」

トラブルもなく、という部分をさりげなく強調した。もし、坂本の逃走劇を知っているなら、何かしら反応があるはず。

だが長門は、亀尾の言葉を気にした様子もなく、きんつばをうまそうにほおばっている。

気づいていないのか――。警戒心が薄れたそのとき、

「ああ、そういえば」と長門が亀尾を見据えた。

「俺が面倒見ている若い連中と坂本君が話してただろ」

「はい」

「あのとき坂本君が持ってたポテトチップス。あれは、どこにいったんだろうな」

「海に入ったときに流されたんじゃないですか」

「あとで若い奴らに聞いたんだが、あれ限定品だったらしいじゃないか」

亀尾はそっと胸をなでおろした。長門は坂本が逃走したことに気づいていない。

その後は、刑務官ＯＢの近況に話題が移った。亀尾は適当な頃合いを見計らって
「そろそろ失礼します」と立ち上がった。

「今度来るときは泊まってけよ。いい酒を用意しておくから」

「はい。近いうちにぜひ」

壁かけカレンダーが目に留まった。手書きで「ホ」と記した日が、月の半分以上を占めている。

「もしかして、このホって、保護観察の日ですか」

「そうだ」

「ずいぶんな力の入れようですね」

海岸で若者たちに接する長門の立ち振る舞いを見たとき、亀尾は胸に違和感を覚え

た。現役時代の長門は、強面の部類に入る刑務官だった。ところが、あの場での長門は、生意気盛りの孫を相手にする気さくな祖父といった感じだった。

「現役のときの罪滅ぼしのつもりだ」

「罪滅ぼし？」

「抑えつけるんじゃなく受け止めることが大事だって退官してからわかってな」

長門が照れを隠すように首をまわす。

「現役のときは、力任せに抑えつけることしか考えてなかった。あいつらの体も心も制圧しなきゃって。だけどそれじゃあ、更生にはつながらないんだよな。無理やり抑えつけるより、少しくらい時間がかかっても当人たちに考えさせないと。そのほうが再び罪を犯す可能性は減るんじゃないかと辞めてから気づいた。それで、現役んときにできなかったことを気長にやっていこうと思ったんだ」

心臓をきゅっと摑まれた気がした。

「長門さん……」

「っていうのは、いい過ぎだ。そこまでかっこいいもんじゃない。一人暮らしはやっぱり寂しいんだ。若い連中とかかわりながら生活できて、しかも近所の人たちからも尊敬される。そんな打算が働いて保護司になった」

長門が、がははと笑った。

俺は……何をやっているんだ。

笑い声が遠くなり、呼吸が浅くなる。やがて息を吸うのが苦しくなって、思わず口をふさいだ。

「おう、大丈夫か」

目の前に、柔和な目をした長門が立っていた。大きな手が亀尾の肩を握りしめている。

長門は、亀尾が訪れた理由をわかっていたのかもしれない。そして正しい答えを教えてくれた。

7

今日は、外出プログラムの所長報告会──。

玄関で見送る妻の顔を、今朝は見ることができなかった。

「いってらっしゃい」

「すまんな」と思わず言葉が落ちた。

「どうしたの」

「いや、何でもない」

また妻をがっかりさせることになる。やっぱりカメはカメだ。ウサギには追いつけない。

開始の午前十時となった。大会議室では、下座中央に亀尾。両脇に武吉と諸田。向かい側には、刑務所長の海老沢、総務部長の常光（つねみつ）、処遇部長の万波が着座していた。部屋の壁伝いに折りたたみいすが並べられ、金スジ二本以上の管理職が陣取っている。

司会の伊達が声を発した。

「では、亀尾看守部長。報告を始めてください」

亀尾は手元の報告書を読み上げた。今回のプログラム導入の経緯、対象者坂本の属性、選定方法、選定理由、当日までの準備、そしてプログラムの実施――。

「まずは、コンビニエンスストアで買い物をさせました――」

坂本は一人で店に入って、スナック菓子を購入。特に問題は見られず。

「その後、海岸で清掃ボランティアに参加しました。それについて、今から詳しく説明します」

報告書のページをめくりながら、上目づかいで三人の幹部の顔をちらりと眺めた。みな真顔で報告書に見入っている。真実を話したら、彼らはどんな反応を見せるだろうか。

――坂本の失踪をどうしてすぐに報告しなかった！　もしものことがあったら、どう責任をとるつもりだったんだ！

強面で鳴らす万波あたりは激しく亀尾を罵倒するだろう。いや、外出プログラムの実施をトップダウンで指示した海老沢の怒りは、もっとすさまじいかもしれない。

「途中、坂本は若いボランティア参加者に話しかけられ、容姿のことでしつこくつきまとわれたのですが、なんとかやり過ごしました――」

口の中が渇いてくる。いつのまにか鼓動が胸を強く打ちつけていた。

定年まで昇任はない。覚悟できているんだろうな。

自分に念押しすると、妻の顔が脳裏をよぎった。決して口には出さないが、今年も昇任を期待していたはず。官舎の同じ階の向かい側は金スジ、しかも年次は三年後輩。どんな思いで妻同士の近所付き合いをしてきただろうか……。

不意に胸が熱くなり、言葉に詰まった。隣の諸田が不安そうにこっちを見ている。

出世のために仕事をしているんじゃない、受刑者の更生のためだ。

亀尾はゆっくりと息を吸うと、説明を続けた。

「作業の後半、北朝鮮籍と思われる木造船が漂着しました。船には男の死体が載っており、その場にいたボランティアの参加者たちはひどく驚いていました。我々三名の刑務官も、船と死体に気をとられてしまい、その間に、坂本が……いなくなりました」

誰も声を発しなかった。真空状態のなか、自分の声だけが聞こえてくる。

「三人で手分けをして坂本を捜しました。しかし坂本を見つけることができず、あきらめて刑務所へ電話をしようとしたときに、海岸の端のほうから坂本が現れました――」

両側に座る武吉と諸田をちらりと見やった。

――今さら何をいってるんですか。

二人ともうつむいて顔を凍らせている。だが、その意識は痛いほど亀尾のほうに向けられている。

亀尾は話し続けた。

「どうやら坂本は収容病を患ったようでした。原因は、海岸清掃の途中、若い参加者から容姿のことでいろいろといわれ、精神的なダメージを負ったせいだと思われます。それで社会復帰する自信をなくし、仮出所の取り消しをもくろみ、海に向かって逃走しました。ところが、逃走のさなか、木造船の乗組員がおぼれているのを偶然見つけて救助し、急きょ岸へ引き返すことになりました――」

口が勝手に動き続けた。目の前の報告書のどこにも書いていないことを、あたかもそこに書いてあるかのように語りに語った。

「坂本を見失っていた時間に起きたことについては、私の推測の域を出ない部分もあります。ただ、明らかにいえることは、この外出プログラムによって、坂本の更生が十分ではないことが判明しました。同行した刑務官としての意見を述べさせていただきますと、彼の仮出所は取り消すのが妥当と考えます」

いい切って目をつぶった。強い脈音が鼓膜を打ち鳴らしている。そろそろ海老沢が机を叩きつける即座に上座から責める声が上がるのを覚悟した。そろそろ海老沢が机を叩きつけるかもしれない。

だが会議室には、時間が止まったような静けさが漂っていた。

――どうしてだ？

そっと目を開けて、周囲をうかがった。

海老沢の目には驚きも怒りもなかった。

隣の万波が平然とした表情で、

「坂本受刑者が海へ逃げたという事実はありません」と告げた。

うむ、と海老沢が小さくうなずく。

「いえ、坂本は――」亀尾は立ち上がろうとした。

「外出プログラムは成功だ」

万波が遮る。

「坂本はしゃくぜんが終われば、予定どおり仮出所とする。伊達、それでいいな」

「はっ。これで報告会を終了します」

海老沢が席を立ち、出入り口へと向かう。常光、万波がその後ろに続く。

「万波部長。お待ちください」

万波は亀尾の声を無視して、会議室を出て行った。

——何かが変だ。

覚悟を決めて真実を話した。しかし、幹部たちから亀尾を責める声は一切なかった。

部屋を囲んでいた金スジ連中がぞろぞろと部屋を出ていった。部屋の隅にいた火石が視界に入った。火石は首筋を軽く掻きながらドアのほうへと向かっていく。

呆然としていると、肩を軽くたたかれた。振り向くと伊達がいた。

「出世を棒に振るのか」

伊達は耳元でそうささやくと、亀尾の反応を待たずに部屋を出て行った。

海老沢、万波、火石、伊達……。その顔が浮かんでは消えていく。

まさか——。視界がひっくり返り、瞬時、すべてが読めた。

海岸で起きたことを彼らは知っていたのだ。

武吉か諸田が話したのか？　いや、それはない。二人が自分たちの失敗を進んで話すとは思えない。現に、さきほどの亀尾の報告に、両脇の彼らが動揺している様子が垣間見えた。

では、坂本か？　仮出所を望んでいない坂本が刑務官の誰かに海岸での行動を告白し、仮出所を取り消してくれと求めたのか。しかし、それなら亀尾の耳にも話が届くはず。

一体、どうなっているんだ――。

誰もいなくなった広い会議室で、亀尾は一人立ち尽くした。

8

事務棟を出て渡り廊下を進んだ。工場のほうから昼食用の味噌汁の匂いが漂ってくる。

管理棟を横切り、その奥にある兼六寮へと向かった。

「入るぞ」

ノックをして部屋に入ると、テーブルについていた坂本が顔を上げた。坂本の前には、昼の食事が並んでいる。米七割、麦三割の飯。惣菜三品。薄味の味噌汁。釈放前教育に移ってもメニューは同じだ。

箸を置いた坂本が椅子を引き、直立した。

「おまえに謝らなくてはいけない」

亀尾は、外出プログラムで起きたことを幹部に正直に説明したと坂本に伝えた。

「その上で、おまえの仮出所取り消しを求めたが、だめだった。申し訳ない」

「こちらこそ、この前は、朝鮮人に助けられたとか、変なことをいってすみませんでした。自分はもう大丈夫です」

意外にも、坂本に落胆した様子はなかった。

「無理してるんじゃないのか」

「いいえ。今は仮出所に向けて、気持ちは前向きになっています」

坂本の顔色はよく、声もしっかりしている。言葉だけではないのが伝わってくる。

「おまえ、ボランティアの途中にいなくなったことを誰かに話したか」

「いいえ。話していません」

ほんの一瞬、坂本が言葉に詰まったようにも見えた。だが、追及はやめようと思った。坂本を無理やり問い詰めて、せっかく回復してきた気持ちをかき乱すようなことはしたくなかった。

「本当にもう大丈夫なんだな」と念押しする。

「はい。ご心配かけました」

亀尾は安心してため息をついた。坂本の気持ちは確実に前を向いている。このまま仮出所となっても、うまくやっていけそうだ。報告会の結論どおりでいいのかもしれない。

坂本が左の手首を指先でかりかりと掻いていた。よく見ると、手首が赤く腫れている。

「どうしたんだ？　その手」

「どこかで虫に刺されたようです。なかなか腫れがひかなくて」

「あまり掻きすぎると、跡が残るぞ。ほどほどにしとけ」

亀尾は部屋を出た。

寮の前の花壇には、赤や白の花々が植えてあった。ここで生活する受刑者が世話をしているものだ。亀尾は何となく立ち止まって花を眺めた。

——俺はまたやらかしてしまった。

報告会で仮出所取り消しの提案をして、幹部に無視された。今後の出世はもうないと覚悟したほうがいいだろう。

ぼんやり花を見つめていると、小さな虫が不意に亀尾の目の前に飛んできた。それが蚊だと気づき、亀尾は手で払いのけた。

さっき坂本は虫に刺されたといっていたな。火石も会議室から出るとき首筋を掻いていた。

そういえば、海岸では坂本が助けた男が頬のあたりを掻きむしっていた……。

――ヤブ蚊だらけですよ。早くここを抜けましょう。

雑木林での武吉の言葉が、はたとよみがえり、脳内に閃光が走った。

そうか、そういうことだったのか。

あの雑木林のなかに火石がいたのだ――。

火石は亀尾ら三名の刑務官と坂本受刑者を遠くから見ていた。加賀刑務所最初の外出プログラムを失敗させるわけにはいかない。過去に受刑者の逃走を許した亀尾への信頼は薄かった。

火石から外出プログラムの同行役に指名されたとき、「心配いりません」と声をかけられた。遠くから見ている。任せるわけじゃない。言外には、そんな意味が込められていたのではないか。

亀尾たちを雑木林から監視していた火石は、岸へと向かって泳ぐ密航者を偶然目撃した。その密航者は火石が隠れていた雑木林にたどり着くと、倒れ込んで気を失った。

これにはさすがの火石も慌てただろう。密航者とはいえ死なせるわけにはいかない。病院へ連れて行こうと考えたにちがいない。ところが、そこへ海岸から逃走した坂本が急に現れた……。

逃げてきた坂本を火石が諭したのは想像に難くない。おまえに逃げ場はない。おとなしくしゃくぜんを終えてシャバに出ろ。逃走がばれると亀尾たちに迷惑がかかってしまうから、逃走を企てたことも口にするなと説得された。

坂本のほうは、火石の言葉を聞き入れ、逃走をあきらめた。しかし、海岸には簡単に引き返せなかった。逃げたのとは別の理由が思いつかなかった。

そこで火石が一案を示した。倒れ込んでいる密航者を、海で見つけて助けたことにすればいいと坂本に提案した。

幸いこの海岸は入江状になっている。海岸の周囲を少し離れれば、岩場の陰になるところがいくらでもある。坂本は密航者を担ぎ上げると、海岸から見えないところで雑木林を出て岸に戻った。

これが「空白の三十分」の真実――。

雑木林のなかに長くいたせいで火石は蚊に刺された。それは密航者も坂本も同じだ。

亀尾が雑木林で坂本を捜す姿を火石は息を潜めて見ていた。亀尾が雑木林を去り、坂本が海岸に戻ったのを見届けると、刑務所の幹部に監視中に起きた出来事を携帯電話で報告した。亀尾が刑務所に戻って来たときには、万波と伊達は全てを知っていた。

彼らは、亀尾から外出プログラムがうまくいったと報告があれば、それ以上の追及はしないつもりだった。

刑務所上層部としては、外出プログラムは成功という結果が欲しかった。今日の報告会は形だけのセレモニー。火石が後方部隊として監視していたことや、雑木林で坂本を追い返したことを公式な報告として残す必要はないと判断した。

報告会の場で万波は「海に逃げた事実はない」といったが、あれは嘘ではない。実際、坂本は雑木林に逃げたのだ。今さらながら想像力の乏しさに、亀尾は情けなくなった。いくら坂本が漁師だとしても、普通に考えれば、海ではなく陸を選んで逃げる。

そして坂本も嘘はついていない。ボランティアの途中にいなくなったことは、誰にも話していない。ただ、雑木林で火石に遭遇したことを口にしなかっただけなのだから。

渡り廊下に人影が見えた。火石が髪をなびかせて歩いている。

ただ、いつもの優雅さはない。ハンカチを首筋に当てて、かすかに顔をしかめている。

「指導官、お待ちください」

火石が立ち止まり、首筋からハンカチを離した。首筋が赤く腫れている。濡れたハンカチでかゆみを緩和していたようだ。腫れの大きさは、坂本の手首にあった虫刺されの跡とよく似ている。

「その首、どうしたんですか」

「どうも虫に刺されたみたいです」

「それは雑木林で刺されたんじゃないですか」

火石は何もいわず、片方の唇を少しだけ吊り上げた。

「坂本が雑木林に逃げたとき、指導官が戻れと指示なさった。違いますか」

「いいえ。坂本は自分で海岸へ戻ると決めました」

「指導官が坂本を脅した、いや失礼。説得したのではないですか」

「私と遭遇したことは同伴している刑務官たちに伝えるなといったのは事実ですが、坂本は自らの意思で引き返しました」

「しかし、そのあと、坂本は苦しみました」

「そう。だから私は彼を選んだんです」

「どういう意味ですか」

「外に出て、辛(つら)い目に遭うのが彼のためだったのです。幸い、坂本はしゃくぜんが始まったばかりで日数に余裕もある。もし収容病を発症したとしても、自力で〝抗体〟を醸成する期間は十分にあると考えました」

自力で〝抗体〟を醸成する期間——。亀尾には思いもよらない発想だった。

「実際、坂本には葛藤(かっとう)が生まれましたが、それを乗り越えつつあります。つまり、外出プログラムは成功だったんです。そして、亀尾さん。あなたにも今回のプログラムは必要なものでした」

「――」

「さっきの報告会の場で、わが身を投げ捨てて、自らが知る限りの事実と推察を刑務所長に報告した。これであなたもようやくたどり着いたと私は確信しました」

「たどり着いた？」

ドンガメのこの俺がどこにたどり着いたというんだ。前の刑務所で失敗し、今回もまた報告会で上司の求めていない説明をした。

　そんな俺が――。

「どこにたどり着いたというんですか」

「刑務官の信義です」

「信義……」

「あなたは利ではなく義を選び、しっかり務めを果たした」

この俺が務めを果たした？

「次は昇任できるといいですね。では失礼します」

火石はハンカチを首筋に当てて歩きだした。

次は昇任できるといいですね――。火石の言葉を胸のうちで反芻するが、不思議なくらい胸に何も響かなかった。ここ数年両肩にのしかかっていた重しはとうに消えていた。

「ああ、そうだ。一ついい忘れていました」

火石が振り返った。

「ポテトチップスは私が食べました。あれはコンビニ限定商品ですよね。一度、食べてみたかったんです。林のなかに放置していくわけにもいかないですし」

＋＋＋

総務課長の芦立瑛子は、開け放された所長室のドアを軽くノックしてなかに入った。

「ドアを閉めてくれ」

いわれたとおりにドアを閉め、刑務所長の海老沢が座る幅広の机の前に立った。本革製の椅子に背中を預けた海老沢が、芦立を見上げた。その眼差しから感情は読み取れない。だが、少なくともいい話ではないのはたしかだ。では、どの案件で呼ばれたのか。

「火石を加賀刑務所から排除したい」

思いもよらぬ言葉に、喉を軽く絞めつけられた。

「何かあったのですか」

「あったも、なかったもないだろう」

そう吐き捨てた海老沢が、椅子を九十度回転させた。

「アイツに能力があるのは認める。しかし、スタンドプレーが過ぎる。刑務所には刑務所の流儀ってものがあるだろう。こっちも我慢の限界だ」

そこからは、演説のような熱のこもった海老沢の言葉が続いた。

上級国家公務員試験に合格した、いわゆるキャリア採用の上級刑務官は、地方の刑務所にとって、いわば〝お客さん〟である。傷がつかないよう丁重に扱い、ときが来たら、のしをつけて霞が関の本省に送り届ける。

本省側も、上級刑務官を地方に長く居させることはない。普通は一年の短期留学。同じところに二年間とどまるのでさえ、異例といわれる。

「なのに、火石は三年近くもここにいる。指導官という役職にしても本省がアイツのために人的予算をつけてまで作ったポストらしい」

「火石指導官がなぜ加賀刑務所に居続けるのか。所長は理由をご存じないのですか」

「それがわからんのだ。本省からの情報も全く入ってこない」

――本人に訊けばいいのでは。いや、もっと手っ取り早いのは、所長の人事権で、すぐにどこかへ飛ばせばいいのでは。

そんな思いが脳をかすめるが、それは無理だとすぐに理解した。生え抜きのプロパーと将来を約束された上級職。たとえ今は上司と部下の関係であったとしても、そこには別の意味での上下関係が存在する。

いずれ火石は法務省の中枢で高い地位まで上り詰める。火石のようなキャリア組に睨まれたら、退官したあとの天下りポストで、冷や飯を食わされることもある。海老沢はそれをおそれて、火石にじかに触れることはできない。

「それでだ——」

海老沢の声に力がこもる。

「芦立課長に、火石のことを監視してほしい。仕事に限らずプライベートでもいい、おかしな動きを見つけたら、それをネタに本省に火石のガラを引き取ってもらう」

その手を使うのか。芦立は息を呑んだ。不祥事の端緒を発見——このままでは事件に発展するおそれがある。職員の将来のために、違う場所へ移らせたほうがいい。報告を受けた本省はすぐに人事異動を発令する。昔から役所にある伝統的な厄介払いの方法だ。

「職員の素行を把握するのは、れっきとした総務課長の仕事だ。そうだろ」

「ですが、火石指導官が不審な行動をとっているかどうかは……」

「実はな、火石の気になる噂を聞いた。あいつは非番の日になると、ひんぱんに金沢の街なかをうろついているらしい。何人もの刑務官が火石を見かけている」

それだけで何か手がかりになるといえるだろうか。

海老沢が「まだ、ある」と続けた。

「ウチに服役していたクスリの売人と接触したという噂だ」

「まさか」

「ある刑務官が見たらしい。もしそれが事実だとすると、火石を加賀刑務所から排除したいというレベルの話では収まらん」

芦立はごくりとつばを飲み込んだ。

若いキャリア官僚が地方の出先機関で在任中に羽目を外すというのは、昔からない話ではない。だが、あの火石に限ってそれはあるだろうか。

風変わりなところはあるが、プロパー刑務官にはない発想力や鋭さを備えているし、上級職独自のネットワークで人脈も豊富だ。ときに奇策を講じて、刑務所内で起きる問題を解決したりもする。それがスタンドプレーとみなされ、所長に煙たがられる理由かもしれないが……。

「火石を注意してよく見ておいてくれ。何か不審な点があれば、両部長を飛び越して俺に報告しろ。街のどのへんによく行くのか、詳しい情報を摑んだらあとで教える。

そのときは、芦立課長に監視役を頼みたい」

常軌を逸している。見方を変えれば、それくらい海老沢は火石を排除したがっているということだ。

「わかったな」

即答できなかった。芦立の胃のあたりに重い塊が生じている。

「そういえば、芦立課長は単身赴任だったな」

海老沢が唐突に切り出した。芦立の自宅は愛知県にある。家族構成は商社に勤める夫と二十八歳の一人息子。夫は東京を拠点に、一年中、全国を動きまわっており、ほとんど一緒に生活したことはない。今、愛知県の自宅には、息子が一人で暮らしている。

「芦立課長の身上申告書は拝見させてもらった」

海老沢は芦立の心内を見透かすような目でじっと見つめてくる。

「しっかり仕事をしてくれたら、次の人事異動は、希望が叶(かな)うよう善処する」

急所を突かれ、身体が硬直した。

総務課長職となれば全国転勤を覚悟しなくてはいけない。希望など叶うはずがない。ましてや、自宅を構える地元への希望はNGといわれている。それでも、芦立は希望勤務地を自宅のある愛知県と記した。

息子、聡也（そうや）の顔が不意に脳裏に浮かんでくる。顔を見たのは、もう一年以上も前……。

「話は以上だ」

そういって海老沢は机の端にあった新聞に手を伸ばした。

芦立は一礼をして所長室をあとにした。

上意下達の組織にイエスもノーもない。それは重々わかっている。だが……。

胃の底にたまった不快感はいつまでも消えなかった。

第二話　甘シャリ

雨こそ降っていないが、黒い雨雲は機嫌が悪い犬のようにごろごろと音を鳴らしていた。

＋＋＋

オフィスビルが立ち並ぶ百万石通り。芦立瑛子はそこから一本入った細い通りにあるコインパーキングに車を停めた。

シートベルトを外し、道路を挟んだ斜め向かいにある古い喫茶店に目を向けた。「ぼたん」という純喫茶は、赤レンガとステンドグラスをあしらった外観が特徴で、扉型の大きな窓ガラスからは店内の様子がよく見える。

芦立の視線は、窓際のボックス席に座る火石をとらえていた。

火石は、コットンの薄いシャツにジーンズという格好で、勤務時間中は見たことのない細いフレームの丸い眼鏡をつけていた。大学勤めの研究者といわれたら信じてしまいそうな雰囲気を醸し出している。

海老沢から火石を監視する指示を受けて一週間が過ぎた。芦立と火石、互いの非番の日が合わないと監視はできず、今日ようやく初めての監視だった。

昨日の帰り際、所長室に呼ばれ、海老沢から、ある喫茶店へ行けと命じられた。火石が頻繁に出入りしているという。それがこのぼたんだ。海老沢は情報源を語ることはなかったが、子飼いの刑務官から聞きつけたのだろう。

　今日はとことん監視するつもりだった。芦立は明日も休みなので、今日どれだけ遅くなろうが何の支障もない。

　午前九時、店の開店と同時に芦立は駐車した。火石が現れたのは十時半すぎだった。それから二時間が過ぎた。火石はボックス席で文庫本を読みふけっている。昼食らしき銀皿が出てくると、時折スプーンを口に運びながら、文庫のページをめくっていた。ほかの客は入れ替わっていたが、火石と同じように長居する客もいる。大手チェーンのように回転重視の店というわけではなさそうである。

　火石は文庫から顔を上げて、ときどき前を向いた。本の内容をかみ締めているのか、あるいはなぞった文章から何かを想像しているのか。

　だが、しばらくして、そのどちらでもないことに気づいた。火石が本を読んでいたのはおそらくポーズで、火石は窓の外のある方向を見続けていた。

　火石の視線の先にあったのは、四つ角にあるビルの一階――畳一枚ほどの間口の小さな弁当屋だった。

　弁当屋のカウンターには女性の姿が見えた。年齢は三十代後半くらいで、目鼻立ちの整った美人なのは遠目でもわかる。

火石は文庫を読む姿勢をしながら、ときどき顔を上げてはその女性店員を見ている。

火石の目的は何なのか。あの女性と火石はどういう関係か。海老沢まで情報が伝わったということは、昨日今日の話ではなく、おそらくかなりの期間、仕事のない日はこうして喫茶店から女性を見ているのだろう。

芦立の脳には、苦い記憶が想起されていた。以前、別の刑務所にいたとき、ある女性刑務官が別れた男性の交際相手につきまとって、警察から勧告を受けたことがあった。結局、その女性刑務官は依願退職した。

それを思い出すと、火石の行動はやめさせたほうがいいように思える。海老沢の指示とは関係なく、ここは総務課長としての仕事をまっとうしなくてはいけない。万が一、警察沙汰にでもなれば、マスコミも大きく取り上げる。職員の事件や事故を未然に防ぎ、大ごとにならないようにするのが総務課長の役割であり、ひいては加賀刑務所という組織を守ることにもなる。

弁当屋から喫茶店へ視線を移すと、火石の姿が窓辺から消えていた。どこに行ったのかと思いきや、火石が目の前を歩いていたので、芦立はとっさに頭を下げた。

火石は芦立の車を見ようともせず通り過ぎると、弁当屋に近づいた。

そのまま弁当屋の前に立つのかと思ったが、そうではなかった。ちょうど弁当を買って歩き出した男性に火石が近寄って行く。

火石が声をかけ、男と親しげな様子で話し始めた。男は四十代。長髪。昼間のオフィス街には場違いな風貌である。そんな男を見ていると、脳に訴えるものがあった。刑務官を長くやっていれば本能的に察知する。あれは前科持ちだ。

波紋のように胸に不安が広がった。出所した人間に刑務官は接触してはいけない規則がある。なのになぜ火石は前科者に話しかけている？　相手の男とはどういう関係だ？

そこまで考えて、海老沢の言葉を思い出し、ハッとした。もしかしてクスリの売人というのは、あの長髪のことかもしれない。

火石と男が離れた。男は芦立が乗る車の前を通り過ぎた。近くで見ると、やはりやさぐれた空気を発している。火石のほうは喫茶店には戻らず、大通りのほうに向かって歩き出した。

芦立は車を降りて、火石のあとをつけた。

火石は大通りに出ると武蔵ヶ辻（むさしつじ）のバス停留所で歩を止めた。そこで十分ほど待ち、刑務所方面行きのバスに乗った。

バスが発進したのを見届けて芦立はパーキングに停めた車へと戻った。シートに背中を預けると、細長いため息をついた。

海老沢の命は、火石の問題行動を見つけ出せというものだった。今日はそれらしき行動の様子を押さえることができたが、芦立の胸には高揚も満足もなかった。心底には、職場の同僚に過ちをおかしてほしくないという思いが強く宿っていた。

気づいたら、空腹を感じていた。監視を始めてからずっと何も食べていなかった。芦立は車を降りて弁当屋に向かった。客はスーツ姿の中年女性が一人。女は弁当を受け取ったあとも、女性店員と親し気に話をしていた。

店員は中年女性の背後にいる芦立に気づくと、いらっしゃいませと声をかけた。

「あら、お客さん。じゃあ、またね」

スーツの女性が振り返った。白系のスーツ。長い髪にはボリュームのあるパーマをかけている。このあたりは保険会社のビルが多い。やり手の保険外交員といったところか。

その女と一瞬、目が合った。ほんの数秒だが、女が芦立を見つめた。濃い化粧に大きな瞳。知人だったか？　女の目が何かを訴えたようにも見えたが、芦立は視線を外した。女のほうも何もいわず去って行った。

「何にいたしますか」

「日替わり弁当はありますか」

「ラスト一個です」

店員の女は近くで見ると、目尻の辺りに小皺(こじわ)が目立っていた。思ったより年齢は上のようだ。三十代ではなく、四十代前半くらいか。

この女性店員は火石に見られていることに気づいているのだろうか。だが、そのことを女に訊くわけにもいかず、代金を払って弁当を受け取った。

「雨、このまま降らないといいですね」

店員が微笑んだ。自分には真似のできないきれいな笑顔だと芦立は思った。

1

ファミリーレストランは、昼食の時間帯を過ぎてもほとんどの座席が埋まっていた。通路を挟んだ隣のボックスでは女子高生が互いの携帯電話をのぞきこみながら、嬌声をあげている。

——どうせ、こっちの会話なんて気にしていないだろう。

武吉通成は視線を戻して居住まいを正した。向かいの席に座る北野和恵は、自分と同じ三十八歳。派遣社員として働いておりプログラミングが得意だといっていた。和恵と会うのは今日が三回目。これまで二度一緒に昼食を食べて、そのあとドライブをした。

会話が盛り上がるとまではいかないが、波長は合っているし、口下手なところも似ていると武吉は感じていた。

受刑者を前にしたときは、くだけた口調で接したり、冗談を飛ばしたりもする武吉だが、あれは職場だけの姿だ。プライベートな場で女性が相手だと、うまく話せなくなる。

アイスコーヒーを喉に押し込み、腹のなかでもう一度、言葉を繰り返した。

――結婚を前提にお付き合いしてください。

今どき、こんな言葉を発する人間がいるのかどうか不明だが、ここははっきりさせておきたい。中途半端に食事に行ったり、会ったりするつもりはなかった。弟から聞いたところによると、和恵は結婚を前提とした交際相手を探しているという話だったし、武吉にしても同じ思いだから、会うことにしたのだ。

「北野さん。私たちの、こっ、これからのことですが」

声が上ずったので、いったん止めた。アイスコーヒーをもう一度口に含む。隣のボックス席の高校生が静かになっていた。視線を向けると、それぞれの携帯電話を眺めて押し黙っている。

ずっと盛り上がってくれたらよかったのに。ここからの会話はあまり聞かれたくない。

視線を和恵に戻すと、武吉はふと気づいた。そういえば今日の和恵はどこかよそよそしい。自分から話そうとせず、紅茶のカップに視線を落としていることが多い。
体調がよくないのか。それとも、こうして会うことに気乗りしなかったのか。
俺のことを、結婚を考える相手にはなりえない。よもや、そう思っているのか。
まあいい。もう想像する必要はない。今からこたえは出る。
武吉が強く息を吸ったそのとき、和恵が横に置いていたバッグの口に手を差し込んだ。

「これを見ていただけますか」

紙を取り出し、テーブルの上で広げた。紙の端にはＵＲＬ。インターネットのウェブサイトをプリントアウトしたものだ。

このレイアウトに見覚えがあった。匿名の掲示板。嫌な予感がした。

『加賀刑務所★ＰＡＲＴ14』

タイトルを見て思わず息を呑み、武吉は掲示板の書き込みに視線を走らせた。

——Ｔ吉はクソ。——暴力刑務官。——頭がイカれてる。

誹謗（ひぼう）中傷、罵詈雑言（ばりぞうごん）がこれでもかと列挙されている。

首筋から顔に向かって熱が這い上がってきた。どうして和恵がこんなものを。

顔を上げると、和恵が表情を消して、武吉をじっと見ていた。

「見てください。ここ」

和恵の指先には、T吉の文字があった。

「これって、武吉さんのことでしょうか」

「……」

和恵の眉がきゅっと中央に寄った。

「暴力刑務官とか、ここに書いてあることは、事実なんでしょうか」

「いや、それは……逆恨みなんです」

「逆恨み？」

眉を寄せたままの和恵は、武吉から目を逸らさない。疑っているのか。俺のことを暴力刑務官だと思っているのか。責めるような、そんな眼差しだ。

武吉は奥歯をかみしめ、視線を逸らした。

書き込んだ人間が誰か、およそわかっている。説明しようかと思ったが、守秘義務の四文字が頭に浮かんで口を結んだ。刑務所内のことは、秘密厳守だ。

気まずい空気が流れていく。何かいわなくてはと考えたが、言葉が見つからない。

「武吉さん、聞いていますか」

和恵の声がなぜか遠くなった。

かわりに隣のテーブルから、キャハハと弾けたような女子高校生の声が聞こえてきた。

2

　刺すような日差しがじりじりと腕を焦がした。武吉は制帽をわずかに上げて、額の汗をハンカチで拭(ぬぐ)った。絞れば滴りそうなほど、ハンカチは汗を含んでいる。シルバーウィークが終わり、もうすぐ十月だというのに、心地よい秋晴れなどとはほど遠い炎天下だった。

　目の前では、年に一度の運動会が行われている。その監視が今日の仕事だ。

　運動会は六班に分かれての対抗戦形式で、各班とも優勝を目指して真剣に戦う。

　刑務所生活は受刑者にとって単調な日々だ。ストレスもたまるし、緊張感もなくなっていく。そんな日々に変化を持たせるために、いくつもの行事が組まれている。なかでも運動会は受刑者たちにとって、最大のイベントだった。

　武吉は、赤いハチマキを目で追った。赤は武吉の班が所属するBチームのチームカラーである。

　――優勝して武吉先生を男にしますっ。

　昨夕、刑務作業の最後に、班長を務める受刑者が高らかに宣言し、ほかの受刑者たちが「ウッス！」と力強い声で続いた。

毎年恒例の儀式。担当刑務官は、この瞬間、胸に熱い思いがこみ上げる。我がチームという家族愛に陶酔を感じる場面だ。

だが、今年の武吉の気持ちはこれまでとは少し違っていた。理由は、ここ数か月、罵詈雑言が並べられた掲示板の書き込みだった。T吉とぼかしてはいるが、標的となっているのが自分なのは明らかだった。

書いているのは元受刑者。誰なのかも、およそわかっている。書き込みを眺めつつ、武吉は悟った。結局、刑務官と受刑者の主従関係など表層的なもので、一枚皮をむけば打算と憎しみが見えてくる。

鋭い笛の音で我に返った。

最後のプログラム、綱引きが始まっていた。参加する選手、応援する選手の顔つきが一段と真剣さを増している。赤ハチマキのBチームの得点は二位。綱引きの相手は現在一位の青ハチマキのDチーム。ここで勝てば、逆転優勝という大一番だった。

三本勝負の綱引きは、まずBチームが勝ち、次はDチームが勝った。二番とも僅差(きんさ)の勝負だった。

勝負を決する三本目が始まった。

熱気とともに砂ぼこりが舞い上がり、運動場のボルテージは最高潮に達していた。

十秒が過ぎ、武吉の班が所属するBチームが力を発揮し始めた。敵方の先頭で綱を引く選手のつま先が滑りながら中心線に近づいていく。

いけっ。いけっ。

双方の応援の声が激しさを増した。勝てば、チーム全員に所長から金一封が出る。金一封といっても現金や商品券ではない。特食と呼ばれる菓子やジュースだ。受刑者の間では、この特食のことを甘シャリと呼ぶ。昔、刑務所生活で甘いものに飢えていた受刑者の知恵が命名の由来といわれている。

――飯に砂糖をまぶしたら菓子のような甘い味になる、だから甘シャリなんだってよ。

初めて配属された刑務所で、武吉はそのことを先輩刑務官から教えられた。

歓声が一段と大きくなった。敵方が盛り返してきたのだ。

中央まで綱が引き戻されたところで、綱の動きが止まった。綱は縦にわずかに揺れながら左右どちらにも動かなかった。

Bチームの先頭、村野が大きな声でチームを鼓舞した。選手たちは上体を反らして、激しく綱を引く。しかし、敵方の陣地に綱がじりっと動いた。

ワッショイ！　ワッショイ！

両チームの掛け声にさらに力がこもり、赤と青の大きな応援旗が舞い続ける。

今だけは、武吉も監視するという立場を忘れて、綱引きの行方を見守った。

——さあ、いけ！

そのとき、予期せぬ光景を目にして、武吉はアッと声を上げた。

Bチームの最後尾、綱を腰に巻きつけていた小里が尻もちをついたのだ。

小里は焦っているのか、足をばたつかせて起き上がれずにいる。すると、その足が運悪く前にいた飯沼の足を蹴った。飯沼はバランスを崩して後ろに倒れ込みそうになった。

前に引っぱられる速度が上がった。大きな砂ぼこりが舞い、Bチームは一気に前に引きずられていく。

ピーッ。

試合終了。ウォーという歓声が耳を支配した。

綱の中央を起点にして対照的な光景が広がった。勝利したDチームの選手たちは天を仰いで雄たけびを上げ、負けたBチームの選手たちは茫然と立ち尽くしている。

武吉は激しかった勝負の余韻に浸りながら、勝者と敗者を傍観していた。

「コザさん、大事なところで何やってんですか！」

Bチームの後方で鋭い声が飛んだ。飯沼が小里に怒りの形相を向けている。

「何って、おまえが勝手に後ろに倒れてきたんだろ」

地面に座ったままの小里が飯沼を見上げる。

「違うって！　コザさんが俺の足を蹴ったんだよ。それでこっちはバランスを崩しちまって」

「そうだったのか」

「そうだったのかじゃねえよ！　あんたのせいで負けたんだ」

飯沼がハチマキを地面に叩きつけた。間の抜けた小里の言葉が飯沼の怒りにさらに火をつけたようだ。

綱引きに参加していたBチームの面々が小里と飯沼のまわりに集まってくる。

「どうしたんだ？」

村野と谷岡の二人が、小里と飯沼の間に入った。この四人は生活棟で同部屋だ。

「さっきの勝負、大事なところでコザさんがこけちまって」

「急に綱を引く力が弱くなったのは、そのせいだったのか」

あきれた表情の村野が両手を腰に当てた。

「俺はコザさんに足も蹴られたし」

「わざとじゃないって」小里が仏頂面をする。

誰かが舌打ちし、さらにほかの誰かが、「あーあ」と投げやりな声を出した。さきほどまで団結していた熱い空気は消え、不穏な空気が漂い始めた。

ついに出番かと、武吉は小走りで輪の中に入り込んだ。

「よし、それくらいにしとけ」

「でも、先生」飯沼が真剣な目を向けてきた。「これで勝てりゃあ、優勝だったんですよ。先生を男にできたし」

「何いってるんだ。俺はもともと男だ。今さら、おまえたちに男にしてもらう必要はない」

武吉がおおげさに肩をすくめてみせると、ようやく場の空気が緩んだ。

自然と輪が解けて片づけが始まった。

「小里、立てるか」

「はい」と小里が立ち上がる。

だが、歩き出そうとして、足元をすり抜けていく綱につま先をひっかけて、再び尻もちをついた。

応援席から失笑が漏れた。赤ハチマキのBチームの面々は、まるで自分が恥をかいたかのように苦々しい顔を作った。

小里は右腕を押さえて顔をしかめていた。肘のあたりがすりむけて血がにじんでいる。綱引きの途中、引きずられたときに怪我をしたのだろう。

武吉は手を貸して小里を立たせた。

「肘の手当てをしてこい」

小里が重そうな足取りで事務局のテントに向かっていく。その姿を見守っていると、背後からにぎやかな声が聞こえた。

振り返ると、Dチームの担当刑務官と受刑者たちが、普段は見せないような笑顔で言葉を交わしていた。気の早い一部の受刑者が刑務官を胴上げしようとして、「閉会式が終わるまで待て」とたしなめられている。

そんなやりとりを武吉は羨ましいと思うこともなく、どこか冷めた気持ちで眺めていた。

3

平日の昼は、各工場の食堂で受刑者が一斉に昼食を取る。

武吉は食事をする受刑者たちの顔を順番に確かめていた。昨日の運動会で日焼けしたため、どの顔も赤く生気に満ちている。

武吉が受け持つ受刑者たちにも目を配ったが、誰もが明るい顔をしていた。綱引きで負けた直後は不穏な空気が流れたが、二位の表彰を受けるときは、みな誇らしげな表情だった。

昨晩は、強い雨とともに雷鳴がとどろいていた。今朝、運動場の水たまりを見たときは、昨日が運動会でよかったと胸をなでおろした。もし、今日が運動会だったら、天気はよくても中止になったかもしれない。

どれもこれもうまくいった。満ち足りた思いでいると、「武吉さん」と声をかけられた。

巨漢の刑務官、川村が近づいてくる。川村は看守の二十四歳。黒縁の眼鏡が、まだ学生のような雰囲気を残している。

「飯沼ですが、検温したところ、三十七度八分ありました」

午前の刑務作業のときに飯沼が体調不良を訴えた。作業中の早退は、原則認めない。だが、顔じゅうに異常な汗を浮かべる飯沼を見て、これは休ませたほうがいいと武吉は判断した。

「昨日の疲れが出たんじゃないですかね。かなりハッスルしてましたから」

二十六歳と受刑者では若い部類に入る飯沼は、運動会で大活躍だった。

「午後も休ませてやれ」

武吉は川村にそう告げて通路を巡回した。

昼食の献立は、チャーハン、はるさめスープ、ザーサイの漬物。思わず腹が鳴りそうになったので、武吉は咳払いをしてごまかした。巡回担当の刑務官の昼食は、受刑者たちの食事を見届けてからになる。

カラン。乾いた音が広い部屋に響き渡った。

誰が皿を落としたのかと、音のほうへ目を向けた。視線の先では、六十代の受刑者が腹を押さえて顔をゆがめている。手元が狂って落としたわけではなさそうだ。

足早に近づいて、「どうした」と声をかけた。

「急に腹が……」

その受刑者は、ううっ、とうめき声を上げた。かなりきつそうだ。その声に呼応するかのように、別のうめき声が聞こえた。向かいの受刑者が同じように腹を押さえている。

「おい、どうした」

「武吉さん！」

川村が武吉のほうに駆け寄ってくる。「大変です。見てください」

周囲を見渡すと、何人もの受刑者が苦しげな表情を浮かべている。

「願います」、「願います」、「願います」

方々から手が上がり、切羽詰まった請願の声が交錯した。受刑者たちは、次々と前のめりに倒れ込んでいく。

さきほどまで活気づいていた食堂の風景が一変した。

武吉はベルトに装着した専用通信機を引っ張り出し、

「こちら第三工場の食堂。多くの受刑者が急に体調を崩しました」と大声を張り上げた。

4

第三工場の受刑者七十五名のうち、六十六名が、嘔吐(おうと)、腹痛、下痢の症状を訴えた。外部の病院への入院が必要となるほどの重症者はいなかったが、第三工場では、午後の刑務作業をすべて取りやめて、受刑者を居室で休養させることとした。ほかの工場では、体調不良を訴えた者がいたという話は、今のところなかった。

その日のうちに、保健所の担当者が刑務所を訪れ、調理場の立ち入り検査を行い、体調不良を訴えた受刑者の便を採取した。

ひととおりの作業が終わると、保健所の担当者との会合の場が設けられた。

刑務所側の出席者は、炊事係を担当するベテラン看守部長の牧田(まきた)、発生当時、食堂にいた武吉と川村。ほかには、総務課長の芦立や指導官の火石など管理職も何人か出席した。

「集団食中毒の可能性が高いと思いますね」

保健所の担当者はひどいくせ毛の白髪頭で、一癖ありそうな研究者を連想させた。

「では、食事が原因でしょうか」

尋ねた牧田の表情が強張っている。炊事係を担当しているだけに、気が気ではないのだろう。

「現時点では断定できませんが、食事中や直後に症状が現れているので、その可能性は高いでしょう。短い潜伏期間を経て発症していること、重症化している人がいないことから、黄色ブドウ球菌によるものと思われます」

「検食した私には、何の自覚症状も現れていませんが」

「受刑者全員が不調を訴えていないことからもおわかりのように、運よく症状が出ない人もいます」

チャーハン、はるさめスープ、ザーサイの漬物……。武吉は食堂で出された料理を思い出していた。

保健所の担当者は、昼食の献立表と使用食材の一覧を眺めて、こういった。

「ザーサイの漬物、あるいはチャーハンかもしれませんね」

「しかし、黄色ブドウ球菌は加熱すれば死滅するんじゃないのですか」

牧田が疑問の声を上げた。「チャーハンはしっかり炒めているので、火は通っていたと思うのですが」

「調理のあとに付着した可能性も考えられます。この菌は、人間の皮膚や髪の毛、さらには傷口などにも存在していて、できあがった料理に付着した菌が増殖した可能性もあります」

「原因がはっきりするのはいつでしょうか」

「食材と便を検査するので、五日ほどお時間をください。それと――」

保健所の担当者は、眼鏡をかけ直した。それまでの自信ありげな眼差しに少し陰りが差した。

「調理担当者と患者への聞き取り調査は、そちらにお任せするということでよろしいでしょうか」

「責任もってこちらで行います」

総務課長の芦立がこたえると、保健所の担当者は、ほっとした様子で、「では、よろしくお願いします」といった。

食中毒の疑いがある場合、保健所は調理をした人間と患者を対象に聞き取り調査を行う。だが、該当者のすべてが服役中であるため、今回は特例的に、聞き取り調査は刑務所が引き受けることとなった。

翌日、快方に向かった受刑者から順に聞き取り調査を行うと、昼食を食べている途中に強い腹痛を感じた、食事のあとに吐き気に襲われたと同じような回答ばかりが続いた。

炊事係の受刑者には、食材のなかで傷んでいたものはなかったか、調理場での様子などで気づいた点はなかったかと尋ねた。

加賀刑務所では工場ごとに炊事係は分かれている。食中毒の起きた第三工場を担当するのは五名。そのなかには、武吉の班に属する小里も含まれていた。

チャーハン作りを担当していた小里によると、炒めるときに火はいつもどおり通した、調理場でも気になる点はなかった、とのこたえがかえってきた。

チャーハン作りの過程で問題は無し。ところが、そうはならなかった。

炊事係のほかの受刑者から、「小里の様子がおかしかった」という情報がもたらされた。

その受刑者によると、調理の途中、小里が作業の手を何度も止めていたので、どうかしたのかと尋ねると、「何でもない」とむきになって否定したという。

また、別の受刑者からは、小里がきょろきょろしたり、右腕を気にするようなそぶりをみせていたという声もあった。

こうした証言から、小里が集団食中毒の発生に関与していたのではという疑惑が浮上し、処遇部長室で緊急の会議が行われた。

「小里の動きが怪しかったというが、それがどう食中毒につながるのか」

万波が不機嫌そうな顔で牧田に尋ねる。武吉が刑務官部屋で聞いた話によると、万波は、所長の海老沢から、衛生管理はどうなっているんだと厳しく叱責を受けたらしい。

「前日の運動会で小里は右ひじに擦り傷を負っていまして、その傷口で発生した黄色ブドウ球菌がチャーハンに付着した可能性が考えられます」

牧田の説明に、万波の顔が赤らんだ。

「小里の負傷箇所が菌の発生源なら、問題は不慮の事故か、故意にやったのかだな。そこは、どうなんだ」

「何ともいえません」と牧田が肩をすぼめる。

故意——武吉は思考を巡らせた。小里が食中毒を意図的に狙った？ ほかの炊事係の目を盗んで、黄色ブドウ球菌をチャーハンに付着させたりするだろうか。何のためにそんなことをする必要がある？

そこまで考えて、「まさか」と武吉は思わず口にした。

「武吉。どうした？」

万波の鋭い目が武吉を射抜く。

「いいえ、何でもありません」

「いいから話せ」と万波がドスを利かせた。

「実は……」運動会での出来事を武吉は説明した。

優勝のかかった大一番の綱引きで、最後尾にいた小里が尻もちをつき、チームは劣勢となり、そのまま敗北。チームは優勝を逃す結果となった。

「負けた直後、小里は同じチームの選手たちから責め立てられていました」

「同じチームとは、第三工場の受刑者たちだな。食中毒事件の原因は、小里による仕返しということか」

武吉は、返事をせずに目を伏せた。自分が思いついた推理だが、軽々しく、「はい。そうです」とはいいたくなかった。

「火石指導官、どう思う？」

万波が火石に尋ねた。普段はこの若い上級刑務官を煙たがっている様子だが、難しい場面ではこうして意見を求める。根底では頼りにしているのだろう。

「疑うに値する材料が出てきた以上、このまま放置というわけにはいきません。小里には、もう一度、聞き取り調査が必要です」

「もしも、小里が意図的に菌を混入したなら、厳しい懲罰は免れんな」

万波の重い声に、場の空気が重度を増した。「小里は今どうしている？」

「おい、武吉」万波の眉が吊り上がった。

「部屋で休んでいます」

「仮病じゃないのか？　疑われないよう演技をしているだけかもしれんぞ」

聞き取り調査をしたとき、小里の顔色は悪いように見えた。だが、あれが演技といわれたら、そんな気がしないでもない。なぁ。万波がぎろりと武吉を睨みつけた。

「もう一度、聞き取り調査をやれ。そこできっちり吐かせろ」

5

小里壮一。四十五歳。独身――。

武吉は小里の個人調書を眺めていた。出身は山陰地方。小さな醬油蔵の跡取り息子として生まれ、高校を卒業後、京都で修業した。三十歳のときに父親が病死すると、実家に戻り跡を継いだ。

だが、そこから流転の人生が始まった。社長に就任して三年が過ぎた頃、経理担当の社員による不正経理が発覚。その社員は会社の金を持ち逃げして失踪する。当時醬油蔵の経営は厳しく、銀行から貸し渋りにあっていた。資金繰りに悩む小里は何とか会社を維持しようと怪しげな高利の金貸しから融資を受けた。しかし、それがきっかけで会社は火の車となり、いよいよ経営が立ち行かなくなった。

そんな折、妻が家を出ていった。小里の会社で働いていた年下の男性社員と駆け落ちしたのだ。小里と妻の間には子供がいなかったので、すぐに離婚が成立した。だが、これで心機一転というわけにはいかなかった。人間不信に陥るような事件が続き、気力を失った小里は会社の廃業を決めた。

無為な日々を過ごしていた小里は、ある日、スーパーマーケットで万引きをして逮捕された。初犯であることが考慮され、執行猶予判決となるも、執行猶予中に日雇いのアルバイトで知り合った前科持ちの男に誘われて、高齢者が多い過疎地の集落をターゲットに窃盗を繰り返した。

主犯格だった男が別件で逮捕されると、共犯者だった小里もまもなく逮捕された。小里の服役期間は、初犯の一年と窃盗犯よる二年六か月をあわせた三年六か月。加賀刑務所での服役は二年が経過し、違反行為はない。

ここまでの内容で気になった箇所を武吉は指でなぞった。

人間不信。

個人面談のときに小里がもらした言葉が武吉の記憶に残っていた。

――人を信じられなくなって。もう全部どうでもよくなったんです。

心に芽生えた人間不信はいつしか、憎悪となり、犯罪に手を染めるようになった。今回も同じか？　綱引きのあと、周囲から責められ、たまりにたまった負の力が彼の心に冷たい火をつけた……。

しかし、と武吉は想像をとめた。食中毒を引き起こす菌を食事に盛るなんてことを、小里がするだろうか。かりにも、醬油蔵の代表者まで務めた人間だ。

それとも、人間不信が小里を根底から変えてしまったのか。

——小里、おまえの内面はどうなっている。

調書のファイルを閉じ、武吉は小里のいる生活棟へ向かった。

まだ午後三時すぎだが、小里のいる居室では、就寝時間と同じように四名の布団が敷いてあった。布団の一つがもぬけの殻なのは、誰かが用を足しているからだろう。ついたての向こうに、飯沼の頭が見えた。

「飯沼以外、全員整列」

小里、谷岡、村野の三人は、布団から起きると横に並んで正座をした。

「おまえたち、調子はどうだ」

「問題ありません」

しかし、言葉とは反対に三人ともけだるそうな表情をしていた。

「二〇六四番、小里。部屋を出ろ！」

なぜ自分だけ？　と小里の目に疑問符が浮かんだ。

不安そうな表情で部屋を出ていく小里を、村野と谷岡が見送った。ついたての奥から飯沼も顔を半分だけ覗かせている。

「面談室に行く。前に進めッ」

武吉は小里の斜め後ろを歩いた。前を行く小里の首筋にはうっすらと汗の玉がにじんでいる。戻らない体調のせいか、あるいは、後ろめたさと不安のせいか……。

——そういえば、あいつも面談室へ向かう途中、汗をかいていたな。

小里の背中がひとまわり小さくなり、別人に置き換わった。——緑川健市。

不意に緑川のダミ声が武吉の耳の奥で鳴り響いた。

「T吉はクソ」、「暴力刑務官」、「頭がイカれてる」

ダミ声が消えると、今度は別の声が聞こえてきた。

——これって、武吉さんのことでしょうか。

ファミレスで聞いた和恵の声だった。

「懲罰を受けたことに逆恨みした元受刑者が書いたんです。私に非はありません」

和恵に語れなかった言葉を、今になって胸のうちで吐く。

そう、あれは正当な職務の行為で、俺はやるべきことをやっただけだ。

刑務所では、受刑者あての郵便物、受刑者が塀の外に出す手紙、どちらも刑務官が中身を確かめる。あるとき武吉は、担当していた緑川が出そうとした手紙に、暗号らしき記述を見つけた。

　文章のなかで文字をわざと一つ飛ばす。飛ばされた文字をつなぐと一つの言葉となる。過去の手紙を見返すと、そこには似たような暗号が含まれていた。武吉が問うと、意図したつもりはないと緑川は否定したが、嘘をついているのは明白だった。問い詰めるうちに、ほんの遊びだったと緑川が罪を認めた。その緑川には、審査会を経て厳しい懲罰が下された。

　単独室での十日間の閉居処分が終わると、緑川は元の服役の日々に戻った。武吉へ反抗的なそぶりはみせず、むしろ、素直に従っている様子だった。しっかり反省してくれたならそれでいい。いつしか武吉の記憶から、緑川が懲罰を受けたことさえ消えていた。

　だが、緑川が出所した直後、武吉を中傷する書き込みがネットにあふれ出した。

　書き込まれた文言から緑川の書き込みとすぐに気づいた。

　懲罰を食らったのは、緑川に原因があって、こちらには何の非もない。だけど、あいつは、俺をずっと恨んでいた。

　緊急会議の最後に、万波から、小里をきっちり吐かせろと檄（げき）を飛ばされて、気持ちが落ち着かなくなっていた。

　もし小里が犯人なら……緑川のように俺を恨むのか。

一見、温厚な小里だが内面まではわからない。人間不信と書かれた調書の四文字が脳裏にちらついて離れなかった。小里が出所したら、すぐさま掲示板に罵詈雑言が並ぶのではないかと不安がよぎる。

緑川にデタラメを書かれ、交際を申し込もうとした女性は武吉から遠ざかっていった。

これからもこんなことが続くのか。そう思うと、体の芯が冷えてくる。

俺はどうしたらいい――。

武吉は小里の背中を眺めながら思索にふけった。小里に恨まれずに済む方法は……。

ふとある考えが頭をかすめた。

小里を問いただしたときの最初の反応。そこに正直な気持ちが表れるのではないか。もしも、自分がやったと小里がすんなり認めれば、それは懲罰覚悟の姿勢ともとれる。その場合、武吉に対して恨みを抱くことは、まずないだろう。

恨みを抱くのは、嘘をついて、その嘘が見破られたときだ。やってないと否定したはいいが、面談で詰められて、ぐうの音も出なくなったとき。屈辱はやがて怒りに変化し、果ては恨みとなる。緑川がまさにそうだった。

であれば、おまえがやったのかと訊くのは一度だけにする。そこで返ってきたこたえを受け止める。罪を認めようが、認めまいが、小里の言葉を尊重する。やっていないと主張するなら、それ以上の追及はしない。

これで少なくとも俺は恨まれずに済む。真犯人かどうかは二の次だ。

そんなことを考えているうち、武吉の気持ちは徐々に落ち着きを取り戻していった。

面談室での小里は、じっとうつむいていた。顔全体に浮いた汗が光っている。

「食中毒の件で、もう一度、おまえの話を聞きたい」

「はあ」

「どうしてだか、わかるか」

「いいえ」

小里はそういって、腹のあたりをさすっている。

「本当にわからないのか」

声音は、自分が思う以上に強くなった。小里のほうも同じように感じたのか、びくっと肩を動かして顔を上げた。

「昼食の調理では、チャーハン作りを担当していたな」

小里が、こくりとうなずいた。

「調理のときに、何か気づいた点はなかったか」

「いいえ、何も」

小里の目が不安定に動く。

「おまえ、腹が痛いなんて嘘だろ」

「嘘じゃありません」

「綱引きで負けたとき、飯沼から責められた。あのあと、綱につまずいて転んで、周りから笑われた。腹が立ってたんじゃないのか」

「あのときは……はい、そうです」

「だから仕返しをしてやろうと考えた」

「えっ」

「黄色ブドウ球菌が食中毒の原因らしい。ああいう菌は、傷口についていたりするそうじゃないか」

小里の顔が変化した。怯(おび)えを含んだ目に、ほんの一瞬、反抗の色が差したように見えた。

――否定するのか？

それでも構わない。私はやっていません。そう断言すれば、これ以上は追及しない。

「訊くのは一度だけだ。正直にこたえろ」

武吉は肘をついて身を乗り出した。

「食中毒は、おまえがやったのか」

小里が喉を上下させ、視線を落とした。

「こたえろ」

緊張をはらんだ長い沈黙だった。

――読めた。犯人は小里だ。

だが犯行を認める気はないらしい。なら、それでいい。貴様の言葉を尊重してやる。

そう思って武吉は待ち続けた。

一分……二分……三分……。

小里がゆっくり顔を上げた。「私は……」

その言葉を耳にした瞬間、武吉の思考は停止した。

小里は、「黙秘します」とこたえたのだった。

6

「なめやがって！」

小里が黙秘したと伝えると、鬼の剣幕の万波が靴底を床に打ちつけた。

部長室には、万波のほか、処遇部の上層部が顔をそろえ、総務部から芦立も同席していた。

「黙秘なんてもんは、自分がやったと認めたも同然じゃないか」

万波に睨めつけられた武吉は、肯定も否定もせず、直立の姿勢を保った。

「警察の取り調べを何度も受けてるうちに覚えた方便だろ」

最初は武吉もそう思った。だが、罪を認めるつもりがないなら、黙秘ではなく、「やっていない」といえばいいはずだ。

「もういい。ここは警察じゃない。外のルールなんて通用しねえ刑務所だってことを、小里にわからせる必要がある。すぐにでも審査会を開いて、一番厳しい懲罰に処せ」

万波の怒りは収まりそうにない。このまま小里には、懲罰が下されそうだ。

そう思うと、武吉の視界はじわりと狭くなった。小里の言葉を尊重した結果がこれだ。もしも懲罰を受けることになったら、あいつは俺を恨むのだろうか。

だが、小里の態度にやはり釈然としない思いが残る。なぜ、あいつは黙秘という言葉を使ったのだろうか。

「よろしいですか」

それまで議論の行方を見守っていた火石が発言した。

「まだ懲罰を決める段階ではないと思います」

「どうしてだ、指導官」

万波が苛立たしげな声を火石にぶつけた。もう道筋はついた。口を挟むなと目を吊り上げている。だが、火石のほうは気にした様子もなく軽い口ぶりで話し始めた。

「黙秘という言葉を使ったのは意図があるんだと思います。話したくないのは、何か隠したいことがあるからではないでしょうか」

武吉は心の中でうなずいていた。怒りに任せて吠える万波に、一介の看守部長がいいたくてもいえない言葉を、火石は代弁してくれた。

「じゃあ、小里が犯人ではないというのか」

「炊事係の受刑者からの証言があるので疑念は残ります。ここは、いったん小里を単独室へ移して、保健所の調査の結果を待ってはどうですか」

「こういうのは、早く処分して終わらせてしまえばいいと思うがな」

「万波部長、ここは慎重なご判断をなさるのが賢明です。法改正が行われて、受刑者の権利が以前よりも認められています。特に、懲罰については、公正、慎重な対応が求められます。拙速は、我々の首を絞めることになりかねません」

万波は、うむと渋い顔でうなずいた。

部長室を出たあと、武吉は火石に頭を下げた。

「私のいいたいことをおっしゃっていただき、ありがとうございました」

「礼をいわれる筋合いの話ではありません。当然のことをいったまでです。それより武吉さんにお訊きしたいことがあります」

「何でしょうか」

「今、小里の入っている四人部屋の居室ですが、あのなかで小里だけが炊事係でしたよね」

「そうです」

「普通、炊事係に携わる受刑者は、同じ係の受刑者で居室をかためるのに、なぜ小里だけはあの部屋にいるのでしょうか」

「深い理由はありません。元々、小里は私の工場で炊事係とは別の刑務作業に従事していましたが、小里自身は炊事係で働きたいとずっと希望していました。あるとき、炊事係に空きができて小里は配置替えとなり、居室も動かすという話になったのですが、小里本人から、居室は三〇四号室のままにしてくれと強い希望があったので、動かさなかったんです」

「小里から理由は聞きましたか」

「部屋を移って新しい人間関係を作るのが面倒だといっていました。人間不信なところもあるようでして」

小里が過去に罪を犯した経緯をかいつまんで話した。

「なるほど」と火石があごの先に指をあててうなずく。「では、同じ居室の受刑者とは仲よくやっているんですか」

「仲が悪いという話を聞いたことはありませんが、いいともいえないと思います。運動会の綱引きの負けのことで責められたりもしてますし、怒りをため込んでいたのかもしれません」

「運動会といえば、武吉さんはBチームの担当でしたが、あと一歩で優勝できずに残念でしたね」

「はい」

「これは私の勝手な印象ですが、武吉さんは自分のチームの応援にあまり力が入っていなかったように見えたのですが」

「応援よりも受刑者の監視のほうに集中していたので」

「そうですか。失礼しました。監視そっちのけで自分が担当する工場の受刑者を応援している刑務官が多いなか、仕事熱心なのはさすがです」

そんなことありません、と返しながら、武吉のこめかみにじわりと汗が浮かんだ。

火石は噂どおりの切れ者だ。熱気あふれる運動会で冷静に全体を見ていたらしい。受刑者だけでなく刑務官までも。

7

缶ビールを口に運びながら、武吉は官舎の狭いリビングでパソコンの画面に見入っていた。

『加賀刑務所★PART14』

――運動会。今年はどの色が勝ったんだ？

今日の書き込みは一件。T吉に関する書き込みはない。安心して、ビールをぐいと喉に押し込んだ。

以前は、匿名掲示板など、公衆便所の落書きと同じくらいにしか考えていなかった。だが、今は違う。書き込まれた内容を誰もが見る可能性に恐怖を感じていた。

ファミレスでは、和恵に結婚を前提に交際してほしいというつもりが、いえなかった。和恵からネットの書き込みを突きつけられて動揺したせいだ。その後は、なんとなく気まずい雰囲気になり、早々に店を出て別れた。以来、和恵とは連絡を取り合っていない。

あの日、交際したいと切り出さないでよかった。和恵がネットの書き込みを武吉に示したのは、金輪際会わないというこたえだったように思える。

ビールが空になり、二本目のプルトップを引き上げたところで携帯電話が着信を告げた。

弟だった。弟は隣の富山県の氷見市という港町で民宿業を営んでいる。

〈加賀刑務所で食中毒が出たって話、ニュースで見たよ〉

「ああ」としか返せない。

〈原因は、何だったの？　やっぱり、あの晩の雷？〉

「雷？」

〈そっちは鳴らなかったの？　雨もすごかったじゃない〉

いわれて思い出した。運動会の晩から明け方にかけて、雷を伴う強い雨が降っていた。

「たしかに、こっちもひどかった」

〈停電になったりしたら、冷蔵庫とか動かなくなるだろ。うちも雷が鳴ると、いつもそれが心配でさ〉

「刑務所はそんな心配はない。万が一、停電になっても自家発電に切り替わる」

〈そっか。国の機関だもんな。ところで、和恵さんとは、どうなってるの？〉

「……うん」

本題は食中毒ではなく、こっちだったのだろう。

〈うん、じゃ、わからねえだろ〉

「その話は、勘弁してくれ」

〈あれ？　順調だったんじゃないの〉

武吉はビールを少しだけ口に含んだ。ネットの掲示板のことを訊かれて気まずくなったとはいえなかった。いえば、弟も掲示板を見ようとするだろう。

何かを察したのか、弟のほうから話題を変えたが話は長く続かなかった。

電話を切った。ビールの缶には、ぬるくなったビールがまだ半分以上残っていた。

8

食中毒にかかった受刑者たちは復調し、刑務作業場には普段の光景が戻ったが、依然、黙秘を貫いている小里だけは単独室での謹慎が続いていた。

事件から五日後、保健所の担当者が再び刑務所を訪れ、食中毒の原因と思われるエンテロトキシンがチャーハンと受刑者の便の両方から検出されたと述べた。

「エンテロトキシンというのは黄色ブドウ球菌から発生する毒素です。黄色ブドウ球菌は加熱すれば消滅するのですが、エンテロトキシンは加熱しても消滅しないという特徴があります。今回、調理に使用される前の焼き豚から黄色ブドウ球菌とエンテロトキシンが検出されています。ところが、できあがったチャーハンの焼き豚からは、黄色ブドウ球菌は検出されず、エンテロトキシンのみが検出されました。不調を訴えた受刑者の便の検査結果も、エンテロトキシンだけが検出されています。ここから推察するに、チャーハンを炒める過程で焼き豚に付着していた黄色ブドウ球菌は消滅し、エンテロトキシンだけが残った。それが人の体内に入って食中毒を引き起こしたと思われます」

「つまり、調理の過程に問題はなかった、具材の焼き豚に問題があったということですか」

炊事係を担当する牧田が語気を強めて尋ねた。

「まだ全員の詳しい検査結果が判明していませんが、おそらく、その可能性が高いとみていいでしょう」

保健所の担当者が去ったあと、食中毒事件の調査にかかわっていた刑務官たちの間に安堵(あんど)の空気が広がった。具材そのものに原因があったことは由々しき問題だが、炊事係の小里が自身の負傷箇所からチャーハンに菌を付着させたという疑惑はこれで払拭された。

牧田は、「焼き豚の納品業者に文句をいわないと」と気色ばんでいる。

その様子を見た武吉は、「それは少し待ったほうがいいかと」と牧田にいった。

「どうしてだ」

牧田が武吉をにらむ。年次が下の武吉に口を挟まれて、明らかに不満げな様子だ。

「同じ焼き豚は、いろんなところに出荷されているでしょうから、もし、焼き豚に原因があるなら、食中毒の発生は刑務所だけにとどまらなかったと思うのです。でも、最近、ほかで食中毒が起きたっていうニュースを見た記憶はないですし」

「じゃあ、うちの調理場に原因があったっていうのか」

「保管状態に問題はなかったか、念のために調べておいたほうがいいのでは」

「冷蔵庫なら、保健所が見たときも、ちゃんと動いていたぞ」

「運動会の夜、刑務所の近くに落雷があって停電しましたよね」

弟と電話で話した翌日、武吉は気になって落雷の有無を確認した。すると、たしかに落雷があり、刑務所周辺は三時間近く停電していたことがわかった。

「停電があったのは知ってる。しかしな」と牧田がむきになってこたえた。「すぐに自家発電に切り替わって冷蔵庫は動いていたはずだ。実際、保健所が立ち会って確かめたときも、冷蔵庫は正常に稼働していたしな」

「自家発電に切り替わる際に、もしかしたら、何か不具合があったとは考えられませんか」

「根拠でもあるのか」

そういわれると、根拠はない。何となく気になるからと説明しても、牧田は怒るだけだろう。

説得できる言葉はないかと考えていると、「牧田さん」と火石がなだめるような声でいった。

「ここまで武吉さんがいうんですから、一度、業者に点検してもらいませんか。炊事係のためにもそのほうがいいでしょう」

「火石指導官が、そうおっしゃるなら……」

武吉には強気の牧田だったが、上級刑務官の火石からの提案に、それ以上の反論はなかった。

早速、調理場に備品を納入している業者を呼んで冷蔵庫の点検をさせた。スイッチではなくコンセントの電源を切ってみたところ、冷蔵機能に不具合らしきものが見つかった。電源が強制的にオフになると、その後、電源をオンにしても、冷蔵庫の再起動までに数時間を要することが判明した。さらには、電源とは関係なく、老朽化したモーターがときどき稼働しなくなり、冷気ファンが停止していたこともわかった。

これにより、焼き豚に黄色ブドウ球菌やエンテロトキシンが付着していたのは、焼き豚の品質に問題があったのではなく、冷蔵庫の故障によって菌が発生した可能性が高いことが判明した。

食中毒の原因について報告を受けた万波は、苦虫をかみ潰した表情で「わかった」とだけこたえた。小里の犯行でなかったのは喜ばしいはずだが、読みを外したのが面白くないのだろう。

武吉も手放しでは喜べなかった。小里は自身の犯行でないのなら、なぜ、黙秘という態度を取ったのか。しっくりこない気持ちが胸に残っていた。

小里の謹慎解除が決まり、それを伝えるために武吉は小里のいる単独室へと向かった。

ドアの前に立つと、武吉に気づいた小里は正座をして姿勢を正した。

「食中毒の原因がわかったぞ」

武吉の説明を聞くと、小里は安らいだ顔で大きな息を吐き出した。

疑われたことに不満や非難の態度を示してもいいはずだが、小里は、神妙な顔つきで深々と頭を下げた。

「明日の夕方、共同室へ戻る。それまでは、ここで休め」

「ありがとうございます」

「なあ小里。黙秘したのは、どうしてなんだ。俺との面談のときに、やっていないといえば、よかったんじゃないのか」

「そういったところで、信じてもらえるとは思えなかったので」

武吉は、小里の気持ちを推し量った。はっきり否定すれば、やったという言葉を吐くまで強い圧力を受けるかもしれない。そんな場面での肉体的、精神的苦痛の大きさを想像すると、肯定も否定もしない黙秘が最適の選択だと小里は考えたということか。

「だけど、金輪際、刑務所で黙秘なんてするな。おまえの印象が悪くなるぞ」

すみませんでした、と小里が頭を下げる。

「先生に迷惑をおかけしたのは申し訳なかったと思っています」

「俺のことなど、どうでもいい」

胸の奥がちくりと痛んだ。小里を取り調べるとき、武吉は自分が逆恨みされないようにと、わが身を優先して調べを進めたのだった。

「あと一日、ゆっくり休め」

そういい残して、武吉はその場を離れた。

「武吉さん。食中毒の件でよろしいですか」

翌日、午前の刑務作業が終わり刑務官部屋に戻ると、火石が近づいてきた。

事件はもう解決したはずだが、火石の表情はなぜか曇っていた。

「さっき保健所から検便の詳しい結果が送られてきました」

火石が差し出した書類を眺めた。第三工場で不調を訴えた受刑者の名前が並んでいる。

「今回、食中毒の症状を訴えて検便を受けたのは六十六名です。このうちエンテロトキシンが検出されたのは十八名でした」

「では、残りの四十八名は？」

「保健所がいうには、エンテロトキシンによって食中毒が引き起こされても、便から何も検出されないこともあるので、とりわけおかしな数字ではありません。私が気になったのは――」

ここです、と火石が指をさした箇所には、小里、飯沼、村野、谷岡の名前があった。

「実は、この四人だけは別の菌が検出されています」

武吉は思わず目を見開いた。――ボツリヌス菌。

「これは黄色ブドウ球菌やエンテロトキシンとは全くの別物です。この四人はほかの受刑者たちとは違う原因で食中毒を発症したと考えるべきでしょう」

彼らだけどうして……。しかも同部屋だ。となると、皆が一斉に食事をする食堂での感染とは考え難い。

武吉は記憶をたぐり、数年前、似たようなケースに遭遇したことを思い出した。

「以前、ノロウイルスで同じ部屋の人間だけが下痢の症状を訴えたことがありました。あのときは居室の便器を介して感染したという話でしたが」

「私も同じことを考えました。ただ、ボツリヌス菌は便を介してという可能性はほとんどないそうです。となると、食事で感染したのか。でも、三〇四号室の人間だけが感染したというのが引っかかります。しかも、このボツリヌス菌というのは、場合によっては死に至ることもあるらしいのです」

武吉の胸がざわりと音を立てた。小里が黙秘したのは、やはり、いえないことがあったからではないのか。おそらくボツリヌス菌による食中毒の発症に小里は関与している。

同部屋の人間だけが感染した理由は？　小里のせいなら、その動機は何だ？

考えられるのはイジメ。刑務官の目の届かないところでイジメが行われているというのは、昔からよくある話だ。

三〇四号室で、小里への常習的なイジメが行われていたのではないか。だが、もしそうなら、炊事係へ配置替えとなったとき、なぜ部屋を移らなかったのか。

いや、あえて移らなかった。いつか恨みを晴らすために部屋に残った。

機を見ていた小里はついに食中毒事件を起こした。犯人が自分だと気づかれないよう自身も菌を飲んで――。

筋は通る。しかし、すとんと胸に落ちてこない。

武吉は調査結果に目を落とし、改めて四人の名前を順に見ていく。綱引きの直後、小里を激しく責め立てたのは、飯沼だった。

飯沼といえば――。運動会の翌日、昼食時に大勢の受刑者が倒れた。記憶からすっかり消えていたが、あの日、飯沼だけは朝から体調不良を訴え、刑務作業を途中で離れていた。

「火石指導官。このボツリヌス菌の潜伏期間はどれくらいかわかりますか」

「黄色ブドウ球菌に比べて長いようです。前日、口にしたものが原因となる可能性もあります」

炊事係の小里は、受刑者への配膳のあとに、炊事係だけで集まって食事をする。配膳担当が小里だとしても、自分と同部屋三人の食事にだけ菌を混ぜるなど無理だろう。

考え込んでいる武吉に、火石が「どうかしましたか」と尋ねた。

飯沼が朝から不調を訴えていたこと、三〇四号室は四人全員で食事をする機会がなく、朝食や夕食での感染も、可能性としては低いと説明した。

武吉の話を聞き終えると、火石はしばしの間、沈思してから、

「彼らの居室を調べてみる必要がありそうですね」といった。

9

「ただいまより、三〇四号室の監査を行います」

火石の号令で、武吉は誰もいない三〇四号室の施錠を外した。

監査を実行する手続きとして、本来なら決裁が必要だが、火石が「急を要するので、口頭了解でお願いします」と万波にかけあった。なぜ、そこまでやるのかと万波はいぶかったが、火石は「理由はのちほど説明します」と押し切った。

監査は受刑者がいないときに行う。今日の刑務作業が終わるまであと一時間。この間に終わらせなくてはいけない。

「共有部分から見ていきましょう」

武吉と火石は、「テレビ、異常なし」、「スチーム、異常なし」、「テーブル、異常なし」と互いに声を出しながら、室内の備品を一つ一つ確認していった。

上級刑務官である火石の手まで煩わせて、こんなことになるなんて……。

小里に食中毒事件の犯行の疑いがかかり、面談室で向かい合った。あのとき、聞き取りにもっと力を注いでいれば、ボツリヌス菌の混入やイジメがあったことについて小里は何らかの告白をしたのではないか。

しかも、聞き取り調査での追及に力が入らなかったのは、小里のためではなく武吉自身のためだった。今さらながら、自分が嫌になってくる。

「武吉さん、どうされました」

火石に指摘され、手が止まっていることに気づいた。今、ここで気持ちを整理したかった。

「指導官。少しだけ、よろしいですか」

「何でしょう」

話しながら火石の手は動き続けていた。本棚に並んだ本を、素早い動きで一冊ずつ点検している。

「この前、指導官は私に、運動会のときに冷静な目で受刑者の様子を見ていたとおっしゃっていましたが、あれは間違いです。冷静ではなく冷めた目で見ていたんです。受刑者たちと距離を取ろうと思いまして」

「距離を取ろうと？　それは、どうしてですか」

「受刑者と距離を詰めて接すると、こっちが痛手を負うからです」

「裏切られるという意味なら、刑務官をやっていれば、よくあることではないですか」

「今まではそう思っていました。ですが、ネットで中傷されて、親しい人間がその書き込みを見たらと思うと」

「もしかして、ご家族がご覧になったとか？」

「ええ、まあ」とあいまいにこたえた。和恵は、家族ではない。

「だから距離を取ろうとしたわけですね。それはそれでいいんじゃないですか」

「えっ」

さらりと口にした火石の言葉に武吉は驚いた。

「受刑者への接し方にこれというこたえはないです。私ももがきながら日々仕事してます。もっというと、身内のことを考えて、仕事が二の次になることもありますよ」

身内。プライベートなことは知らないが、当然、火石にも家族はいるだろう。だが、仕事が二の次になるという言葉が火石から出るとは思わなかった。にわかに興味がわいたが、上官に軽々しく訊けることではない。

火石が急に黙り込んだ。洗面台の前でしゃがみこんで、プラスチック製のごみ箱を覗いている。

「武吉さん、これ見てください」

火石はごみ箱からリンゴジュースの紙パックを取り出した。それは武吉にも見覚えがあった。

「先週の映画鑑賞会のときに配付された特食ですね」

「まだ、何かあります」

さらに火石がゴミ箱から取り出したのは、小さくたたんだ透明のナイロン袋だった。

「なかが濡れてます。あ、何か入っている」

火石は袋のなかに手を入れると、底にあるものを摘まんで取り出した。

何かの破片か。色は橙。長さは三、四センチほどの細い棒状だ。

「これは、おそらくサツマイモです」

火石は袋の口に顔を近づけた。その眼差しが徐々に鋭さを増していく。

「指導官。どうかしましたか」

開いたままの袋を火石が武吉に差し出した。

「匂いを嗅いでみてください」

武吉は袋に顔を近づけた。一瞬、リンゴジュースの匂いかと思ったが、そうじゃない。鼻腔に独特の強い匂いが差し込んだ。

「これ何ですか？」

「甘シャリです」

火石が険しい顔でこたえる。「しかも、とんでもない甘シャリです。これは――」

その言葉に武吉の思考は吹き飛んだ。

10

単独室に出向くと、小里は正座をして待っていた。脇には黒い私物バッグを用意している。三〇四号室に戻る準備はすでに整っているのだろう。

「二〇六四番、小里！」

小里がバッグを手に立ち上がる。

「何も持たなくていい」

「――」

「面談室に行く。そのまま部屋を出ろ」

面談室で向き合うのは、小里が黙秘を宣言したとき以来だった。

小里は、あのときのように不安そうな表情もしていなければ、変な汗もかいていない。

だが、その目には戸惑いの色を宿している。なぜ面談室に来たのかわからないのだろう。

「調子はどうだ」

「大丈夫です」

武吉は、さりげなく壁のほうに目を向けた。今、火石は部屋の外でスピーカーから聞こえる面談室の声に耳を傾けている。

小里を呼びに行く前、火石から、「一緒に面談室に入りましょうか」といわれた。

だが、武吉は「一人で大丈夫です」とこたえた。

「単独室の居心地はどうだった」

「話し相手がいないっていうのは疲れますね」

「残念だが、おまえには、もうしばらく単独室にいてもらうことになる」

「どういうことですか」

「おまえの便から検出された菌は、どうやら危ないものだったらしくてな」

「え、そうなんですか」

「ときに死に至る危険なものだったそうだ。身に覚えはあるだろ」

「え、いや……」

口ごもる小里を前に、武吉は、透明の袋に入った証拠品――リンゴジュースのパック、ナイロン袋、サツマイモのかけらをテーブルに置いた。

小里がごくりとつばを飲み込むのがわかった。

「同部屋の三人は認めたぞ。初めはなかなか認めなかったがな」

小里の目が左右に不安げに動いた。

「おまえが首謀者で間違いないな」

観念したのか、小里の頭が前に落ちた。

「……はい」

「この大馬鹿野郎が。いくら、仲がいいからって」

「すみませんでした」

「何をやったか、自分の口でいえ」

「居室で……酒を造っていました」

「詳しく説明しろ」

小里は深く息を吐き出すと、「あれは……」と語り始めた。

九月に入ったばかりのある晩だった。

「もうすぐ運動会っすね」部屋で一番若い飯沼が、誰にともなくいった。

「今年は優勝してえな」

運動好きの村野が、昨年は惜しかったが、今年は飯沼がいるからいけそうだとこたえた。

「優勝したら四人で祝勝会をやんねえか」

お調子者の谷岡が提案すると、いいねえ！　と飯沼と村野が同意した。

そんな三人のやり取りを、小里はほほえましく眺めていた。

「祝勝会といえば、やっぱり酒だよな」と村野がいう。

「ムショんなかじゃ無理ですけど」

「たまには飲みてえよなあ」と谷岡がため息をついた。

小里もテレビで酒のコマーシャルを見るたびに、酒が飲みたいと思っていた。

「今日さ、工場でペンキを塗る作業のとき、シンナーの匂いを嗅いでたら、酒を思い出しちゃってよ」

村野が悲しげな顔をした。

「わかる、わかる。俺もそうだったもん」と谷岡がうなずく。

鹿児島出身の谷岡は、芋焼酎の味を覚えたのは中学一年のときだったと語っていたことがある。

「ああ、飲みてえー」布団にころがった飯沼が、仰向けになって叫んだ。

小里は、京都の醤油蔵で修業していたころを思い出した。日々の仕事はきつかったが、夜になると一升瓶と湯飲みを持ち寄って誰かの部屋に集まった。思えば人生で一番楽しかった時期だった。

追憶に浸っていると、目の前の三人が、京都にいたときの修業仲間に重なって見え

「酒が飲みたいなら、造ってやろうか」

気づいたら、そんなことを口にしていた。

「できるんですか？」飯沼が布団から飛び起きた。

醤油蔵で長く働いていたので、発酵食品の作り方には精通していた。酒を自前で造るのは法律で禁止されているが、蔵で働く先輩から造り方を教えてもらい、こっそり造ったこともある。おせじにもうまい酒ではなかったが、遊び感覚で造るのが楽しかった。

た。

「そのかわり味は保証できないぞ」

「味なんてどうだっていいんすよ。酒が飲めれば」

四人は声を落として材料の調達方法を話し合った。酒造りには、リンゴジュースと酵母菌が必要。リンゴジュースはすぐ手に入る。たしか次の映画鑑賞会のときの甘シャリだ。じゃあ、問題は酵母菌。それなら俺が調理場からドライイーストをくすねてくると小里が請け負う。

「しかし、コザさんよう。この二つの材料でどうやって造るんだい」

「ジュースに酵母を入れて発酵させるだけ。今の時期なら、四、五日もあればできる」

適度に暑いこの時期は、発酵させるにはちょうどよかった。

「だけどよ、部屋でそんなもん造ってたら、抜き打ち監査でバレるんじゃないか」と谷岡がいう。

「それだったら心配いらん」と村野が断言する。「来週はシルバーウィークで連休に入る。その間、監査はないし、連休のあとはすぐに運動会だ。それが終わるまでは大丈夫」

「じゃあ、できあがった酒は打ち上げ用にちょうどいいっすね」

「そういうわけだ。コザさん、頼むぜ」

材料がそろうと小里の酒造りが始まった。ドライイーストをリンゴジュースと混ぜてナイロン袋に入れた。ペットボトルかガラスのビンにジュースをためて発酵させたいところだが、代用品として未使用のナイロン袋を使った。

コツは袋を密封せずに輪ゴムで緩く縛ること。発酵して泡が出てもいいようにしておくためだ。保管するのは、洗面台下の日の当たらない場所。バケツの中に入れて上からタオルを被せた。

連休の後半には、調理場からこっそり持ってきた砂糖を袋のなかに落とした。これでさらに発酵が進み、炭酸も発生する。

いよいよ長い休みが終わった。運動会では、小里らの属するBチームは最後の綱引きで敗れて、優勝こそできなかった。それでも充実感はあった。団結心も増した。

「ちょっと待て」

武吉は小里の話を遮った。

「綱引きで負けたあと、おまえは、同部屋のほかの面々と喧嘩したろ。あれで打ち上げの話はなくならなかったのか」

「喧嘩のことなんてすぐに忘れましたよ。みんな、頭んなかは、酒のことでいっぱいでしたから」

小里は、そういって目を細めた。

運動会が終わり、三〇四号室に戻った四名は、夕食のあと、待ちに待った打ち上げを始めた。

洗面台の下からビニール袋を取り出すと、酵母は袋の底に落ちて白い塊となり、液体の色は澄んでいた。袋の口を開けると、濃厚で甘い香りが鼻をくすぐった。受刑者たちは「おお」と感嘆の声を漏らした。

小里は透明の液体を四つのコップに注いだ。液体の表面に炭酸のような泡が上がってくる。

「じゃあ、乾杯」と小里が小声でいった。

「味は思ったほどではなかったのですが、皆、喜んでくれました」

だが、酒造りの代償は大きかった。

翌日の明け方、飯沼が腹の調子が悪いと訴えた。あとで聞いた話によると、村野と谷岡の二人は、朝食の時間になって腹が痛み始めたという。

炊事係の仕事のために小里は普段どおり朝早くに部屋を出たが、この時点で小里の体調に変化はなかった。異変を感じたのは、調理場で昼食の準備をしていたときだった。突然、刺すような腹痛に見舞われ、脂汗が止まらなくなった。朝、部屋を出るとき、便器から離れようとしなかった飯沼を思い出し、昨晩の酒のせいかもしれないとこのとき初めて気づいた。

だが、どうして腹を壊してしまったのか、具体的な原因は思いつかなかった。衛生環境には細心の注意を払った。できあがった酒も、悪くない出来だった。

小里は腹痛を何とかこらえながら、炊事係の仕事を続けた。さっさと仕事を終わらせたいところだが、そうもいかなかった。昨日の運動会で右肘を負傷していた。皮膚を擦りむいたくらいはどうでもよかったが、チャーハンを炒めていると、打撲した腕に何度も痛みが走った。

痛みをこらえきれなくなると、手を止めて、肘のあたりをさすった。腕と腹、両方の痛みに顔をしかめたが、仕事中はマスクをしていたので、まわりに気づかれることもなかった。

ところが、何度か作業の手を休めているうちに、ほかの受刑者から、「どうかしましたか」と声をかけられた。体調が悪いことに気づかれたら、酒造りがばれるかもしれない。「なんでもない」と強い口調でこたえて、そのあとは、痛みに耐えながら、普段どおりの動作を心がけた。

ようやく仕事を終えて自身の昼食の時間を迎えたときは、あまりに腹が痛くて昼食を口にすることはできなかった。

「同部屋の三人も食中毒で苦しんでいるのがわかれば、いい逃れはできない、部屋で造った酒が原因で食中毒になったと正直に告白するしかないと覚悟しました。ところが——」

工場の食堂で食中毒が起きた。腹の痛みで昼食にほとんど口をつけていなかった村野と谷岡の二人は、多くの受刑者が不調を訴えている光景を目の当たりにし、これ幸いと、堂々と腹痛を訴えた。

ほかの受刑者にまぎれこんでしまえば、密造した酒が原因で腹痛を発したとバレることはない。これで一安心かと思いきや、小里にだけ呼び出しがかかった。

もしや酒造りがバレたのかと、小里は不安な思いを抱えて、武吉と面談室で向かい合った。ところが、追及を受けたのは、昼食での集団食中毒事件の犯人ではないかということだった。心当たりはまったくない。だが、このまま調べが進むうちに、ふとしたはずみで酒造りのことがばれるのではとの恐怖心が芽生えた。

刑務所内に同時期に起きた二つの食中毒事件。もしかしたら、二つとも自分のせいにされるのではないか。そうなれば、懲罰処分どころか、加賀刑務所から追放され、今よりも劣悪な環境の刑務所に行かされる。それだけは嫌だ。加賀刑務所、そして三〇四号室は小里にとって居心地がよかった。

ならば、どちらか一つだけ罪を認めたら、もう一方の罪は消えるのではないか。小里は天秤(てんびん)にかけた。集団食中毒の罪を被れば、傷害事件になるおそれがあり、酒の密造より罪は重い。それに、やってもいない罪は、やはり認めたくはない。

では、酒の密造を告白するか。その場合、同居するほかの三人にも罪が及ぶ。彼らに懲罰が科されるのは、かわいそうだ。提案したのも造ったのも自分。仲のいい同部屋四人の関係にひびが入るのは避けたい。

結局、どちらを選ぶこともできなかった小里は、武吉との面談で「黙秘する」とこたえてしまった。

今後、どんな扱いを受けるのかと不安を抱えていたが、面談した日以降は、追及されることもなく単独室での謹慎が続いた。やがて集団食中毒の原因が冷蔵庫の故障にあったと判明し、犯行の疑いは晴れた。これで咎めを受けることはないと安心したところが居室のゴミが見つかって酒造りがバレた。

話し終えた小里は、テーブルの上の証拠品を恨めしそうな目で見ていた。

「ゴミをすぐに捨てなかったのは、どうしてだ？」

「分散して捨てたほうがばれないだろうって話になって。ところが、食中毒でみんなぶっ倒れて、ごみの処理はそっちのけになってしまったんです」

小里が上目遣いで武吉を見た。

「でも、武吉先生。よくわかりましたね」

「……俺じゃない」

「え？」

自分一人なら、まず気づかなかっただろう。

――とんでもない甘シャリです。これは酒です。

火石の言葉に、どこから酒を持ち込んだのですかと、武吉は問うた。

──持ち込んだのではありません。ここで酒造りが行われていたんです。まさかと思った。だが、火石によれば、リンゴジュースと酵母菌があれば酒造りは可能とのことだった。それは、今聞いた小里の説明と完全に一致していた。

「小里。おまえは、酒で中毒を起こした原因はわからないっていってたよな」

「はい」

「どうやら、これらしいぞ」

武吉はテーブルを指でトントンと鳴らした。指の近くにあるのは、橙色の欠片（かけら）だった。

──おそらく食中毒の原因はこのサツマイモです。

火石はサツマイモに付着していた雑菌が発酵の過程で増殖し、これによってボツリヌス菌が発生して、食中毒を引き起こしたのだろうと解説した。

「こんなもの、入れなきゃよかった」

小里は、袋に入ったサツマイモを眺めながら肩を落とした。

「どうしてサツマイモなんか入れたんだ？」

「谷岡が、芋焼酎が好きだというので。風味がつくかと思って、軽く焼いたサツマイモの断片を一切れ入れてみたんです」

「で、その効果はあったのか？」

小里は首を力なく横に振ると、「全くなかったです」といった。

翌日、懲罰審査会が行われた。

三〇四号室の四名は、全員、懲罰用の単独室での閉居処分となった。

11

運動会からひと月が過ぎた。

武吉は、管理棟から生活棟へ続く長い渡り廊下を歩いていた。

真夏のような暑さがようやく過ぎたかと思うと、朝晩は、秋というより冬を思わせる寒さを感じる日もあった。四季の調和が年々崩れて春と秋の時期が短くなっているように思える。それは受刑者たちにとっても過ごしやすい時期が減っていることを意味していた。

武吉は生活棟一階の廊下を進んだ。この先に懲罰用の単独室がある。

立ち止まって格子窓を覗くと、小里が正座をしていた。

「二〇六四番、小里」

「はい」

「今日をもって、閉居処分を解除する」

武吉は小里を伴って面談室に向かった。反省の弁を聞き、説諭するのも担当刑務官の役割だ。しかし、それだけではない。厳しい懲罰を受けた受刑者の精神状態を把握するという目的もある。

単独室で三十日の閉居。これは懲罰処分のなかではかなり重い。何もせず同じ姿勢でじっとしているだけ。一見楽な懲罰のように思えるが、経験した受刑者にいわせると気が狂いそうになるほど辛いという。海外の刑務所では室内の壁を悪魔に見立てて、「白い悪魔」と呼ぶくらいだ。

目に見えてげっそりとしている小里にこれからのことを説明した。累進は二級から四級へ降格。それに伴い、外部交通、つまり手紙を出せる回数は減る。

「三級になるまで映画鑑賞には参加できない。ゆえに特食の支給もない。わかったな」

「はい」

「それからな、居室は三号棟の二〇九号室へ配置替えだ」

「はい」

返事に覇気がなかった。三〇四号室の四名は、全員別の部屋に配置替えされた。居室の顔触れが変わることは、とうに覚悟していたはずだが、気心の知れた面々と離れるのが寂しいのか、小里はショックを隠せない様子だった。

「以上だ。では、今から刑務作業に参加してもらう」

「私はどこに配属されたのでしょうか」

武吉は、小里の顔をしばし正視してから、いった。

「炊事係のままだ」

「えっ。ほかの工場へ移るんじゃないんですか」

「何だ。ほかのところに行きたいのか」

「そういうわけではないのですが、あんな事件を起こしたので」

「なら、ほかの工場に替えてやろうか」

「いいえ。今後も炊事係で働かせていただきます」

小里の声にようやく覇気が戻った。食材を盗み、居室で酒まがいのものを造り、挙句、同部屋三人を巻き込んで中毒騒ぎを起こした。前代未聞の事件を引き起こした小里は、懲罰処分のあとに炊事係から外れる方向で話は進んでいた。

だが、武吉はこれに反対した。

「もう一度小里にチャンスを与えてやってください」

小里が人生を踏み外した原因は人間不信だった。刑務所でもそんな気持ちを払拭できずにいるのかと思ったがそうではなかった。酒の密造はあきらかに罪だが、同部屋の受刑者のために酒造りを引き受けた小里のことが、武吉はどこか憎めなかった。仲のよかった受刑者と離れるなら、せめて炊事の仕事くらいは続けさせてやりたい。

そう思って万波に具申した。おそらく、武吉の言葉だけでは上の決めた方針を覆すことはできなかっただろう。だが、そこに火石が加勢してくれた。

「罰という意味では、三十日の懲罰で終了しています。ここからは更生に主眼を置くべきです。新しい法律ではそれが一つの柱になっていますし、小里の将来を考えれば、炊事係を続けさせるほうがよいでしょう」

新たな法律が施行されても、刑務所の世界は簡単には変わらない。独自のルール、古い習慣が根づいている。幹部の意向も絶対だ。しかし、法令を引き合いに出して主張を展開するキャリア刑務官の火石に、異を唱える幹部は誰もいなかった。

武吉は小里を調理場に連れて行った。

「今度は腹を壊さん甘シャリを作ってみろ。ただし、ここでだ」

「ハイッ」

小里を送り届けた武吉は、長い渡り廊下を歩いて管理棟へと向かった。途中、足を止めて塀の上へ視線を向けた。医王山が紅葉で赤く染まっていた。

休日の前夜、会いませんかと和恵から電話があった。

関係はもう途絶えたと思っていた。会うのを断る理由はないが、何を話せばいいのかわからない。気乗りしないままファミレスで和恵と顔を合わせると、案の定、会話は途切れ途切れにしか続かなかった。和恵のほうも積極的に話そうとはしない。

呼び出した目的は何だ？　どこか気まずい空気が流れ、時間だけが過ぎていく。隣のテーブルでは相変わらず女子高校生が騒いでいた。

武吉が空になったコーヒーカップを持って、ドリンクコーナーに行こうとしたとき、和恵が唐突に切り出した。

「掲示板の書き込みのことですが……」

体温が下がっていく。また、その話か。だが、蒸し返してどうしたいというんだ。

武吉は少し乱暴に腰を落とした。もう和恵と会うことはないにせよ、少しくらい話しても、守秘義務に反することはないだろう。

「あれは、前に加賀刑務所で服役していた人間に逆恨みをされまして」

「もちろん私もそう思っていました。まだ武吉さんとは三度しかお会いしたことはありませんが、掲示板に書かれているような人じゃないっていうのは、わかります」

「ありがとうございます」和恵の言葉に少しだけ気持ちが和らいだ。

「私、あの書き込みが許せなかったんです。だから――」

和恵がバッグから紙を取り出した。『加賀刑務所★PART14』。

この前と同じ無料掲示板の書き込みを印刷したものだった。

「見てください」テーブルの上で和恵は紙を滑らせた。

武吉は手に取ってざっと目を通した。T吉の文字がどこを探してもない。武吉と思しき刑務官を誹謗や中傷する書き込みは、すべて削除されていた。

そういえば、前に官舎で見たときも、T吉の書き込みは見つからなかった。

「私が削除依頼をしたんです」

「和恵さんがですか？」

和恵が語った。プログラマーをしているのでIT関係の知り合いが何人もいる。そのうちの一人に依頼して、武吉に関すると思われる書き込みを削除してもらったのだという。

「日本では、ネットでの悪口に対しての取り締まりがまだ確立していません。だからといって、泣き寝入りする必要はないんです」

武吉は意外な思いで和恵を見つめた。どちらかといえば感情があまり表に出ない性格と思っていたが、今、目の前にいる和恵は顔を上気させて怒っている。

「しかし、和恵さん、どうしてこんなことを？」

「一生懸命お仕事をなさっているのに、こんなとばっちりを受けるのは理不尽だからです。それに……私、武吉さんの力になりたくて」

武吉の胸がどきんと音を立てた。

和恵の目が潤んでいた。肩を上下させながら浅い息を吐いている。

「武吉さん、あの……」

「待ってください」

とっさに制した。その先をいうのは、こっちだ。

隣のボックスから高校生たちの嬌声が聞こえてくる。だけど、そんなものどうでもいい。

「和恵さん」と武吉は呼びかけた。

この前、会ったときにいえなかった言葉を、武吉は今日こそ口にしようと思った。

第三話　赤犬

＋＋＋

コインパーキングに停めた自家用の小型車から、芦立は喫茶ぼたんに視線を向けていた。さきほどまで強く降っていた雨はようやく弱まり、店の様子もよく見える。火石は今日も窓際の四人掛けのボックス席で文庫本を開いていた。だが、読書など二の次なのはわかっている。

海老沢にはまだ何も報告していなかった。

今時点で知りえたことを報告すべきか、まだしないほうがいいか、芦立は迷っていた。

普段の仕事ぶりから、火石に悪い印象は持っていない。一見、温厚な性格だが、ここぞというときは、上司に臆することなく意見をいい、同僚にも厳しく接するところなどは、キャリア採用の刑務官として高い資質を兼ね備えていると評価していた。

そんな火石が不審な行動をとっているのは、何か理由があるからではないのか。しかし、どんな理由であれ、非行に手を染めているのなら、やめさせなくてはいけない。相手がキャリア刑務官であろうが、加賀刑務所全体を見渡す総務課長としての役割だ。

火石に声をかけて事実を確認するべきか。

だが、それをした瞬間、スパイ任務は終わりを迎え、海老沢がぶら下げた〝人事〟という名のニンジンは消えてしまう。

狭い車内で思考を巡らせていると、窓の向こうの火石が顔を上げた。

火石のすぐそばに若い女が立っている。

芦立は目を凝らした。女の年齢は二十歳前後。背は高く、やせ型。髪はショートボブで薄茶色に染めている。

火石の向かい側に女が座った。二人は言葉を交わしている様子だ。火石は微笑んでいるが、芦立の位置からだと、女の表情までは見えない。

女は両肘をつくと、手のひらを火石のほうへ差し出した。火石は二言、三言、女に何か告げて、財布から紙幣を取り出した。

女は大げさに頭を下げて紙幣を受け取ると、自分の財布に入れて席を立った。

店から出てきた女がコインパーキングの前を横切っていく。大きめの瞳に濃いアイラインを入れた独特の化粧。くの字に立った理想的な鼻筋。ゆったりとした上下の服は鮮やかな青一色。手足が長く、ファッション雑誌の表紙になりそうな外見である。

女は大通りのほうに向かって進み、人混みにまぎれて消えていった。

無視できない謎がまた一つ増えた。今の女は誰？　火石とはどういう関係なのか――。

芦立は、窓辺に座る火石に視線を移して考え込んだ。弁当屋の女性をずっと見張っていたかと思うと、クスリ絡みの前科者と思しき人物と接触して親しげに会話を交わしていた。さらに今日は、若い女に金を渡していた。

火石は何をしている？ すでに何らかの犯罪行為に手を染めているのではないか。芦立の胸のなかで膨らんでいた得体のしれない不安は、破裂寸前だった。

もう見過ごせないと思った。これは本人へ確かめるしかない。芦立は意を決して車を降りた。

喫茶店のドアを押し、奥の窓側の席へ向かう。文庫本に視線を落とす火石は、芦立には気づいていない。

「よろしいですか」

顔を上げた火石は目を丸くしたが、次の瞬間、「あ、おつかれさまです」と微笑んだ。焦った様子も悪びれた様子もない。この余裕はどこから生まれるのか。

芦立は火石の向かい側に勝手に腰を下ろした。若い女がさっきまで座っていた場所だ。

「芦立さん、どうされましたか」

「それより、ここで何をなさっているのですか」

「見てのとおり、プライベートな時間を過ごしています」

「さきほど若い女性がここにいましたよね。お金を渡していませんでしたか」

「あ、見られました？」火石が苦笑いを浮かべる。

店員が注文を取りに来た。芦立はホットコーヒーを、火石は紅茶のおかわりを頼んだ。

「もしかして芦立さんは偶然通りがかったのではなく、どこからか私を見ていたんですか」

隠していては、話は先に進まない。正直に伝えることにした。

「そこのコインパーキングに停めた車のなかからずっと見ていました。しかも、今日が初めてではありません」

火石の目に不審の色が差した。

「つまり、全部、見られていたわけですね」

「火石さん、あなたの行動にどんな目的があったのか、一つ一つ説明していただけませんか」

「その必要はないと思います。すべてプライベートなことです」

火石さん、ともう一度呼びかけ、芦立は声を低くした。

「あなたは上級職採用の国家公務員です。刑務官という枠にとどまらず、いずれは高い地位で能力を発揮するときが来ます。地方で羽を伸ばしすぎて、問題となるような行動をとるのは慎まれたほうがよいかと……」

店員が近づいてきたので、芦立はいったん口を閉じた。

注文した飲み物がテーブルに置かれると、火石は落ち着いた動作でティーカップに口をつけた。

「もしも、私の想像と違っている、あるいは認識が間違っているなら、話してください」

火石は、黙って窓の外に視線を移した。その目は例の弁当屋をとらえている。赤いバンダナにエプロン姿の女性店員が客に弁当を渡しているところだった。

「お話しすることはありません。どれもプライベートなことですから」

「しかし……」

火石が芦立を急に見据えた。芦立の心はひるんだ。歳は二十も下。だが、キャリア刑務官に、これ以上たてつく度胸はなかった。

どうしたものかとコーヒーの黒い表面に視線を落とす。いい香りが漂ってくるが口をつける気にはなれない。

「この人、だれ？」

急に声がした。顔を上げると、さきほどの若い女が立っていた。

「この人、なんていい方は失礼ですよ」と火石がたしなめる。

「ああ、ごめん。ごめん」

女はニコッと笑うと、火石を奥に押し込んで、その隣に座った。

「じゃあ、どういう方？」

「職場でお世話になっている芦立さんです」

二人のやり取りに、芦立は不思議なものを見た気がした。火石は、言葉遣いこそ丁寧だが、表情や声には、刑務所では決して見せない親しみがこもっていた。こんな火石を見るのは初めてだった。

誰なのか教えてほしい――芦立の視線に気づいた火石は、決まり悪げな顔で、

「これは姪（めい）です」とこたえた。

「私、塚崎華（つかさきはな）。よろしくね」

華と名乗った火石の姪が、軽く小首をかしげた。

「こういう場で、そういうのは……」

「ん？　何か変なこといった？」

火石は露骨に眉を寄せたが、華は気にする様子もなく話し続ける。

「私、この近くにあるシナリオ専門学校に通っているんです。将来は脚本家を目指してて。今日の夜、急にコンパをやるって話になったんだけど、持ち合わせのお金がなくて」

「そんな説明はしなくていいです」と火石がいう。「それより、どうして戻ってきたのですか」

「あ、そうだった。忘れ物、忘れ物」

華は中腰になると、芦立の座っているあたりをきょろきょろと覗き込み、「あった！」と声を上げた。

「それとってもらえます？」

華が指をさした先――背もたれと座の部分の隙間に携帯電話が挟まっていた。

芦立が携帯電話を渡すと、華は、「あざーす」と勢いよく頭を下げた。

「じゃあ行くね。おっと、その前に」

華が外の様子をうかがっている。

「さっきはいなかったんだけど」

「もう戻っていますよ」

「せっかくだし顔見てくる。じゃあ、バイバーイ」

華は手を振って店を出て行った。すぐに窓の外に長身の華の姿が映った。青い独特の洋服が目に眩しい。名前のとおり華やかな子だった。一つ一つの動きがどこか大げさで愛嬌がある。整った顔立ちとのギャップには、人を和ませる魅力があった。

青い洋服が弁当屋の前で止まった。華は女性店員と話し始める。

女性店員が嬉しそうに笑っている。商売用とは別の笑顔だ。

「あの二人は、お知り合いのようですね」

「お知り合いというか、親子です」

「親子？」

「はい。私の兄の、妻と娘です」

「兄の妻って……あの女性は、義理のお姉さんということですか」

「そうです。訳あって見守っているんです。彼女も承知しています」

頭のなかで何かが音を立てた。あの女性が火石の身内だったとは……。しかも、見守っていると火石はいった。

芦立の思考回路がにわかに混乱をきたし、頬が熱くなった。

「私……何か誤解していたのかも。申し訳ありませんでした」

「そんなことより、芦立さんは、どういう経緯で私を監視していたのですか」

「それは……」

どう説明したらいいのか。もとは、海老沢の命令である。だが、今日、火石に声をかけたのは、自分の判断だ。

「もしかして、カイシャの指示ですか」

火石が、さらっと口にした。そうだ、この切れ者が気づかないはずがない。

ままよと、芦立は正直に話した。長く加賀刑務所にとどまる火石を海老沢がよく思っていないこと。火石が街で不審な動きをしているという噂を耳にし、芦立に監視の指示をしたこと。芳しくない事実が見つかれば、それを材料に、加賀刑務所からの排除をもくろんでいたこと……。

「なるほど。そうでしたか」

「義理のお姉さんと姪御さんのことはわかりました。ですが、まだひっかかっていることがあります。クスリの売人ではないかと噂される人物と接触していることです」

「接触したのは認めます」

「何かわけがあるんですね」

「個人的な理由です」

「それを教えてもらうわけにはいきませんか」

「あ、鳴ってますよ」

火石が指をさす。携帯電話のバイブレーションは、芦立のバッグのなかから聞こえていた。音はすぐには鳴りやまなかった。メールではなく電話だ。取り出して画面を見る。表示は早智子（さちこ）。幼なじみの早智子は、愛知県にある芦立の自宅を週に三度訪れて、家事を代行してくれている。

早智子とはメールでやり取りすることが多い。電話で話すことは、めったにない。

何だろう。家で何か……息子の聡也に何かあったのだろうか。

席を立つのももどかしく、火石に断って通話ボタンを押した。

〈瑛子？　今大丈夫？〉

聞こえてきたのは、早智子の少し興奮した声だった。昔から、早智子は顔にも声にも感情がはっきりと表れる。やはり何かあったようだ。

「どうしたの？」

〈さっきね、瑛子の旦那さんが家に来たの〉

「えっ。何しに？」

〈何しにって〉早智子はあきれた声でいうと、少しだけ笑った。

夫が家に帰って来るのに理由などない。うまくいっている家庭なら、だが。

「あの人、家には入ったの？」

〈玄関で立ち話をしただけ。仕事で名古屋に来たから寄ってみたんだっていってたわ。私に、いつもありがとうございますって、何度もお礼をいわれて〉

早智子が家事を代行しているのは、夫も知っている。芦立の単身赴任が決まったとき、夫は聡也を一人にすることに反対した。かといって、夫は何か提案したわけでもない。芦立が考えた末、早智子にお願いして来てもらうことになった。

〈気持ちだからって、一万円札を三枚渡されちゃったの。どうしよう〉

「もらっとけばいいわよ。それより、あの人が来たとき、聡也はどうしてた？」

〈私が部屋の前まで行って、声をかけたんだけど、反応はなかったわ〉

そのこたえに、半分安心、もう半分は落胆という気持ちだった。聡也は久しぶりに現れた父親とも会いたくなかったらしい……。

「家族のことにまで巻き込んで、ごめんね」

〈いいの。いいの。毎月、雇い主様から、しっかりギャラをいただいておりますので〉

早智子はわざとかしこまったいい方をして、芦立の気持ちを楽にしてくれた。

〈以上、報告でした。料理の途中だったんだけど、早めに伝えておいた方がいいかなと思って、すぐに電話したの〉

「ありがとう」

〈料理の献立は、あとでメールで送っておくから。じゃあね〉

電話が切れた。火石が動きを止めて芦立を見ていた。

「友人に頼んで、愛知の自宅で家事をしてもらっているんです」

「親御さんのお世話ですか」

「いいえ。引きこもりの息子がいるんです。一人で生活させていると何も食べないので、週に何度か来てもらって、食事や家のことをお願いしています」

「息子さんはおいくつですか」

「二十八歳です」

「そばにいられないのは、心配ですね」火石が同情を含んだ声でいった。

「本当は家の近くで通勤できたらいいんですけど」

「もしかして」火石の眼差しがにわかに鋭くなった。「次の異動で勤務地の希望を叶えるかわりに、私の監視をやれといわれたとか？」

「そのとおりです。ごめんなさい」

謝る必要はなかったかもしれないが、自然と口から言葉が出た。

しばしの間、火石は宙を見据えていた。かすかに眉を寄せている。自分への監視に腹を立てているのかとも思ったが、どうもそうではなさそうだ。どこか苦しげなようにも見える。

「芦立さん。謝らなくてはいけないのは、私のほうですね」

「えっ」

「私のような立場の人間が、同じ勤務地に長くとどまるのは、たしかに異例です。前例はない。所長にも、芦立さんにも、いや、加賀刑務所全体に迷惑をかけていたのかもしれない」

「迷惑だなんて」

「実は、私は――」

火石が、瞬きも忘れるほどの目で芦立を凝視した。

「身内のためにこの地で勤務することを希望して、叶えてもらいました」

身内のため。火石はたしか独身のはず。

「それは、義理のお姉さんと姪御さんのことですか」

「そうです。私が加賀刑務所にとどまるのは、二人のことがあるからなんです」

火石がカップに口をつけ、芦立のほうも初めてコーヒーカップに口をつけた。

「芦立さんは、ご家庭のことで悩みを抱えていらっしゃるのに、離れた場所で仕事をなさっている。それに比べたら、私は恵まれています。組織に甘えているといっても過言ではありません。そんな私が、芦立さんに対してプライベートを盾にして何も話さないというのは、フェアじゃない。今から、私がここにいる理由をお話しします。ただ、その前に――」

火石の声がワンオクターブ上がった。

「芦立さん、まだお昼食べていませんよね」

「ええ」

「私もです。とりあえずランチを召し上がりませんか。オススメのメニューがあるんです。ハントンライスって知ってますか？」

いいえ、とこたえると、火石は、優しい口元に薄笑いを見せてこういった。

「金沢では有名な洋食らしいです。一度食べたらハマりますよ」

1

それは不採用の連絡だった。

〈今回は、ご縁がなかったということで〉

申し訳なさそうに話す相手に、稲代拓海(いなしろたくみ)は精いっぱい明るい声で「また今度お願いします」と告げて電話を切った。

企業名に赤線を引きながら思う。また今度、という言葉を強調したが、電話の向こうから返事はなかった。おそらく、もう面接にさえ応じてもらえない。この十か月で得た教訓だ。

椅子に背中をもたれてため息をついた。

向かい側の机に座る二村安夫(にむらやすお)と目が合った。稲代が首をゆっくり横に振ると、二村は紺色の作業着に袖を通して、「工場に行ってきます」と部屋を出て行った。

管理棟の隅にあるこの殺風景な部屋は、稲代と二村だけの事務室だ。元は物置で、十二畳ほどの広さがあり、事務机のほかに面談用のテーブルセットが部屋の中央に備えてある。

昨年、稲代と二村は「就労支援スタッフ」という任期付きの公務員として加賀刑務所に採用された。稲代は三十一歳。二村は、稲代より二まわり上の五十五歳である。

中学校で技術家庭の非常勤教師を長年していた二村は、法務技官に近い役割で受刑者たちの刑務作業の技術指導を行っている。稲代のほうは、出所者の採用に前向きな企業を見つけて、出所が近い受刑者を企業への就職につなげるコーディネーターのような仕事をしている。

しかし、稲代の仕事は、なかなか結果が出なかった。この一年近くの間、およそ二百人が出所したが、出所するまでに就職が決まっていたのはわずか四名。しかも、それらは稲代の努力で採用に至ったものではなかった。

気を取り直して協力雇用主一覧のファイルを眺めていると、ドアをノックする音が聞こえた。

「ちょっといいですか」とドアの向こうから後藤田が現れた。

総務部に所属する稲代にとって、この後藤田は直属の上司にあたる。しかし、仕事柄、処遇部とのやり取りが多く、後藤田とはたまにしか顔を合わせない。

後藤田は四十代前半。役職は課長補佐で、数年おきに全国各地を転々とする移動組と呼ばれる刑務官だ。移動組は、一か所の刑務所で長く勤務し続けるプロパー刑務官より格段に速いスピードで出世していく。

あるプロパー刑務官から、「移動組は刑務官ではなくお役人だ」と聞いたことがある。最近はその意味が何となくわかるようになった。移動組は受刑者より刑務所運営に重きを置いて仕事をしているように見える。

ここ最近の後藤田は、ぴりぴりした空気を漂わせていた。後藤田だけではない。総務部門全体に緊張した空気が漂っている。理由は、会計検査院の検査が迫っているせいだ。

会計検査院は、各省庁や出先機関で予算が正しく使われているかを検査するのが仕事で、加賀刑務所にも、二、三年に一度の割合で検査に訪れる。検査を受ける側にとっては、かなり神経を使う重要な業務イベントらしい。

「今は、稲代さん、お一人ですか」

「はい」

稲代の体は、自然と強張った。忙しい後藤田が、わざわざこの部屋に来たのはなぜだろうか。

「加賀刑務所で働くようになって、もうすぐ一年ですが、どうですか」

「すみません。なかなか結果が伴わなくて」

「難しい仕事というのはこちらも理解しています。ですが、今年度中に一件でもいいので、採用内定が取れるように力を尽くしてください」

「今の状況のままだと、雇用契約の更新は難しいかもしれません」

「はい」

「え……」

予期せぬ言葉に、稲代は息が詰まりそうになった。

「今年は就労支援室に二人配置しましたが、来年度の予算だと一名に減らすことになりそうです。ほかの科目から予算をまわして二名雇うこともできなくはないのですが、なにぶん成果も上がっていない状況ですから、二名の枠を守るのは厳しいかと。私としては若い稲代さんに残ってほしいと思っています。そのためには何としても成果をあげてほしいのです」

背筋がひやりとした。もし、このまま採用内定が一件もとれなかったら、契約更新せず。つまりクビだ。

「では、そういうことで」

後藤田はメタルフレームの真ん中を指で押し上げると、足早に部屋を出て行った。

後藤田が珍しく就労支援室を訪れた用件は、今の話を稲代に伝えるためだったらしい。

任期付き公務員は、形の上では一年ごとに更新となっている。だが、最長で五年間働けると採用面接の際に説明を受けた。

就労支援室は設置されたばかりで、今年度に実績を上げられなくても、当然、契約は更新されるものと思っていた。ところが、この先二か月で採用内定を一件取らなくてはいけなくなった。

就労支援室には一人しか残れない……。おのずと二村の穏やかな顔が脳裏に浮かんでくる。この一年近く二村との関係は良好で、受刑者の就職のために何をするべきか、毎日のように話し合ってきた。就労支援にかける熱い思いは互いにわかりあっているつもりだ。

しかし、まだ減らされると決まったわけではないと稲代は思い直した。後藤田も、ほかの科目から予算をまわして二名雇うこともできなくはないと語っていたではないか。成果さえ上げれば、二人とも残れるはず。今、自分にできることは――。

稲代は、企業情報のファイルを開いて、出所者を受け入れてくれそうな会社を探し続けた。

2

管理棟から工場エリアへと続く長い廊下を進んでいく。二月にしては珍しく晴れの日が続いていた。頬に受ける空気は冷たいが、吹きさらしの通路には、朝日が差し込んでいる。

白い息を吐きながら稲代が廊下を歩いていると、工場の作業場から刑務官の厳格な声が聞こえてきた。

「天突き体操、始めいッ！」

ヨイショ、ヨイショ。

窓を覗いた。掛け声とともに、しゃがみこんだ受刑者が勢いよく立ち上がり、両手を天井に向かって伸ばしている。寒いこの時期、身体を温めるために、どの工場でも行われている刑務所独自の体操だ。

稲代は連なる工場棟をくぐり一番奥の第五工場棟に入った。棟内は作業別に部屋が区切られている。稲代は廊下の中央に位置する四工場に入った。室内に入っても暖かさは感じないが、暖冬の今年は、まだマシだと聞いた。

「手こすり、始めいッ」

天突き体操を終えた受刑者たちは床に胡坐をかくと、両手をこすりあわせた。カサカサと乾いた音が部屋中に響き渡る。これも冬の時期に刑務作業を始める前の儀式だ。この程度で指先が温まるとは思えない。労働するにしても快適とはいえない環境。やはり、ここは刑に服する人間の集う場所なのだと実感する。

部屋の中央、担当台で立つ梶谷刑務官と目が合った。稲代が目礼すると、梶谷は顔色一つ変えずに目礼を返した。

――普段とはまるで別人だ。

普段、愛想のいい梶谷もここでは決して笑顔を見せない鬼の刑務官となる。梶谷は、稲代よりも一つ年上の三十二歳。官舎では隣の部屋なので、引っ越してすぐに仲良くなった。受刑者の前では威厳のある態度を崩さないが、二人だけのときは気安い態度で話す。刑務所勤務が一年目の稲代にとって、刑務所の様々な「掟（おきて）」を教えてくれるありがたい存在でもあった。

「作業始めぃッ！」

梶谷の号令がかかり、受刑者たちが一斉に刑務作業に取りかかった。

稲代はノートとペンを携えていたが、手は冷たい水につけたようにかじかんだ。受刑者の手前、ポケットに手を入れるわけにもいかず、稲代は指先に息を吹きかけた。

梶谷が咳払いをした。稲代のほうを見て顎（あご）をしゃくっている。顎の先には、石油ストーブがあった。（ここにきて温まれ）という意味だろう。

稲代は軽く会釈をしてストーブの前に移動した。四工場は広さにしてバレーボールのコート一つ分ほど。石油ストーブが部屋の四隅に一つずつ配置されているが、寒さをしのぐには気休め程度にしかならない。

今は落ち着いて刑務作業の様子を眺められるようになったが、初めて作業場に足を踏み入れたときは、恐怖で足がすくんだ。作業に従事する受刑者のなかには、被害者に瀕死の重傷を負わせた者もいる。もし、自分が急に襲われたらと思うと、歩きまわる余裕などなかった。実際、今も恐怖心が完全になくなったわけではない。

それでも稲代が刑務作業の場に出入りするのには、理由があった。

就労支援室で就職を希望する受刑者と何度も面談を重ねてきた。どんな業種が合うのか、履歴書でアピールポイントをどう書かせるか。面談で受刑者の特徴を知ろうとした。

だが、自信なさげにうつむいている彼らからは、何も伝わってこなかった。受刑者を協力雇用主へ売り込んでも、不採用という結果が続いた。

何かを変えていかなくては。悩んでいた稲代に、火石指導官から助言があった。

「刑務作業場に入ってみたらどうですか。見えなかったものが見えてくるかもしれませんよ」

火石の所属は処遇部という位置づけだが、処遇部にとどまらず、刑務所全般の業務指導を担っている。この就労支援室が正式に発足し、稲代がスタッフとして採用されたのも、火石の提案だという。

火石の助言を受けて工場を見てまわると、受刑者の実際の姿を知ることができるようになった。面談室で向き合ったときよりも、その動作からいろいろなものが見えた。作業への取り組み姿勢。刑務官、ほかの受刑者へ接する態度。だが、長所を見出して適性を把握するのは、難しかった。作業を見るようになっても、稲代が仲介しての就職内定はいまだにゼロだ。

ここ四工場では、食器の塗りの作業を行っている。作業を担う受刑者の年齢は二十代から六十代と幅が広い。寒さのせいか、彼らの動きはまだ鈍い。

そのなかで一人だけ寒さをもろともせず指先を動かしている姿が目に留まった。窓側の席に座る大柄な男、石貫健太（いしぬきけんた）だ。

協力雇用主のなかには、書類の登録があるだけで採用実績も面談実績もない会社が山とある。稲代はそれらの会社に、久しぶりのご挨拶と称して営業電話をかけている。食器の表面加工を業としている会社に電話をした際、社長の世間話に付き合っていると、「実は最近、工員が一人辞めてね」とぽろりと口にした。それなら採用面接をしてもらえないかと頼むと、社長は「いいですよ」とあっさり応じた。

社長の口調から、これは脈があると稲代は感じた。出所が近い受刑者のなかで誰が面接に送り出すにふさわしいか、二村と話し合った。

彼はどうですかね――。二村が推したのは、四工場の石貫健太だった。真面目で作業も丁寧というのが二村の石貫評だった。

今日、朝一で四工場に出向いたのは、自分の目で石貫を見ておきたかったからだ。

その石貫は、体を丸めて熱心に刷毛（はけ）を動かしている。

技術的なことは、稲代にはわからない。二村の言葉を信じるしかない。稲代は、刑務所で任期付き公務員になる前、民間企業で八年働いた。そのうち三年は人事部に所属して人を見てきた。出世を目指して一心不乱に働く者、悟り人のように最低限の仕事しかしない者、一見、真面目に取り組んでいるようで手抜きしている者。仕事との向き合い方は人それぞれと知り、人を見る目もそれなりに養ってきた。だから、目の前の仕事に真剣に取り組んでいるか、そうでないかくらいは判断できる。

三十分ほど、石貫の作業の様子を見守った。

――よし、彼にしよう。

担当台の梶谷に近づき、「石貫さんにお話ししたいことがあります」と小声で伝えた。

「午後、就労支援室に行かせます」

梶谷からは低い威厳のある声が返ってきた。

廊下に出ると、寒さに身体をぶるっと震わせた。そういえば、まだメモを書いていなかったことを思い出し、ノートを広げた。石貫の長所は――。

振り返って窓から作業場を眺めた。石貫は目の前の仕事に没頭している。寒さなど感じていないかのように。

稲代は、冷たい指でペンを握り直すと、『寒さに強い』と書き記した。

3

午後二時。梶谷に付き添われて、就労支援室に石貫が現れた。

「会社の採用面接を受けてみませんか」

「え、私が？　何の会社ですか」

「食器の会社です。工場の塗りの技術を生かせる仕事です」

「やったあ」と喜びの声を上げる石貫に、背後の梶谷が「オイ」と硬い声でたしなめた。

石貫には軽い知的障害があり、時折、こうした子供っぽい言動が出てしまう。石貫はすぐに「すみません」と頭を下げたが、梶谷のほうも本気で怒っているわけではない。その証拠に、口元がかすかに吊り上がっている。

順調にいけば、石貫は来月にも仮出所すると梶谷から聞いていた。その前に、石貫に採用内定を取らせたいし、第一号になってくれれば、就労支援室にとっても、ようやくの成果となる。

「ほかの人じゃなくて、私でいいんですか？」

「二村さんの推薦です」

「そうですか。でも……」

嬉しそうな顔をしていた石貫の顔が急に曇った。

「どうしましたか」

「面接でちゃんと話せるか、不安です」

「採用面接は週明けにあります。さっそく、面接に向けての準備をしましょう」

石貫が履歴書を書く作業に付き合った。刑務所では履歴書を書いたことがないという受刑者が多いので、毎回、基本から指導しなくてはいけない。

「石貫さん、字がきれいですね」

「火石先生に習っているんです。きれいに書けるほうが、印象がいいといわれまして」

火石は後藤田よりもさらに階級が上に位置する刑務官と梶谷から聞いたが、年齢は梶谷や自分とそれほど変わらないように見える。

いろいろな仕事を掛け持ちしている火石は、ときどき就労支援室を訪れ、協力雇用主のリスト、受刑者の書いた履歴書などにも目を通している。

——刑務所が出所者の就職に力を入れるのはどうしてか、わかりますか。

火石から聞いた話が印象深く、今も耳に残っていた。

「出所後に事件を起こして逮捕される再犯率というデータがあります。これによると、無職者の再犯率は有職者の三倍から四倍にのぼります。裏を返せば、有職者ほど犯罪に走りにくい、つまり、早く仕事に就くのが、出所者の更生にとって大事なことなんです」

就労が再犯の予防となり、更生の大きな力になる。そう考えると、仕事にも力が入るが、現実はなかなかうまくいかない。

履歴書を書く石貫の手が止まっていた。ペン先に目を向けると、そこは『長所』の記入欄だった。

「先生、ここは何も書かなくてもいいですよね」

ふと思い出してノートを開く。

「寒さに強い、と書いてはどうでしょう？」

「え？　寒さに強い？」

「今朝も工場ですぐに作業を始めていましたよね」

石貫にとっては当たり前のことなのか、ぴんと来ていないようだった。

「それは長所になるんですか」

「手作業で指先が冷たくならないというのは、アピールポイントだと思いますよ。書いておきましょう」

「じゃあ、そうします」

履歴書を書き終えたあとは模擬面接を始めた。

「名前と年齢を教えてください」

「石貫健太。二十五歳です」

「この仕事を希望した理由を教えてください」

「ええと……ええと」

石貫の顔が徐々に下を向き始めた。

「相手の顔をしっかり見てください」

「あ、すみません」

石貫は顔を上げたが、稲代と目が合うと、すぐに視線を下げた。

「目を見ると、何だか落ち着かなくて……」

「そういう場合は、相手の目を見ずに口元を見てください」

稲代のアドバイスが効いて、石貫の顔がようやく定まった。生い立ち……家族構成……。詰まりながらも、質問にこたえていった。

「どんな犯罪で捕まったのかという質問は必ずあります。そのときは正直に話してください」

石貫はキャバクラで呼び込みの仕事をしていたとき、ほかの従業員に誘われてこん睡強盗に加わった。客に睡眠薬を混入した酒を飲ませるのが石貫の役割だった。

自分の罪を告白し、反省の弁を口にする石貫の目線は、ずっと稲代の口元をとらえていた。

「だいぶよくなりましたね。時間のあるときに、一人で話す練習を繰り返してください」

石貫との面談が終わった。しばらくして、梶谷とは別の刑務官に伴われて、新たな受刑者が部屋に入ってきた。

今日は、石貫から始まり三人の受刑者と面談した。一年で契約打ち切りにはならぬよう結果を出したいとの思いもあって、指導に熱がこもった。最後の面談が終わったときには、予定の午後四時を過ぎていた。二村は高校生の娘の進路相談で学校へ行くため、午後は早退していた。

稲代は窓辺に近づき、外を眺めながら伸びをした。眼前には刑務所施設が広がっている。塀の外側には富山県との県境に位置する医王山の山塊が見える。頂から中腹まで雪で白く染まっているが、この冬、平地では雪はほとんど積もらない。

稲代はふと目を凝らした。白っぽい空に灰色の染みが混じったように見えた。

――何だろう？

灰色の染みが徐々に濃さを増していく。その様子に、アッと声が出た。

あれは煙ではないか？　場所は工場棟の方角。火事と決めつけるにはまだ早いが、このまま放置しておくわけにはいかない。自分の目で確かめようと、稲代は部屋を飛び出した。

管理棟を出て、煙が見えた工場棟の西側へと足早に向かう。途中、誰ともすれ違わなかった。刑務作業が終わり、夕食の準備が始まる時間帯で、工場棟に人はいない。

焦げた匂いが鼻をかすめ、緊張が高まった。風に揺れながら煙が立ち上っている。場所は工場棟が連なる一番奥、第五工場棟のあたりだ。

第五工場棟にたどり着いたが、火の手はない。部屋の電気も消えている。さらに奥へと進むと、焦げた匂いが急に強くなった。

——これだ。

工場の裏手にある備品保管庫が黒い煙に包まれていた。備品保管庫の割れたガラス窓から煙が上がり、室内では赤い炎がうごめいている。

稲代は第五工場棟に引き返すと、渡り廊下の非常ベルを指で押し込んだ。

非常ベルが鳴り響くなか、内線電話の受話器を引き上げた。

〈管制室です〉

「就労支援室の稲代です。第五工場棟の奥にある備品保管庫が燃えています」

受話器を戻すと、放送が鳴り響いた。

『第五工場棟、備品保管庫、火災発生！　第五工場棟、備品保管庫、火災発生！』

——消火器はどこだ？

周囲を見渡していると、ダダダダッと足音が聞こえた。十人ほどの刑務官が消火器を抱えて、こっちに向かってくる。非常ベルが鳴ってまだ間もないのに、行動が素早い。

ボンッ。爆弾が破裂するような音がした。

備品保管庫のガラス窓が割れて、怪物が火を吐き出すように炎が噴き出していた。

強い風が吹きつけた。吐き出された黒煙が、稲代や刑務官たちに波のように押し寄せてくる。強い異臭が顔に被さって、稲代は思わず身を翻した。

刑務官たちは、うかつに近づけない様子で、離れた場所から消火器を噴射しているが、火は収まらない。

刑務官がさらに集まってきた。怒号や叫び声が錯綜するなか、遠くからサイレンの音が聞こえてきた。

4

夕陽で赤く染まるはずの空は、薄い灰色に霞んで見えた。火が消えたあとも、広い運動場には、火災現場から流れてきた煙が立ち込めている。

消防車が到着すると消火作業は十分ほどで終わった。備品保管庫の火事にとどまり、近くの建物へ飛び火することも人的被害もなかった。

第一発見者の稲代は警察と消防の係官から発見時の様子について詳しく訊かれた。聴取が終わり解放されたのは、火事が収まって一時間を過ぎてからだった。

就労支援室へ戻る途中、総務部の横を通ると職員らが忙しそうに動いていた。ちらと聞こえた声によると、取材の電話が殺到しているらしい。

就労支援室の自席に着いて、途中になっていた事務仕事を片付けていると、梶谷が現れた。梶谷も稲代と同じように警察と消防から聴取を受けていた。

梶谷は、「ああ、疲れた」といいながら、肩を叩いている。

「出火原因はわかったんですか」

「いや。もう夜だし、詳しいことは明日調べるんだと。ただ……」

梶谷が肩を叩く手を下ろして、顔をしかめた。

「火事の直前、保管庫に誰か出入りしてなかったかとしつこく訊かれて気分が悪かった。今日は誰も保管庫に入っていないって、何度も説明したんだけどな」

稲代も、刑事から現場付近で誰か見なかったかと訊かれたが、誰も見なかったので、そのとおりこたえた。

「ハナから赤犬(あかいぬ)と決めつけているみたいだった。火の気のない場所だから、そう考えるのも無理はないけど」

「赤犬って何ですか」

「知らないのか。放火のことだよ」

「どうして赤犬っていうんですか」

「それはな」

梶谷が人差し指を立てた。赤は、昔の受刑者が炎のことを呼ぶ隠語。放火は風が強い日に起きることが多く、炎が燃え盛る様子が犬の動きに見える、それが赤犬といわれる由来――。

「で、火事の原因は、やっぱり赤犬……つまり放火ってことになるんですか」

梶谷は、うーんと唸(うな)ってから、「俺は、そうは思いたくないんだけどな」といった。

しかし、火の気のないところで火事が起きるなんてありえない。

「火事が起きる前、最後に備品保管庫に入ったのは、どなたですか」

「昨日の午前中に、二村さんが備品を取りに入ったのが最後で、今日は誰も出入りしていない」

二村が何かしたということは考えられないし、第一、保管庫を出てから火事が起きるまで一日半が経過している。となると――。

「今日、誰かがこっそり保管庫に入って火をつけたってことですか」

「さっき警察と消防に、それはないと伝えた。管理棟にある鍵を使わないと保管庫には入れないからな」

刑務所は業務の性質上、鍵の管理はかなり厳格だ。誰かが入った可能性はほぼない。では、なかには入れないのに、どうして火がついたのか。

稲代は思いつくままを口にした。

「誰かが火のついたものを窓の外から投げ入れたとか」

「それもどうかな」と梶谷が首をひねる。

「火事の時間帯は、刑務作業が終わっていたし、あの近くには誰もいなかった。受刑者の所在は刑務官が把握しているから、その時間に受刑者が火をつけたなんてことはまずない」

「そうですか……」

「俺は赤犬じゃなく、別の原因で火がついたという説も捨てきれないと思う」

「たとえば、どんな？」

「保管庫内の電気系統が老朽化して火事が起きたとかな」

「なるほど、ありえますね」

「だけど、その可能性は低いらしい。電気系統のことを警察と消防に投げかけてみたら、配電盤の周辺が激しく燃えた痕跡はなかったといわれた」

「じゃあ、何が原因なんでしょう」

梶谷が意味深げな表情で腕を組んだ。

「どうしました」

「ほかの刑務官が話しているのがちらっと聞こえたんだけど、前にもあの備品保管庫でボヤ騒ぎがあったんだと。そのときは原因がわからなくて、変な噂が流れたらしい」

「変な噂？」

「備品保管庫には幽霊が居座っていて、火の玉のせいで発火したんじゃないかって」

「まさか」

「あの建物は、別の場所にあったのを移設したものらしい。金沢監獄って聞いたことあるか」

それは稲代も知っている。金沢監獄は加賀刑務所の前身で、金沢の街なかにあった。梶谷によると、街の郊外に加賀刑務所として移転した際、移転費用を抑制するために、いったん取り壊して加賀刑務所へ移設した建物がいくつかあるという。

「あの建物は、金沢監獄では独居房として利用されていたけど、ここに移設された後は、受刑者を収容するには劣悪すぎるので、房ではなく保管庫として使われるようになったらしいんだ」

「でも、どうして幽霊が出るんですか」

「その独居房では昔から多くの受刑者が亡くなってて、房のいたるところに彼らの怨念が宿っているんだと。新たな受刑者がそこに入ると、幽霊が出たり金縛りにあうせいで、受刑者が発狂して自殺することがよくあったって話だ。だから、凶暴な受刑者さえもあそこにだけは入りたくないと恐れていたんだとよ」

「じゃあ、火が出たのは、放火ではなく、死んだ受刑者の火の玉が原因ってことですか?」

「いやあ」といいながら、梶谷は首を横に振った。

「火の玉と赤犬、どっちも火事の原因だとは思いたくないけどな」

5

稲代が刑務所を出たのは午後九時すぎだった。官舎は築三十年と古いが、刑務所の敷地内にあり、通勤は五分もかからないのが、ありがたい。

カップ麺で食事を済ませると、官舎の狭いキッチンの換気扇をまわして煙草に火をつけた。刑務所には喫煙場所もあるにはあるが、吸わないようにしている。わずかでも煙草の匂いを残したまま受刑者と接したくなかった。服役中は煙草を吸えない彼らへのせめてもの気遣いだった。

テーブルの携帯電話がズズッ、ズズッと小刻みな音を立てていた。交際相手の瑞希(みずき)

からの電話着信だった。

通話ボタンを押すと〈ねえ、大丈夫なの！〉と興奮した声が聞こえた。〈加賀刑務所で火事があったって、さっきテレビのニュースで見たわ〉

たいした火事ではなく、すぐに火も消えたと稲代は説明した。自分が第一発見者だとはいわなかった。いえば、話が長くなる。

〈ならいいけど。刑務所ってなんだか怖いから、火事の混乱で逃げる受刑者がいるんじゃないかと心配になって〉

「そんなの映画やドラマの世界だけだって。でも、警察と消防の車両が何台も押し寄せて、サイレンは鳴り続けるし。なんだか気疲れして、今日はもうへとへと」

早く電話を終わらせたいと、やんわりほのめかしたつもりだった。だが、瑞希は気づいた様子もなく、話題は火事から瑞希の仕事のことに移り、会社の愚痴を語り始めた。

仕方なくあいづちを打っていると、〈ねえ、私たちのことだけど〉と話題が移った。

稲代はうんざりしながら小さく息を吐いた。結局その話か。最後は、いつもこれだ。

瑞希は前にいた会社の同僚だった。会社は昨今の不況で業績が悪化し、経営陣が密かに人員削減を計画していることを、人事部にいた稲代は知っていた。

瑞希とはお互い結婚を意識して付き合っていた。もし、このまま職場結婚となれば、人員削減を考えている会社では、当然どちらかが会社を辞めなくてはいけない。瑞希が会社に愛着を持っているのは知っている。稲代は、会社を辞めるのは自分と思い、人員削減計画が発表されると同時に退職を申し出た。

まだ三十歳になりたての自分なら、いくらでもいい仕事は見つかると思っていた。ところが社会全体の景気が悪く、正社員の仕事はなかなか見つからなかった。そこで、とりあえずは、と任期付き公務員として加賀刑務所に就職したのだった。

〈正規の公務員になれるかもしれないって話、あれはどうなったの?〉

加賀刑務所で働くと決まったとき、刑務所の人事担当者から正規の公務員になる道もあると聞き、そのことを瑞希に伝えた。以来、ことあるごとに、いつ正規の公務員になれるのかと瑞希は尋ねてくる。

三十歳になった瑞希は、そろそろ結婚を望んでいる。だが、今の稲代は、瑞希との結婚に積極的ではなかった。会社を辞めて瑞希と離れたら、今まで見えなかったものが、見えてきたような気がした。もしかしたら、自分たちは合わないのでは、と思うようになっていた。

「正規の公務員どころか、来月いっぱいでやめることになるかもしれない」

〈どうして? やっぱり刑務所ってキツイの?〉

「キツイというか、仕事がうまくいっていない」

思いのほか、投げやりな口調でこたえると、瑞希は〈えー、そうなの〉と驚きとも不満ともとれる声を出した。

その声に苛立ちを覚えた稲代は、「もう寝る」といって強引に電話を切った。

だが、すぐに寝るつもりはなかった。仕事のことをつい考えてしまう。受刑者たちとの今日の面談を思い出して、新しい煙草に火をつけていると、ある疑問が脳をかすめた。

——後藤田は二村に、就労支援室の枠が一人減ることを伝えたのだろうか。

私としては若い稲代さんに残ってほしいと思っています——。あれははたして本心だったのか。本当は俺ではなく二村を残したいのではないのか。

刑務所への貢献度は二村のほうが上だ。作業場をまわる二村は、受刑者にものづくりの基本的な技術を教えたり、心構えを説いたりしている。受刑者からの評判もいい。しかし、俺のほうは、受刑者のために就職先を探しているが、何の成果もあげていない。

二村は後藤田から、契約更新のことで何かいわれているのか。気にはなるが、二村にそのことを訊く気にはなれない。契約更新するしないは、各個人の問題だ。

——だけど、二人とも残留できるのがいいに決まっている。そのために、一人でも就職が決まってくれれば……。

力なく吐いた白い煙は、稲代の目の前を中途半端に漂い続けた。

6

稲代と二村は受刑者用の玄関口で、面接に行く石貫を見送った。

石貫は、黒いジャンパーにベージュのチノパン姿。石貫の隣には腰縄を握る梶谷、さらに別の刑務官が二人いる。石貫の手には手錠がかけられていた。私服姿に着替えても、石貫がまだ服役中であることを実感させられる。

稲代が石貫の手首を見つめていると、梶谷がいいわけするかのように、「面接のときには、外すから」といった。

今日は、面接のあとに会社の工場を見学して、石貫は少しだけ作業に加わる予定になっている。持ち前の技術をアピールするチャンスのはずだが、目の前の石貫は、顔を強張らせて身体を小刻みに揺すっている。行く前から、かなり緊張しているようだ。

「石貫さん」と稲代は話しかけた。「面接のときは、相手の口元を見てゆっくり話してください」

「はいっ」石貫の返事が上ずっている。

「大丈夫。自信もって」

二村が石貫の肩を叩くと、石貫は、こくりとうなずいた。

刑務官とともに石貫が車に乗り込んだ。車が門の外に出ていくのを見届けて稲代と二村は引き返した。廊下を歩いていると、向こう側から後藤田が現れた。会釈して通り過ぎようとすると、「稲代さん」と呼び止められた。

「今日は、石貫健太が採用面接に行ったそうですね。どうですか、うまくいきそうですか」

「工場で作業に加わらせてもらえるので、刑務作業で培った技術をそこで見せることができれば、先方も採用を真剣に考えてくれるかもしれません」

「石貫の技術はそんなに素晴らしいのですか」

「二村さんの太鼓判つきなので、間違いありません。そうですよね、二村さん」

真顔でうなずく二村を後藤田は一瞥すると、「では、失礼」と早歩きで去っていった。

後藤田は会話をしている間、指の先をこすりあわせるような仕草を繰り返していた。いつも何か急かされているためか、あるいはただの癖なのかもしれない。だが、指の動きとは反対に、口調はいつになく穏やかだった。

「後藤田補佐、珍しく機嫌がよかったと思いませんか」

「そうですね」

あまり関心がないのか、二村からは、そっけない感想しか返ってこなかった。

就労支援室のある管理棟と工場棟への分かれ道で、稲代と二村は別れた。

これから稲代は、就労支援室にこもって協力雇用主への「電話営業」に集中する。石貫にとどまらず、ほかの受刑者のためにも、採用面接の機会をもっと作らなくてはいけない。

吹きさらしの渡り廊下を通ると、湿り気のある風が頬にまとわりついた。通路の上にある屋根は、少し風が吹けば、ほとんど意味をなさなくなる。今週は先週までとは一転して、冬型の北陸らしい天候となった。日中は、ずっと曇り空で薄暗い。ときどき、雨や雪も降ってくる。

工場棟に目を向けると、一番奥のあたりで、警察と消防の係官が何か道具を手にして動きまわっていた。あの先には保管庫があって、今も火事の現場検証が続いている。総務課長の芦立の姿も見える。会計検査院の検査が近いのに、総務部は仕事が立て込んで大変だろうにと同情心が芽生えた。

だが、さきほどの後藤田は、もっと神経質になっていてもおかしくないのに、そうではなかった。あれはどうしてだろうと後藤田の顔を思い出していると、記憶の外にあった場面がよみがえった。

後藤田は、ずっと稲代に話しかけて、二村のほうを見ようともしなかった。今考えると、わざとその存在を無視しているようにも見えた。

後藤田と二村の間で何かあったのか。もしかして、後藤田が雇用契約の解除の話をして、それに二村が抵抗したのではないか。となると、切られるのは二村のほうか。

雇用契約のことは考え出すときりがない。稲代は就労支援室に戻ると、二村のことは忘れて協力雇用主に電話をかけまくった。だが簡単にはいかなかった。五件続けて「最近、景気が悪くて」と面接を断られた。出所者の受け入れを拒むための建前ではなく、業績のよくない中小企業が最近は本当に多い。

結局、十件電話して期待できそうなのは、介護関係の一件だけだった。時計を見ると、受刑者への面接指導の時間が近い。一息入れてインスタントコーヒーをすすっていると、ドアをノックする音がした。受刑者がもう来たのかと少し慌てたが、現れたのは火石だった。

「疲れたお顔をしていますね」

「なかなかうまくいかなくて」

「今日は、一つ、おいしい話を持ってきたんです」

「何ですか」

火石がポケットから取り出したのは、カラー刷りのチラシだった。

「のと穴水(あなみず)カキ祭り？　これがどうしたんですか」

「毎年二月に開催されていて、すごく人気があるらしいんです。出展している店に知り合いがいましてね」

「はあ」

今は一件でもいい、とにかく就職内定を得たい。週末も関係なく仕事しようと思っていたところだ。なのに、こんなときに能登へカキを堪能しに行こうとの誘いか？ もしかして歳が近いから自分を誘ったのか？ だが、こっちはそんな気分にはなれない。

火石は何を考えているんだろう。仕事ができるのは稲代も知っている。ただその一方で、刑務官のなかでは浮いた存在という話も耳にした。

上級刑務官である火石からの誘いをきっぱり断るのは、勇気がいる。何かうまいい訳が見つからないかと考えていると、次に予定していた受刑者と刑務官が部屋に入ってきた。

「指導官。申し訳ないんですが、まだ面接指導が続いておりまして」

「ああ、これはお忙しいところにお邪魔をしました。この件は、また今度で」

そういって火石はそそくさと部屋を出て行った。

稲代は小さく息を吐くと、気を取り直して受刑者をテーブルに案内した。

昼休み、稲代は自席でサンドイッチをかじっていた。協力雇用主の企業から急に電話がかかってくることもあるので、なるべく席を外さないようにしている。

向かいの席に座る二村は、持参した弁当を食べていた。妻が娘のために作ったおかずの余りを勝手に詰めてきているだけ、と二村から聞いたことがある。

二村は二十年以上も非常勤教師を続けている。今も任期付き公務員という身分で安定しているとはいえない。蓄えはあるのだろうか、子供の将来に不安はないのか。

他人の人生をとやかくいうつもりはないが、今の自分がそんなことを考えてしまうのは、自分も二村のように正社員や正規公務員といった安定した道に進めないかもしれないという漠然とした不安に駆られているからだろう。

午後一時を過ぎると、梶谷が部屋に現れた。石貫の採用面接の付き添いが終わって帰ってきたという。

「石貫さんは、どうでしたか」

「面接はしどろもどろだったけど、しっかり最後まで社長の顔を見て話していた」

「塗りの実演のほうは」と二村が尋ねる。

「そっちは満点の出来じゃないかな。立ち会った社長に、これは即戦力だってほめられてた」

梶谷の言葉に、二村は顔を綻ばせた。

「決まりと考えていいんですかね」稲代は訊かずにはいられなかった。

「社長は、出所者の受け入れは初めてだから、社内会議に諮った上で返事をしますといってた。だけど、あの様子なら、決まりと考えていいんじゃないかな」

稲代はこぶしを握り締めた。いよいよ就労支援室のあっせん第一号の誕生か。稲代と二村、二人の力で採用を勝ち取ったとなれば、来年度も二人枠を確保できるのではないか。

「ああ、それと。ここへ来たのは石貫のことを伝えるためじゃないんだ」

梶谷が硬い表情に変わった。

「芦立総務課長から、俺と稲代に総務課長室へ来いって呼び出しがあった」

7

「警察と消防の現場検証が終わりました。第一発見者の稲代さんと、保管庫の火元責任者の梶谷さんには、まずお伝えしておこうと思いまして」

総務課長室のテーブルで、稲代と梶谷は芦立と向き合った。

「火事の原因は、収れん発火の可能性が高いという結論になりました」

収れん発火。初めて聞く言葉だった。芦立の説明によれば、日光などの発する熱がレンズのようなもので一点に集約され、火が起こることだという。

「保管庫の小窓から差し込んだ西日が、何かによって一点に集約され高熱が生じて、庫内の段ボール箱に発火した可能性が高いということです」

「理論的にはわかりますが、そんなこと実際に起きるんですか」

驚きを含んだ声で梶谷が尋ねた。

「話を聞いたときは、私も信じられなかったのですが、まれにあるそうです」

冬場は日差しの角度が低く、室内に光が入りやすい。ただ、北陸の冬は、日の差さない日が多く、収れん発火は起きにくいはずである。

「火事のあった日は珍しく晴天で、天候としては起こりやすい環境だったそうです。消防署から派遣された専門チームの分析によると、火災の発生した時間のおよそ三十分前に保管庫の西側の小窓に西日の光が差しこんでいたようです。四時半ごろに非常ベルが鳴ったことからも、約三十分前に発火した可能性が高いということになりました」

稲代は「ちょっといいですか」と尋ねた。

「日差しを集約する何かっていうのは、具体的にはどんなものだったのですか」

「保管庫のなかは激しく燃えてしまったので、調べようがなかったそうです。ただ、レンズのかわりになるものとなると、おそらく液体の入った瓶かペットボトルではないかという話でした。実際、保管庫にはそうした物が保管されていたようですし」

「じゃあ、あの話も」と梶谷がポンと手を叩いた。「昔、保管庫でボヤ騒ぎがあって、原因はわからなかったらしいのですが、あれも収れん発火だったんですかね」

「その話も出ました。起きたのは二十年前の二月です。季節から推測するに、そうだったのかもしれません」

「じゃあ、原因もわかったことだし、今回の火事の件はこれで終わりということですか」

「いいえ」と芦立が軽く首を横に振った。

「今回の火事では、幸い負傷者は出ませんでしたし、古い建物のなかが燃えただけで済みました。ですが、消防車が何台も出動する騒ぎになり、地域住民に不安な思いをさせました。全国ネットのニュースでも取り上げられ、本省の幹部から、加賀刑務所はどうなっているんだと海老沢所長のところへお叱りの電話もあったようです」

芦立が神妙な顔をした。

「その際、本省の幹部から所長に、加賀刑務所独自で事故調査を行い、原因を究明して再発防止につなげるようにと指示がありました」

梶谷が、はあ、と息を吐いて同情的な顔をした。

「総務部は仕事が増えて大変ですね」

芦立は何もこたえずに、梶谷と稲代の顔を交互に見た。なぜか妙な間があった。

「普段なら、総務部がやる仕事です。ですが、近々、会計検査院の検査があって総務部は手が足りません。それで今回は梶谷さんに調査を担っていただきたいと」

「えっ！　どうして私が」

「梶谷さんはあの保管庫の火元責任者ですよね」

「それは、そうですが」

「すでに処遇部長にも了解を得ています」

「はあ」梶谷が、がくっと頭を垂れた。

「報告は来週です。総務部、処遇部合同の二部連絡会議の議題に、保管庫の火災報告を挙げますので、そこで発表していただきます。稲代さんは、今回の第一発見者ですし、梶谷さんの補佐役をお願いします」

「はい」

「でも、総務課長。警察と消防でわからなかったことを私たちが調べても、報告できることなんて何もないと思いますが」

「報告、よろしくお願いします」

口調こそ丁寧だが、これは命令だった。

わかっている梶谷も、それ以上、抵抗することはなかった。

8

稲代は、梶谷と一緒にさっそく現場に向かった。出火原因が収れん発火と聞いて、どんな仕組みで火事が発生したのか見ておきたかった。

備品保管庫は、連なる工場棟の一番奥に目立たないように存在し、そのすぐ後ろには高いコンクリートの壁がそびえている。

建物の面積は、テニスコート一面分ほど。外壁はレンガで、屋根は切妻。平屋造りだが、二階建てくらいの高さはある。

梶谷は、真っ黒になった壁を見上げて、「焼け焦げてるけど、全然崩れていない。昔の建物ってのは強いな」と感嘆の声を漏らした。

建物の西側にまわると、三十センチ四方の小窓が四つ等間隔で並んでいた。晴れの日の夕方になれば、ここから西日が差しこむのだろう。

「この窓、ずいぶん、高い位置にあるんですね」

「脱走の防止のためだ。鉄格子も二本入っている」

入り口側に戻ると、梶谷が扉を開けてなかに入り、稲代もあとに続いた。

建物内部は暗く、何となく嫌な空気が漂っていた。金沢監獄時代に亡くなった受刑者の霊が宿っているという話を聞いて先入観が働いたせいかもしれない。

　横幅三メートルほどの広い廊下が奥へと続いている。廊下の左側には、コンクリートの壁で仕切られた空間が四つ並んでいた。今は鉄の扉こそないが、この空間が独居房だったのだろう。鉄格子の小窓から、外の明かりが漏れてくる。

　廊下の右側に目を向けると、壁一面、スチール製の棚が高い位置までそびえている。棚には、撤去されずに置いたままの段ボール箱の残がいもあるが、大部分は灰か黒い塊になっている。

「独特の匂いがしますね」

「ここには薬品類が多くあったからな」

　床には原材料の瓶がところどころに転がっている。

「使えそうなものは残ってないなあ」

　瓶を一本拾い上げて、梶谷がため息をついた。

　奥へと進むと、空気が滞留しているせいか、焦げ臭い匂いが強くなった。

「このあたりが激しいな」

　突き当たりにある棚とそのまわりの壁が最も焼け焦げていた。

「一番奥の独房の窓から入った西日が収れん発火の原因になったんですかね」

「きっとそうだな。警察と消防のいうとおり、これじゃあ、もう詳しい原因はわかりそうにない」

そのとき、冷たい風が背中を伝った。ぞくっとして思わず後ろを振り返ると、建物の入り口に人影が立っていた。

すらりとしたシルエットがゆっくり近づいてきた。

まさか幽霊か？

「おつかれさまです」

聞き覚えのある丁寧な話し方に、稲代は安堵の息を吐いた。——火石だった。

「芦立総務課長から、梶谷さんと稲代さんの調査に協力するよう依頼を受けました」

「いや、本当ですか。それは心強いです」

そういって梶谷は顔に喜色を浮かべた。梶谷と稲代だけでは荷が重い。原因究明を本気でやるなら火石の力が必要と芦立は判断したのだろう。

「でも、総務課長も人が悪いなあ。それなら、そういってくれればいいのに」

「私が調査に加わるのは、非公式だそうです。あくまで報告担当は梶谷さんということで」

火石は刑務所の幹部に煙たがられているという話を耳にしたことがある。そのことが関係しているのかもしれない。幹部の好き嫌いで物事が動くのは会社も役所も同じだ。

「さっそくですが、気になることがあります」火石の顔が引き締まる。

「何でしょうか」と梶谷が返す。

「収れん発火が起きるには、前提条件が二つあります。日が差すことと、熱を収れんするための物体、いわば発火装置があること。これら二つの条件を満たしたのが火事の起きた日だけというのが、腑に落ちなくて」

「といいますと？」

「火事が起きた前日もその前の日も、この時期には珍しい晴天でした。天気の条件でいえば、その三日間どの日に収れん発火が起きてもおかしくはないはずです。なのに、発火したのがどうしてあの日だったのか」

「いわれてみれば、そうですよね」

梶谷は感じ入ったようにうなずいている。

「火事の前、最後に保管庫に入ったのは二村さんでしたよね。保管庫のなかで何か気づいたことなど、聞いていませんか」

「二村さんの話だと、保管庫のなかはいつもと同じだったといっていました」

「だとしたら、一番に疑われるのは、二村さんになりますね。二村さんが収れん発火が起きやすいように物を動かしたのかもしれません」

火石の推理に、梶谷は肯定も否定もせず、腕を組んで考え込む顔をした。たしかに、それは一つの可能性として否定できない。

「では、指導官は、二村さんが保管庫で収れん発火が起きるような、たとえば瓶やペットボトルを並べたと考えているのですか」

今度は、梶谷の問いかけに、火石があごに指をあてて考え込む仕草をした。

「もし、かりに二村さんが何かしたのなら、その日に西日が差しこんだ時点で火災は発生したはずです。ところが、火事が起きたのは翌日の夕方でした。一日以上もたってから火事が起きたなんていうのは、ありえません」

火石のいうとおりだ。だが――。

「突飛な思いつきなんですけど」と稲代は軽く手を上げた。

「どうぞ」

「保管庫のなかに、たとえばですが、時限発火装置が仕掛けられていた、もしくは遠隔操作できるようなものであれば、火事はいつでも起きるのではないですか。その場合だと、思いたくはないですけど、最後に保管庫に入った二村さんが犯人の可能性もあるし、二村さんより前に保管庫に入った誰かが、気づかれにくい場所に時限的な、あるいは遠隔操作が可能な発火装置を仕込んだとも考えられます」

「そりゃあ、そうだけど」梶谷が首を傾げた。「現実的ではないような……」

「時限発火装置に遠隔操作……あながち突飛ではないかもしれませんよ」

火石は、稲代の推理に思うところがあったのか、深くうなずいている。

「でも、そこまでして、あの保管庫を燃やす目的なんて、ありますかね。少なくとも二村さんにはないと思いますが」

梶谷の言葉を最後に、話は一段落して、三人は保管庫を出た。

火石が建物の外側を見たいというので、梶谷が一緒についていった。

稲代はコンクリートの塀のほうに近づいた。刑務所で働くようになって一年近いが、実物の塀に近づいたことはなかった。

――これがシャバとムショを隔てている壁か。

手のひらを押し当てると、壁面は鉄のように冷たかった。高さは五メートル。塀の上部には鉄線が張り巡らされていた。

塀の真下をつたって歩いた。地面はコンクリートではなく土がむき出しになっている。冬の時期なので、草もほとんど生えていない。

――これ、なんだろう？

足元に薄い板切れが一枚落ちていた。文庫本ほどの大きさだ。表面は黒く、少し光沢もある。どこかで目にしたような気がした。

表面の砂を手で払って板に見入っていると、梶谷と火石が近づいてきた。

「どうした？　何か珍しいものでもあったか」

「これ、どこかで見た記憶があるんですけど」

「ああ、それな。ウチの工場で試し塗りをするときに使う板だ。でも、どうしてそんなものがここにあるんだろ」

「ちょっと、見せてもらってもいいですか」と火石がいう。

「どうぞ」

稲代から板を受け取った火石は、しばしの間、板に見入っていた。

やがて、備品保管庫を振り返ると「そういうことか」とつぶやいた。

「どうしましたか」と梶谷が尋ねる。

「これで」火石は口角を少しだけ上げた。「謎が解ける仮説が成り立ちそうです」

9

二部連絡会議の日——。

大会議室には長机がロの字に並べられ、稲代と二村はその一角に座った。総務部の課長補佐以上の職員、処遇部の看守長クラスが壁伝いに並べられた椅子に座っている。

あの会議、いっつも雰囲気が悪いんだよな——。梶谷の声がよみがえった。

総務部長の常光、処遇部長の万波。この二人の不仲が原因にあるという。

その二人が最後に席に着いた。隣り合う二人の間には、どこかぎすぎすした空気が流れている。常光はのっぺりしたお公家顔、万波はいかつい武人顔と見た目も対照的だ。

総務課長の芦立の司会進行で会は始まった。

「今日の議題は三点です。一、会計検査院の検査に関しての注意事項、二、就労支援室の実績報告、三、備品保管庫の火災についての調査報告です」

両部長の真正面、被告席といわれる場所にまずは会計課の課長補佐が座った。

会計検査院の検査日程、検査官の氏名などを淡々と述べていく。

「毎回のことですが、各自、検査官への態度には細心の注意を払ってください」

その口調に力がこもった。

「ほかの刑務所で実際にあった話ですが、刑務官がトイレで検査官の悪口をいっているところを、個室に入っていた検査官に聞かれてしまったという事例があります。それが原因かどうかは定かではありませんが、その後、検査の対応が急に厳しくなり、いくつも指摘を受けたそうです。皆さん、各部門の刑務官に、検査官がいるときもいないときも言動には気をつけるよう注意を促してください」

「ちょっといいか」

万波が形だけ芦立に了解を求めて、勝手に話し始める。

「今回、会計検査院から指摘されそうな不備はあるのか」

場がしんとした。

「始まってみないと、何とも……」と会計課の課長補佐の口が重くなる。

「何だそりゃ。指摘されないように準備したんじゃないのか」

「もちろん、それはしておりますが……」

課長補佐がこたえに窮していると、常光が、壁に並ぶ陪席者の一人、後藤田に視線を送った。

後藤田は「横から失礼します」とその場で立ち上がった。

「私からおこたえします。今回、指摘されるようなものは何もございません」

「ほう、たいした自信だな。二年前の検査のときは、散々不備を指摘されて、会計検査院のホームページにも悪い例として公表されたらしいじゃないか。この二年で総務部の体質も、ちょっとは改善したわけだ」

万波の挑発の相手は、実は、隣に座る常光だ。

常光のほうは万波の言葉を受け流して真顔を保っている。

「では、次、就労支援室から、受刑者の就職状況について実績報告をお願いします」

会計課の課長補佐が退き、稲代と二村が被告席に着いた。

説明は稲代の役割だった。

「企業と受刑者の採用面接は、今年度、ここまで三十二回行われています。そのうち、採用に至ったものは一件。これは毎年、採用してくれる土木建設会社です。就労支援室の働きかけで採用内定を得たものは、残念ながら、まだございません。我々としては、今後も企業に接触して採用面接の機会を作ってもらえるよう努力していきたいと思います」

さきほどの会計課の説明のように、万波から鋭い質問が飛ぶのだろうか。覚悟して待っていると、万波は手元の資料に視線を落として口をへの字に曲げている。

「せっかく就労支援室を立ち上げたんだから、実績が欲しいな」

珍しく抑え気味の声で万波が発言すると、隣の常光も、「一件でもいいので成果が上がってほしいものです」と同意するような言葉を発した。

稲代は、争う様子のない二人のやり取りを妙な気持ちで眺めていたが、受刑者の就職支援というのは、刑務所にとってそれほどの大きな課題なのだろう。

「稲代さん。何がネックになっているのだろうね」

常光が、やんわりとした口調で尋ねた。

「協力雇用主に登録している企業でも、実際に、受刑者を受け入れるかどうかの具体的な段階になると、および腰になるようです」

「この就労支援室は全国でも先駆けだし、是が非でも成果を出したいところです。どなたでもいいので、何かよい意見があれば、この場でぜひお願いしたい」

場は静かだった。常光の声もむなしく、誰も発言しない。

微妙な空気が流れるなか、隣の二村が「あの……」といって立ち上がった。

「私の力不足のせいです。ご期待にこたえられなくて申し訳ありません。せっかく採用していただいたのに」

「就労支援室に問題があるとは思っていませんから」と常光がかぶりを振る。

芦立が「これで二つ目の議題は終了します」と告げ、稲代と二村は自席に戻った。

「では、最後の議題、保管庫の火災について。梶谷看守部長、説明をお願いします」

被告席に着いた梶谷の横顔は、やや強張っていた。受刑者の前でも、稲代の前でも見せたことのない別の表情だった。

「刑務所長の命を受けて、調査をいたしました。その結果をご報告します」

火事発生の日時、場所と梶谷が明瞭な声で説明していく。

「——現場となった備品保管庫は、古い施設で火災警報器もなかったため、火事の発見が遅れて、刑務作業で使用する具材などのほとんどが燃えてしまいました。次、火事の原因についてご説明いたします。ページをおめくりください」

梶谷は、火事の原因の核心部分、収れん発火のところになると、虫メガネの例を用いて解説し、日差しの角度などの要因が整って偶発的に発生したものと説明した。

火事の原因を聞かされていなかった出席者からは、そんなことで火事が起きるのかと、軽くざわめきが起きた。

梶谷からの説明がすべて終わった。

芦立が「質問はございますか」と常光、万波のほうに顔を向けた。

「収れん発火っていわれても、なんだかピンと来ないな」万波が首を傾げた。「外からの西日を一点に集約して火が発生するなんて、そんなことありうるのか」

「警察と消防署の話では、まれに起こるとのことです」と梶谷がこたえる。

「しかし、だな」

万波が太い指先で報告書をこつこつと叩いた。

「こんなもんじゃ所長も本省も納得しないだろ。おい、梶谷よ。原因究明ってことは、収れん発火が起きた根本原因を調べ上げないと、調査が終わったとはいえないんじゃないのか」

梶谷が唇をかみながら、苦しまぎれに視線を横に動かした。その先には、壁際に座る火石の姿があった。火石いわく、根本原因に通じる仮説ならある。しかし、それを確定づけるには、ある人物の自供なしでは成立しえない。

「火事の前、最後に保管庫に入ったのは、二村さんだったよな」

万波が、二村の座るほうに体を向けた。

「保管庫のなかに不審な点はなかったって話だが、本当にそれで間違いなかったのか」

万波の問いかけに二村はすぐには何もこたえない。

「おい、二村さん」

様子がおかしいと感じたのか、皆の視線が二村に集まった。

「二村さん、どうされましたか」と芦立も尋ねる。

顔をこわばらせた二村が、ゆっくりと立ち上がった。

「実は、警察にも消防にも話していないことがあります。保管庫に入ったとき、溶剤の本数を確かめようと、箱から瓶をいくつか取り出しました。もしかしたら、そのときに片づけ忘れがあったのかもしれません。その瓶のせいで収れん発火が起きた可能性があります」

会議室がまたしても、ざわめいた。だが、稲代は驚かなかった。ここへ来る直前、二村の口から置き忘れの話は聞いていたからだ。

しかし、これではまだ足りない。仮説を証明する材料の断片に過ぎない。

「二村さん。今おっしゃったのは、火事の前日のことですよね」

今度は、万波ではなく常光が穏やかな声で問いかけた。所長に報告するには、安定着陸の結果が欲しい。シナリオになかった展開を想定内の枠のなかに戻してこの場を終わらせたいのだろう。

「もし、溶剤の瓶を出しっぱなしにしていたとしたら、その日のうちに火事が起きるのではないですか」

「はあ」

「であれば、火事はあなたの責任ではない。これは、誰かが火事をひき起こしたという人為的なミスではなく、いくつかの要因が偶然重なって起きてしまった事故としかいいようがないし、調べようもない。この件は私が引き取って所長に説明します。いかがですか、処遇部長」

常光がここまで決然というのは珍しい。序列上位にあたる常光の提案に、万波は渋々ながらもうなずくしかなかった。

部屋がしんとした。これで連絡会議は終わり。そんな空気が流れた。

芦立が「ほかにご発言なさる方は、いらっしゃいますか」と厳かな声でいった。

「これで終わりというわけにはいきません」

声のほうに視線が集まる。そこにいたのは、火石だった。

「赤犬のあぶり出しは、まだ終わっていません」

「赤犬だと？　保管庫の火事は放火だっていうのか」万波が眉を寄せた。

「溶剤の瓶が置きっぱなしになっていた。これは二村さんも認めています。そこに、もうひと手間加わって、翌日に火事が起きたとは考えられませんか」

「もうひと手間？　どういう意味だ」

「備品保管庫にはびこる悪霊が悪さをしたのかもしれません。その昔、あの建物は金沢監獄で懲罰用の独居房として使用されていました。劣悪な環境のためにそこで亡くなった受刑者も多かったという話です。今もあの建物にはびこっている亡者の魂が、悪さをしたのかもしれません」

「火石指導官。本気でいっているのか」

「もちろん、本気ではありません。一つのたとえです。もしかしたら、保管庫には発火する時間を制御できる時限発火装置のようなものが仕掛けられていたのではないか。それが火事の原因ではないかと、私は見ています」

「時限発火装置だと？　面白いことをいうな。だが、もしそんなものがあったとして、二村さんが瓶を出しっぱなしにしたことと関係はあるのか」

「もちろんあります。二村さんは意図的に発火しやすい環境を作ったわけですから」

「ちょっと待ちなさい」

常光が、万波と火石のやり取りに割り込んだ。

「火石指導官は二村さんが火事を起こすために、わざと瓶を置いたといいたいのですか」

お公家顔の常光の眉が吊り上がっていた。安定着陸を妨害されて、怒っているのは明らかだった。

火石は常光の問いにはこたえず、口元にはうっすら微笑を浮かべている。おそらくこの態度も計算ずく。赤犬をあぶりだすための作戦なのだろう。

「二村さんは――」と火石が続けた。

「元教師だけあって、普段の仕事ぶりを見ていても、何事もきっちりとなさっている。そんな方が、溶剤の入った瓶を出したまま戸締まりをするとは思えないんです」

二村は神妙な顔で頭を垂れていた。そのあごがわずかに震えている。

「二村さん。あなたは、収れん発火が起きることを想定して、わざと箱から瓶を出した。さらに、西日の当たる位置を計算して、瓶を置いたのではないですか」

「火石指導官っ」

声の主は常光でも万波でもなかった。壁際の席にいた後藤田が立ち上がった。

「いくらなんでも、それはいいすぎじゃないですか。二村さんはしまい忘れたといってるでしょう！」

後藤田が強い口調で火石を非難する。

一方、火石は、後藤田のほうを見ようともせず、二村をじっと見据えた。

二村がゆるゆると顔を上げた。今にも泣きそうな顔をしている。口があいまいに動いて、何かを語ろうとしているようにも見えた。

すると火石が「たしかに、いいすぎました。すみませんでした」と頭を下げた。

二村のほうは再びうつむく。

気まずい空気が場に漂った。

「これで終わりましょう。いいですね」

常光の言葉を受けて、芦立が会議の終了を宣言した。

稲代は二村に寄り添うようにしながら就労支援室に戻った。

席に着いた二村は、蒼白な頬のまま何も見ていない目をただぼんやりと開いている。

そんな二村のために、稲代はカップを二つ用意して、コーヒーを入れる準備を始めた。

連絡会議が始まる前、別の仕事で手が離せない火石にかわって、梶谷が就労支援室を訪れた。

そこで梶谷は二村に「備品保管庫で起きた収れん発火に関与しているのですか」と問いただした。

二村は、備品保管庫に瓶を出しっぱなしにしたことは認めたが、「それ以外はいいたくありません」と口を閉ざしたのだった。

結局、報告会の場でも二村は、肝心の部分を明らかにしなかった。

稲代がドリップバッグにお湯を注いでいると、「失礼します」と声がして火石が現れた。

「お二人とも、報告会、おつかれさまでした。二村さん、さっきは失礼ないい方をして申し訳ありませんでした」

「いいえ」とこたえる二村の表情が微妙にゆがむ。

稲代が「火石指導官もコーヒーをお飲みになりますか」と尋ねると、火石は「いただきます」とこたえた。

コーヒーの準備ができたので、三人は面談用のテーブル席に腰を下ろした。

「これはもしかして」

火石は手に取ったカップを目の高さに持ち上げた。「四工場で塗ったものですね」

「就労支援室で使ってほしいと梶谷さんが試作品のカップを持ってきてくれたんです」

二村も手にしたカップにじっと見入っている。青白かった顔に少しずつ血の気が戻ってくる。

「私が……」

ややあって、二村が口を開いた。

「どうして長く非常勤の教師をしていたか、聞いていただけますか」

稲代と火石はうなずいた。

「一番の理由は正規の職員になれなかったからなんですけど、何より教えるのが好きだったんです。一年前、中学校での契約がそろそろ切れる、次はどうしようという時期に、刑務所での就労支援スタッフの募集を知って手をあげました。実際にやってみると、子供を相手にするのとは違う苦労もありましたが、それ以上にやりがいを感じました。できることなら、このままずっと刑務所で仕事を続けたいとも思いました。だからといって……」

言葉に詰まった二村が、目を潤ませた。

「何があったのか、話していただけますか」と火石がいうと、二村が、こくっと首を縦に振った。

10

稲代は、火石と二人で備品保管庫へと向かった。

第五工場棟の脇を通ると、担当台に立つ梶谷の姿がちらりと見えた。工場を離れることのできない梶谷から、「あとは火石指導官と稲代に」と託されていた。

工場棟を過ぎると、先を行く火石の足取りが遅くなった。後ろを振り返り、（います）と口が動いた。

備品保管庫の裏、高くそびえる塀のあたりにその人物の姿を見つけ、思わず息を止めた。

そっと近づいた火石が背後から声をかけた。

「何をしているのですか、後藤田さん」

ぎょっとした様子で、後藤田が振り返る。

「いや。その……塀の点検をと思って」

「急に点検だなんて。何かを探しているようにも見えましたが」

「いや、そんなことは」

「探し物は、これじゃないですか」

火石はあるものを掲げた。稲代がこの前見つけた木板だった。

それを見つめる後藤田の喉仏が上下に動いた。

「二村さんが全部話してくれましたよ」

「何のことですか」

「わからないというなら、ご説明しましょうか？　収れん発火が起きるようにと、保管庫のなかに溶剤の入った瓶を並べたのは、たしかに二村さんです。しかし、その日に火事は起きなかった。なぜかというと——」

火石は木板をひらひらと動かした。

「備品をわざと燃やすなんてできないと思った二村さんは、西日が差す前に再び保管庫に行き、これで西側の小窓をふさいで、火事が起きないようにしたんです」

ここへ来る前、就労支援室で二村はこういっていた。

――これで火事は防げた、間違いを犯さずに済んだと安心しました。

「ところが、翌日になって火事が起きた。原因は、ふさいだはずの窓から板がなくなっていたからです。つまり、誰かが板を取り除いて、収れん発火を意図的に発生させたんです」

「火石指導官。誰かが板を取り除いたと決めつけるのは、どうでしょう。風が吹いて自然に落ちただけかもしれないじゃないですか」

「備品保管庫の窓の下あたりに板が落ちていたら、その可能性もあったでしょう。しかし、この板が見つかったのは、保管庫から十メートルほど離れた塀のそばでした。気象台のホームページを見ましたが、火事の前日も当日も、強い風は吹いていません。風で飛んで行った可能性は極めて低い。おそらく、小窓が板でふさがっていることに気づいた人物が板を取り除いて、手裏剣のごとく放り投げた。板はくるくるまわって勢いよく飛んで、塀に当たって落ちたのでしょう」

「板を外しにきたなんて、そんなことする人間がいますかね」

「いますよ。後藤田さん、あなたです」

「でたらめをいうのは、よしてください」

「あなたが今ここにいるのが何よりの証拠です。火事の首謀者は、赤犬はあなただ」

「いいがかりだ。私がここにいるだけじゃ、証拠にならないでしょう」

火石は早い段階で後藤田を疑っていた。連絡会議で時限発火装置の話を持ち出したのは、後藤田を動揺させるのが狙いだった。焦った後藤田は、火石の策略にはまり、発火を防ぐ役割を果たした木板を見つけ出すために、この場所を訪れた。

「今回、収れん発火が原因と聞いて、ここ十年ほどの全国の刑務所で起きた火事や不審火について記録を調べたんです」

語る火石を、後藤田は険しい目でじっと見ている。

「六年前、四国のある刑務所で、収れん発火が原因と思われる火事が発生しています。当時、後藤田さんは、その刑務所の総務部で勤務していましたよね」

「それだけの理由で、私を赤犬呼ばわりするんですか」

「四国で起きた火事は本当に偶然の事故だったのかもしれません。しかし、あなたには収れん発火の経験と知識があった」

後藤田は短い息を吐いて、ニヤリと笑った。

「経験と知識があるだけで疑われるなら、警察官は常に犯罪の容疑者になってしまいますよ」

「では、ご自分の犯行とはお認めにならないんですね」

「もちろんです。私はやってない！」

「仕方ないですね。では決定的な証拠をお示しします」

「二村さんの証言か？　そんなものは証拠にはならんぞ」

後藤田の声が荒くなり、言葉遣いもぞんざいになっていく。

「証拠は、後藤田さん。あなた自身がお持ちです」

「何だって？」

「あなたの指です。右手の人差し指と親指。赤くかぶれていますよね。それはどうしたんですか」

後藤田は自身の指を見つめた。

「これか？　もともと皮膚が弱くて、冬場は乾燥して皮がむけたりすることが多いんだ」

「乾燥が原因とは思えませんがね。親指と人差し指だけがかぶれているようですが、それは何かをつまんだせいではないですか。たとえば、これを」

火石が再び例の板を掲げた。

「この板は何に使われるものか、ご存知ですか」

「さあ」

「漆を塗る練習です。漆は直に触れると、指がかぶれる。だから、完全に乾く前の状態の板に触れたら、指がかぶれてしまいます」

後藤田の口が、音もなく「あ」の形に開いた。

「あなたは窓をふさいでいた板を取り外そうとして、漆が手についてかぶれてしまった。どうです？　これでも、まだやっていないといいますか」

後藤田が身体を小刻みに揺らし始めた。

やがて、低い唸り声を上げると、思い切り地面を蹴った。

「そうだ！　私がやった！　でも、板を外したくらいで、まさか本当に火事になるとは思わなかったんだ」

「もし収れん発火が火事に至らなかったとしても、どうせ別の方法を考えて、二村さんに火をつけさせようとしたんじゃないですか」

「仕方ないだろ。加賀刑務所のためだ」

「火事の目的は、保管庫にある備品の数をわからないようにするためですね」

「ああ、そうだ。もうすぐ会計検査院の検査が始まる。その前に、帳簿に記載された数と実際の数が合わないのをバレないようにするには、これが一番いい方法だと思った」

二年前、加賀刑務所は、会計検査院から保管庫の溶剤の数が帳簿に記載されているものよりも少ないと指摘を受けた。金額にして約千五百万円相当。このことは、会計検査院の指摘事例として、検査院のホームページに掲載され、新聞にも大きく報じられた。

しかし、指摘を受けたあとも、保管庫の備品の管理体制は改善されず、検査院の検査前に行った自主点検で、またしても不備が見つかった。

このままでは、前回と同じような指摘を受けるだけでなく、二年間、放置されていたことも問題となる。隠すにはどうしたらいいか。後藤田は、保管庫の備品の数をわからなくするために火事を起こそうと画策した。過去にほかの刑務所で遭遇した収れん発火による火事を思い出し、二村に実行するよう命じた。

「ところが――」

火石が続ける。「火事が起きるはずの夕方になっても火の手は上がらない。おかしいと思ったあなたは保管庫の様子を見に行った。すると、小窓は板でふさがれている。二村さんが怖気づいたと知り、あなたは腹立ちまぎれに手に取った板を塀に向かって投げた。その翌日も晴天となり、夕方には西日が差した。果たして収れん発火が起き、保管庫内で火事が発生した」

後藤田は、もう聞きたくないという風に火石から顔をそむけたが、火石はまわりこんで後藤田と正対した。

「私が憤りを感じたことが二つあります。一つは、火事によって、業務上の不備を隠ぺいしようとしたこと。もう一つは二村さんを巻き込んだことです」

——あなたは、後藤田さんの指示を拒むこともできたはずです。なのに、どうして？

ここへ来る前、火石の問いに、二村は顔をしかめてこういった。

「来年度、就労支援室は二人から一人に減らされると聞きました。いうとおりにするなら、私を優先して雇用契約を更新できるようにすると……」

後藤田は、稲代だけでなく二村にも来年度の採用減の話をしていた。稲代には、出所予定者が採用内定を得ることを契約更新の条件として提示した。それはまだいい。正論といえる。だが、二村に示した条件は悪質だった。収れん発火の準備をしろと命じたのだ。

二村には養う家族がいる。稲代とは比較にならないほど解雇の不安は大きいはず。しかし、二村は最終的には悪魔のささやきには屈しなかった。

「今回の火事は、間接的な放火です。赤犬の犯人はあなたです」

火石に指摘されると、後藤田が野良犬のように、フンと鼻を鳴らした。

「だから何ですか。備品が火事で無くなって帳簿との突合はできない。検査で指摘されることもなくなった。あとは、火石指導官がほじくり返さなければいいだけの話です。違いますか」

火石は、普段見せたことのない冷たい目をして、後藤田ににじり寄った。

「恐喝に放火。警察に訴えれば、あなたは間違いなく逮捕される」

火石の眼差しに力がこもる。強気だった後藤田の目におびえが走った。

「だけど、あなたのいうとおり、今さら、このことを公にしても何も変わりません。むしろ、混乱を招くだけだ」

「わかってくれましたか」

「だから混乱しないよう、あなたには静かに責任を取ってもらいます」

「後藤田さん」

11

ドアがノックされ、モスグリーンの作業着姿の石貫が就労支援室に入ってきた。後ろには梶谷がついている。

「二二五一番。石貫健太です」

声は力強く、緊張した面持ちだ。

「この前、採用面接を受けた会社から連絡がありました」

稲代の言葉に、石貫の頬がぴくっと動いた。

石貫の両目を見据えた。その瞳の奥には期待の色が覗いて見える。

「残念ながら不採用でした」

石貫の視線が落ちた。何かが稲代の胸をぐっと押した。

「先方の社長は、こうおっしゃっていました。石貫さんの技術は素晴らしかった。面接での受けこたえも感じがよく、自分の過去の犯罪を反省しているのも伝わってきた。ただ、従業員から反対する意見があり、今回の採用は見送りとなったそうです」

工場見学のとき、石貫は塗りの仕事を実演する場を与えられた。石貫の技術を確認するのが目的かと思ったが、真の狙いはそうではなかった。周囲にいた従業員たちが前科持ちの人間をどう感じるか、その感触を知るための工場見学であり、技術の実演だった。

「就職するって、難しいんですね……」

石貫のしんみりした口調に、稲代の喉奥から苦いものが込み上げてくる。

これまでの自分を変えようと努力を続け、仕事の技術を身につけても、世間は前科者というレッテルを簡単には剝がしてくれない。それが現実だ。

「稲代さんと二村さんからいろいろアドバイスをいただいて、私ができる恩返しは、採用内定を取ることだと思って……」

石貫がきょろきょろと首を動かした。「二村さんはどうされたんですか。最近、作業場でもお見かけしないのですが」

「二村さんは、お辞めになりました」

「えっ。どうしてですか！」

「一身上の都合によるものです」

二村は全てを告白したあと、辞職を申し出た。火事は二村のせいじゃないと、稲代や火石が何度も説得したが、「私の気持ちの問題です」という二村の意志は固かった。

後藤田さんの指示を最初に断ることができなかった自分が許せないんです。だって、ここは刑務所ですよ。罪を償い、更生するためにある場所です。それなのに、受刑者にものを教える人間が人の道に反することをしようとしていた。私には受刑者にものを教える資格なんてないんです。

梶谷と石貫が部屋を出て行くと、稲代は仕事に取りかかった。いまだ就労支援室のあっせんによる採用内定はゼロ。二村が去り、稲代の来期の身分が保障されたとはいえ、それとは関係なく、実績を上げたかった。

一時間ほどたって、ドアをノックする音に顔を上げた。現れたのは火石だった。

火石はいつもの薄い笑みをたたえている。しかし、稲代は軽い緊張を感じて背筋を伸ばした。備品保管庫での火石と後藤田とのやり取りに立ち会って以来、火石に畏怖を感じるようになった。普段、物腰は柔らかく、刑務官らしくない印象さえ受けるが、その懐には鋭い刃物を隠している。

後藤田はもう加賀刑務所にはいない。急な辞令が出て、北海道の奥地にある刑務所支所へ異動となった。おそらく火石が働きかけ、上層部が動いたに違いない。ただ、火事の一件に後藤田が絡んでいたことは、加賀刑務所のなかでは、今も噂にはなっていない。梶谷からは、「何も口にしないでおこうな」ときつくいわれ、稲代もそれに従った。

「梶谷さんから聞きました。石貫の件、残念でしたね」

「期待していたんですが」

「焦らず取り組んで行きましょう。早速ですが、今日は一つお話があります。前に、稲代さんにチラシを一枚お渡ししたの覚えてますか」

「はあ」

チラシ。たしかカキ祭り……。興味がなくて引き出しに入れて、そのままだった。

「火石指導官。お誘いはありがたいのですが……」

「お誘い？　いいえ。そうではありません。カキ祭りに出店していた飲食店のなかに水産業をやっているお店がありまして。その店の代表者が、受刑者の採用に興味を示しているという話を耳にしたんです」

「え、本当ですか」

仕事の話だったのか。能登半島へドライブしてカキを堪能という、稲代の勝手な想像は間違っていた。

「その会社、慢性的に人手が足りないらしいんです」

「職種は、飲食店の従業員ですか」

「いいえ。カキの殻を剝がす仕事だそうです」

カキの殻を剝がす。となると炊事係か……。

炊事係に従事する受刑者のなかで、水産関係への就職を希望している受刑者はいただろうか？

「調べますので、ちょっと待ってください」

机に置いてあった受刑者の希望調書ファイルに手を伸ばそうとしたとき、

「石貫なんか、どうですか」と火石が出し抜けにいった。

「え、石貫さん？」

「以前、履歴書を見ましたが、長所は、寒さに強いってことでしたよね。私も一度、作業場を見に行ったのですが、寒い部屋でも石貫の指先はよく動いていました」

「――」

「水産物を扱う仕事は手先が冷たくなるので、なかなか仕事が続かず、働き手も少ないと聞きました。でも、寒さに強い石貫ならやれるんじゃないかと思いまして」

火石の発想と記憶力に、稲代は感心した。

石貫と採用面接に向けての準備をしているとき、履歴書の長所欄に、稲代が気づいた石貫の長所を書かせた。その履歴書は、火石の確認を経て面接先の会社に送付しているが、火石はその内容をしっかりと覚えていた。

「塗りの仕事で鍛えた手先の器用さも発揮できると思いますし、あとは、何といっても、真面目で辛抱強いという二村さんのお墨つきもありますから。どうですかね」

何の異論もなかった。さっそく、稲代は、その水産業者へ連絡を取った。石貫の履歴書を送り、後日、代表者と石貫の面接が行われた。

その場で石貫の就職が決まった。この一年、どんなに努力を重ねても得られなかった吉報が、嘘のようにあっさりと舞い込んだ。

ついに就労支援室のあっせん第一号。だが、稲代の心は半分も満たされなかった。できるなら二村と喜びを分かち合いたかった。それに、これは火石のおかげで決まったようなもの。そんな思いが胸の奥にこびりついていた。

石貫の就職が決まった翌朝、工場へ行く支度をしていると、就労支援室を訪れた火石から、「ついにやりましたね。おめでとうございます」と声をかけられた。

「指導官のお力があったからです。私は何も……」

「いいえ、それは違います。稲代さんが工場をまわって受刑者の長所を見つけてくれたから、うまくいったんです」

火石は、まっすぐな目で稲代を見ていた。

「更生したくても、受刑者自身の力だけでは難しいのが現実です。今回、稲代さんはその助けとなったんです。再び犯罪に走ったかもしれない人間に、幸せに向かう方向を示してあげたともいえます」

「指導官、大げさすぎますよ」

「これからも受刑者の就職支援、お願いしますね」

火石は丁寧に頭を下げると、部屋を出て行った。

——幸せに向かう方向、か。

火石の残していった言葉の余韻に浸っていると、胸の奥から温かい気持ちがわいてきた。

気づいたら、刑務作業の開始を知らせるチャイムが鳴っていた。

稲代はノートを携えると、就労支援室を慌てて飛び出した。

簡素な屋根しかない渡り廊下を早春の冷たい風が吹き抜ける。

工場棟からは、ワッショイ、ワッショイと天突き体操の掛け声が聞こえてきた。

第四話 がて

＋＋＋

官舎に戻った芦立は、いつものように早智子からの携帯電話のメールをチェックした。

『お仕事終了でーす。今夜の献立はオムライスと――』

ありがとう、とメールを打ちながら、ふと思い出した。

オムライスといえば、喫茶ぼたんで食べたハントンライスが頭に浮かんだ。

金沢名物の洋食というから、どんなものが出てくるのかと思ったら、濃い目のケチャップで味つけしたオムライスにエビフライと白身魚のフライが乗ったシンプルな料理だった。

喫茶店で、揚げたてのフライを口に運びながら火石が語った内容は、決して軽い話ではなかったが……。

――義姉（あね）は前科者なんです。

名は、木花（きはな）弥生（やよい）。娘の華と姓が違うのは事情があるのかもしれないが、何より気になったのは、弥生が前科者ということだった。

「私の兄と義姉はずっと金沢に住んでいたのですが、兄のほうは五年前に病死しました――」

夫婦の間には娘が一人いて、それが華だった。夫亡きあと、弥生はパートを辞めて、水商売の世界に入ったが、そこで悪い男に引っかかった。男はクスリの売人で、言葉巧みに弥生との距離を縮めていき、あるとき、「軽いのをやってみないか」と弥生を誘った。

弥生にも非はあった。男をつなぎ留めたい気持ち、さらには、きっぱり断れない性格が災いして、薬物に手を出し、やがて覚せい剤にはまってしまった。

あるとき、弥生のもとへ刑事が現れ、薬物検査で陽性となった弥生は逮捕された。実刑こそ免れたものの、一度覚えた覚せい剤からは抜け出せず、半年後、再び弥生は逮捕された。

「それが三年前のことでした――」

弥生が刑務所行きとなり、高校に入ったばかりの華は一人取り残された。当時、火石は東京霞が関にある法務省矯正局で監獄法の改正作業に携わっていた。国会で法案が成立し、霞が関での仕事が一段落ついたころ、火石は、姪である華の面倒を見ようと、東京から金沢への配置転換を希望した。

「上司からは、せっかく順調に実績を積み重ねてきたのに、本当にいいのかといわれました。しかし、私にとっては、自分のキャリアより身内のピンチを乗り切るほうが大事でした。父親が逮捕されて、一人になった姪のことはもちろん心配でしたが、いずれ義姉が出所しても、しばらくは母娘の様子を見守らなくてはいけないと思いました」

女子刑務所での勤務が長い芦立には、火石の思いが理解できた。女子刑務所では、凶悪犯罪での服役は少なく、クスリ絡みが圧倒的に多い。なかでも、覚せい剤に一度手を染めると、完全に離脱するのは難しい。女性の場合、薬物中毒を繰り返す傾向が男性よりも強いといわれ、再犯を防ぐには周囲の協力が必要となる。

金沢に異動したいという火石の希望は認められ、加賀刑務所で勤務することとなったが、母親の逮捕で学校に行きづらくなった華は、高校を中退していた。

「あの子には、もともと脚本家になりたいという夢があったので、アルバイトをしながら金沢市内のシナリオ専門学校へ通い始めたんです。でも、高校だけは出るようにと本人を説得して、通信制の高校にも通わせました」

火石は近くで華の様子を見守り、金銭的な支援も行った。弥生が服役を終えると就職の世話もした。弥生は華の通う専門学校から近い、街なかの弁当屋で働くこととなった。

火石が弥生の働き口としてその店を選んだのには、理由があった。薬物中毒者だった人間がクスリ断ちするには、一人にしない、身内が見ていることが必要といわれている。そのためには、日中も娘と近い場所にいるほうがいいと考えた。

火石は、非番の日や仕事のあと、弁当屋のすぐそばにある喫茶店へ通った。精神的にもろい弥生がクスリに手を出さないよう、へんな輩が近づいてこないかとその場所から見守り続けた。

心配材料が出てきたのは、弥生が弁当屋で働くようになって一か月が過ぎた頃だった。

クスリの元売人で前科のある男が、弁当屋にときどき現れて弁当を買っていくようになった。

もしも元売人が今も「仕事」をしているとしたら、クスリをやらないかと誘ってくるのではないか。どうすれば元売人を弥生から遠ざけることができるかと火石は思案した。

弁当を買いに来ているだけなら、警察に通報しても動いてはくれない。ならば、自分が睨みを利かせるしかないと考え、火石はその人物に声をかけることにした。刑務官が元受刑者に接触するのは禁止されているのは知っていたが、策としてはこれしかないと思った。

火石は元売人に声をかけ、自分が刑務官であること、さらに弁当屋の女店員の身内だと告げた。火石の告白に元売人は驚いた様子だったが、ただ弁当を買いに来ているだけと話し、その後も弁当屋通いをやめなかった。

それからの火石は、弁当屋付近で元売人の男を見かけるたびに声をかけた。やがて世間話をするようにもなった。だが、警戒心は解かなかった。弥生に変な真似をするなという念を送りながら、元売人への接触を続けた。

火石は、弥生にも、怪しい誘いを受けたりはしていないかと問いただした。

――弁当を買ってくれるただのお客さんよ。それ以上の接点はないわ。

義姉の言葉に嘘はなさそうだった。これからは母と娘の二人だけで十分やっていける。自分の役目はそろそろ終わりかもしれないと火石は感じるようになった。

「法務本省の人事担当には、三年もわがままを聞いてもらったので、次はどこにでも飛ばしてくださいと、すでに伝えてあります」

話はこれで全てだった。結局、火石はシロ。加賀刑務所の信用を傷つける非行はなかった。弁当屋の女店員の監視、元クスリの売人との接触、若い女への援助。これらは義姉の更正と姪の面倒を見るという目的のためのものだった。

「しかし、所長も芦立さんにスパイをやれだなんて、酷なことをいいますね」

「最終的に引き受けたのは私ですから。でも、火石さんの話を聞いて安心しました。所長には、火石指導官の行動に役所の信用失墜につながる行為はなかったと報告しておきます」

「それでいいんですか？　そんな報告だと所長は納得しないのでは」

「納得するもしないも事実ですから」

「芦立さんがそうおっしゃるなら、私からは何もいうことはありませんが……。ただ、この喫茶店通い、実はそろそろ終わりそうなんです」

「どうしてですか」

「近々、義姉が弁当屋をやめるらしくて」

「何かあったのですか」不安な思いが芦立の胸をよぎった。

悪い話ではありません、と火石が首を振った。

「独立するんです。なんでも弁当屋の客からの紹介でキッチンカーを格安で購入できるらしくて。これから業者との打ち合わせで忙しくなるので店をやめることにしたと聞きました」

弥生の更生は着実に進んでいる。女性の前科者が自立して生きていくというのは女子刑務所の勤務歴の長い芦立にとって嬉しい話だった。

「火石さん。ひとつ、うかがいたいのですが」

「なんでしょう」

「姪御さんは塚崎という苗字で、義理のお姉さんは木花とおっしゃっていましたよね。お二人の苗字が違うのはどうしてですか」

「ああ、そのことですか」

火石が薄い笑みを浮かべた。

「塚崎華というのは、本名ではなくペンネームです。通っている専門学校では学生にやる気を出させるために、ペンネームを名乗ってもいいことになっていて、あの子は誰にでも塚崎華と名乗るんです。ただ……本人は決して口にしませんが、ペンネームを名乗る本当の理由は、別のところにあるんだと思います」

「別のところ？」

「木花というのは、珍しい苗字ですから……」

火石は言葉を濁したが、いいたいことはわかった。珍しい苗字の場合、もし家族に犯罪者がいたりするとその身内ではないかと周囲に気づかれやすい。実際、弥生が逮捕されたとき、華は高校に行きづらくなって辞めたという話だった。おそらく好奇の目から逃れるために、別の苗字を名乗ることにしたのだろう。喫茶店で見た華は、屈託のない雰囲気だったが、その内面は違うのかもしれない。


部屋着に着替えた芦立は、冷蔵庫にあるもので適当に夕食を済ませた。その後は、正方形の狭いバスタブに湯を張り、ぬるま湯に三十分ほど浸った。これが官舎で単身生活が続く芦立の唯一の息抜きだった。

入浴を終え、髪にドライヤーをあてた。短い髪は五分もあれば乾く。あとは寝るだけだ。

布団に入れば、間を置かず寝入ってしまうほうだが、最近は疲労を感じながらも睡魔はすぐに襲ってこなかった。

その理由はわかっている。喫茶店で火石から聞いた話の余韻をずっと引きずっている。その余韻は重しのように、芦立の体内にとどまっている。

義姉と姪を守るために、火石はキャリア刑務官としての出世が遅れることもいとわなかった。

自分とは正反対だ。部屋から出られなくなった息子を、仕事にかこつけて放りっぱなしにしている。本当に息子のことを思うなら、刑務官などやめて自宅の近くで働き口を探すべきなのかもしれないのに。

物心ついたときから、弱いところを滅多に見せない聡也に安心しきっていた。自信に満ちた顔の裏に隠されていた苦しみに気づきもしなかった。

聡也が部屋に閉じこもる前になぜ気づいてやれなかったのか。なぜ手を差し伸べなかったのか。いや、できたはず。なのに、自分は何も見ていなかった、見ようとしなかったのだ。

指先に痛みを感じて、芦立は慌ててドライヤーを止めた。指の腹が赤くなっている。

もうとっくに髪は乾いていた。

1

諸田直也（なおや）は、総務部長室で直立していた。

目の前には総務部長の常光。その横には、総務課長の芦立、指導官の火石が立っている。

鼓動が胸を叩いていた。常光は、芦立から一枚の紙を受け取ると、しばし眺めてから冷たい視線を諸田に向けた。

ぞくりとした。

「諸田看守。四一〇五番、安東暢三（あんどうようぞう）への暴力行為について処分を下す」

瞑目（めいもく）した。懲戒処分は、今後の昇任、昇格への悪影響は必至――。

胃袋がきゅっと縮み上がった。――俺は、どうなる？

「厳重注意と処す」

驚き、思わず目を開けた。

「仕事熱心なのは結構ですが、法律も変わりました。いろいろとうるさいご時世ですし、世間の目などもっと厳しくなるでしょう。そのあたり、心して業務にあたってください」

諸田の勘違いでなければ、常光の瞳には少しだけ温かさが映って見えた。

「このたびは申し訳ありませんでした。そして寛大な処分をありがとうございました」

安堵の思いを顔の裏に隠し、部長室を辞した。

法律上の懲戒処分は、免職、停職、減給、戒告の四種類。今回、諸田が受けた厳重注意は、いわば口頭での叱責であり、懲戒処分には当たらなかった。

つまり、昇任、昇格への影響はない。

助かった。天を仰いだ瞬間――。

「諸田さん」

どきりとして振り返ると、芦立と火石が立っていた。

「さきほど、総務部長もおっしゃっていましたが、なかには弁護士と結託して難癖をつけてくる受刑者もいます。今回そのたぐいではなかったのは、運がよかったと思ってください」

芦立の言葉に、諸田は「気をつけます」と頭を下げた。

仕事熱心なのは結構ですが――。部長室での常光の言葉が耳によみがえった。

違う。あれは……。

「私のほうからも」と火石が口を開いた。「諸田さんにお話があります」

防音材の壁に囲まれた狭い部屋は、中学生のとき、一度だけ入った学校の放送室を思い起こさせた。

目の前の館内放送用のマイクを見つめていると、呼吸が浅くなった。ペットボトルの水を何度口に含んでも、砂漠のように舌はすぐに乾いていく。

部長室を出た直後、火石は諸田にこう告げた。

——急な話で申し訳ないですが、現覚さんの代わりをしてほしいのです。

現覚は金沢市東山の卯辰山山麓寺院群にある寺の住職で、年齢は六十代後半。月に何度か加賀刑務所を訪れ、受刑者を相手にボランティアで教誨師をしている。教誨師は、受刑者と一対一で面談し、彼らの徳を養うために道を説くのが仕事だ。

その現覚がぎっくり腰で刑務所にしばらく来られなくなった。

「諸田さんは仏教系の大学のご出身で、たしか実家はお寺でしたよね」

現覚のかわりに、臨時の教誨師をやらされるのか。乗り気ではないが、やれといわれたら仕方ない。懲戒処分を受けずに済んだのだから、これくらいは。

「学生時代に、教誨の真似事をしたことはありますが」

「もちろん教誨もお願いしたいのですが——」

細面の上級刑務官は、軽く笑みを浮かべた。「今日、諸田さんに頼みたいのはＤＪ

です」

「DJ？」

口を半開きにしたまま、その言葉を心のなかで反芻する。そしてハッと気づいた。

今日は第四月曜日だ。

現覚は、受刑者への教誨活動を行うかたわら、月に一度の定例の全館放送、通称〝刑務所ラジオ〟にも携わっていた。

刑務所ラジオの番組名は、マンデーナイトアワー。火石によると、現覚は、番組の開始から二十年、一度もDJを休んだことはなく、今回が初めての休みなのだという。

長年、現覚に任せっきりだった刑務所としては、現覚不在の場合にどうするかといった代案はすぐに思いつかなかった。

毎月、ラジオを楽しみにしている受刑者を思うと、かわいそうではあるが、現覚の代役は簡単には見つかりそうにない。現覚のいない間は、しばらく中止にするしかない。そんな結論に傾いたとき、何とかしてラジオは続けましょうと火石が強く主張した。

では、DJはどうするのか――。火石が推薦したのが、若手刑務官の諸田だった。

DJと教誨師、両方ともやらせてみてはどうでしょうか。最近、受刑者とのトラブルがありましたが、普段とは別の業務で経験を積ませるのも、彼のためになるはずです。

火石の説明に、総務部長の常光は二つ返事で承諾、現覚の代わりは諸田に決まった。

――懲戒処分は免れたが、これが実質のペナルティか。

窓のない空間に、曲の準備をするアシスタントと二人。スチール棚にはシステムコンポ、レコードプレーヤー、ＣＤ、カセットテープ。どれも年代物ばかりだ。刑務所には昭和の風情が至る所に残っている。いうなれば時が止まっている。おそらく、それはこの先もずっと変わらないだろう。

「一分前です」

隣に座るアシスタントの中年女性が、プロさながらの声で合図を出した。現覚と同じくボランティアスタッフであるこの女性から、打ち合わせのときに自己紹介を受けたが、ＤＪのことで頭がいっぱいで、名前はすぐに忘れた。

壁の時計を見つめた。七時二十九分三十秒。壁の時計がかすみ、さまざまな受刑者の顔が思い浮かぶ。彼らは、現覚ではなく刑務官が、しかもヒラカンの諸田がＤＪを担うことに、驚くか、がっかりするか、それとも鼻で笑うか。

――スタート。

「みなさん、こんばんは。そして初めまして。看守の諸田直也です。現覚さんが体調不良のため、今宵のマンデーナイトアワーは、私が代役を務めさせていただきます。

本日も七時三十分から九時までの九十分間、どうか気楽にお付き合いください。よろしくお願いします」

アシスタントがテープをまわし、音楽が入った。

緊張の糸がちぎれそうなくらいに張っているが、声はうわずっていなかった。思ったよりもうまく話せた気がした。

「今月のテーマは旅行です。今日もたくさんのメッセージありがとうございます。最初のメッセージを読みます。六十代、アイスクリームさんからです――」

手元には、原稿マスが印字された二百字のメモ紙。そこに受刑者自筆のメッセージが書き込まれている。メッセージの送り主は、ペンネーム、本名どちらでも構わない。今日取り上げるメッセージはすべて現覚が選んだものだ。

諸田は最初のメッセージを読み上げた。新婚旅行で九州へ行った思い出、逮捕のあと妻との離婚、妻への未練、もう犯罪には手を染めないという誓いで手紙は終わった。

「アイスクリームさん。気持ちをまっすぐに表現した、いいお手紙でしたよ」

感想はありきたりだが仕方ない。現覚のような、うんちくも気のきいたセリフも、にわかDJの自分には思いつかない。

受刑者のメッセージ、諸田の感想、リクエスト曲。この順番を繰り返した。

穴倉のような狭い放送室でマイクと向き合っている。広い刑務所には自分の声が流れ、居室にいる受刑者たちの耳に届いている。

この時間、受刑者たちが静かにラジオの声に耳を傾ける様子は、夜の巡回のときに何度となく見てきた。毎月第四月曜日の夜だけは、非常ベルの鳴る回数が極端に少ない。

傍らのペットボトルの水を飲み干した。これで三本目も空になった。

「次、ラストのメッセージです」

アシスタントの声で時計を見上げた。八時五十五分。そろそろ折り返しかと思いきや、もう終わりが近いことに驚いた。

午後九時、ラジオ放送が終わった。

後片づけをして部屋を出た。アシスタント役の女性と別れ、薄暗い廊下の長椅子に腰を下ろした。

こめかみに軽い痺れを感じながら、ぼうっとしていると、「お疲れさまでした」と声がした。

顔を上げると、大きな段ボール箱を両手に抱えた火石が立っていた。

「なかなか堂に入っていましたよ」

「もう少しアドリブを入れたほうがいいんでしょうけど、なかなか思いつかなくて」

「あれで十分です。私のほうこそ、来月うまくやれるか不安です」

「来月？」

「はい。曲をかけるアシスタントの女性は今日でお辞めになるんです。次の方を探しているんですが、見つかるまでは私が担うことになりました。とりあえず、来月は、現覚さんが復帰できなければ、諸田さんがＤＪで、私がアシスタントということで」

「はあ」

「では、教誨面談のほうもお願いします。明日はとりあえず三人です。その時間、刑務作業の監視のシフトは外してありますから」

加賀刑務所では、受刑者が希望すれば、教誨面談に臨むことができる。宗派は、キリスト教系、仏教系の二種類。面談は矯正プログラムの一種で、宗教的な教訓を学ぶよりも、教育的なカウンセリングの場として行われている。

刑務官は受刑者と一対一で面談することもあるので、そういう意味では慣れている。ラジオＤＪより教誨面談のほうが不安はない。とはいえ、教誨と名のつく以上、少しは宗教家らしい話をしなくてはいけないだろう。

「諸田さんの学んだ宗派は浄土真宗でしたかね」

「はい」

「現覚さんと同じですね、ちょうどよかった。では、これを」

火石から段ボール箱を受け取って膝の上に置いた。ずっしり重い。ふたを開けると、箱のなかには分厚い書籍が詰まっていた。どれも浄土真宗の教えを説く本だった。

「お忘れになっているかもしれないと思いまして、おせっかいを承知で事務棟の図書室から適当に持ってきました」

「とても助かります」

「では、明日もよろしくお願いします」

満足そうな顔で火石は立ち去って行った。

箱から本を一冊取り出して眺める。火石のいうとおり、大学を卒業してから一度も仏教関係の本は読んでいない。今晩のうちに軽く目を通しておいたほうがいいだろう。

諸田が疲れを振り払うように首をぐるっとまわすと、こきっと音が鳴った。

2

教誨面談は、工場棟の隣にあるモルタル構造の三階建ての一室で行われる。

「教誨室」と呼ばれる六畳ほどの部屋には、古い木製のテーブルと椅子が二つ。受刑者が悩みを吐露し、教誨師が宗教の教えを説く。時間は一人三十分。教誨を希望する受刑者たちはその時間だけ刑務作業が免除となる。ほかの矯正プログラムには刑務官が立ち会うが、この教誨面談だけ立ち会いはなく、教誨師と受刑者の一対一で行われる。

一人目は、松永直志、三十一歳。恐喝で実刑を受け、服役して三か月になる受刑者だ。

「願います」

「いや、いわなくていい」と松永の言葉を手で制すも、自らの口調もまずかったとすぐに反省した。ここでは命令口調を控えなくてはいけない。官服を着たままだが、今は教誨師だ。

諸田は軽く咳払いをした。

「今日は、何か話したいことはありますか。ここで聞いたことは誰にもいいませんので」

うなずいた松永が、おずおずと話し始めた。

「服役していても、自分は悪い人間のままで何にも変わっていないんです。そう思うと刑務作業にも身が入らなくて」

昨晩、本を読んで掘り起こした知識を頭に浮かべながら、諸田は口を開いた。

「実は悪い人間のほうが救われるんです。だから安心して刑務作業に励んでください」

「どういう意味ですか」

「刑務所に入ったことのない人間が必ずしも善人とは限りません。悪い行いをしたことはないにせよ、頭のなかでは他人の不幸ばかり考えている人間もいますから。そのくせ、自分はいい人間だと自負している。そんな人間でさえ救われるなら、自分の悪の部分と向き合って苦しんでいる人間は、なお救われると親鸞聖人はおっしゃっています」

松永の目に、わずかに光が宿った。

「あなたは自分が更生できないのではと悩んでいる。それは自分の悪の部分がしっかり見えているからです。いわば、自分が抱えている心の闇をとらえている。そんな人こそ、これから先、正しい道を生きていけるはずです」

合点がいったように、松永は何度もうなずいた。その様子に諸田はゆったりと微笑んで見せた。

二人目の受刑者は、蓑田二郎、七十一歳。無銭飲食で逮捕。刑務作業は通称モタ工と呼ばれる高齢者向けの作業に従事している。

蓑田が部屋に入ってきた。その顔に生気がない。

「最近、生きるのがとても辛いんです。でも、死んだらもっと辛いだろうな、そう考えると、余計に辛くなって」

「生きるのが辛いというのは、何か思うことがあるのですか」

「シャバで悪さばかりしてきた自分はきっと地獄に落ちる、それも、もうすぐなんじゃないかって。そんなことが頭をよぎると、刑務作業もやる気が出なくて、担当の先生には叱られてばかりで」

蓑田が肩を落として、ため息をついた。

「自分は、今までも、これからも、いい行いなんてひとつもできないんです」

諸田は脳内で本の記憶のページをめくった。

「おそらく、あなたは、今、辺地(へんじ)にいるのでしょう」

「辺地？」

「はい。辺地とは浄土のほとり、という意味です。阿弥陀如来(あみだにょらい)の心が理解できずに苦しんでいる世界、その場所がすなわち辺地です。今、辺地にいるあなたは苦しんでいる。ですが、阿弥陀如来は、あなたのことを見捨てたりせず、しっかりと受け止めてくださいます」

「それじゃあ、地獄には落ちないってことですか」

「あなたの心がけ次第です。生きるのが辛いという気持ちを遠ざけるには、まず日々の刑務作業に励んでください。阿弥陀如来はあなたのことを見ていますから」

「何だか少し気持ちが楽になった気がします。ありがとうございました」

時間が余ったので二人で浄土真宗の経を読んだ。

蓑田は諸田に深々と頭を下げ、教誨室を出て行った。

二人目の面談が終わると、諸田は、普段、感じたことのない高揚感に包まれていた。受刑者が諸田に心底感謝している空気が、しっかりと伝わってきたからだ。

時間も三十分ずつと予定どおりに進んでいる。次が三人目。今日はこれで最後だ。

調書を一枚めくり名前を確かめると、高揚した気分が一気に冷めた。

安東暢三、六十三歳。

安東とは因縁があった。諸田が懲戒処分を受けそうになったのは、安東とのいざこざが原因だった。先月、刑務作業の終わりに受刑者の身体チェックをしている際、通りがかった安東の左肩が諸田にぶつかった。それは諸田がよろけるほどの強い当たりだった。

ムッとした諸田は、思わず「オイ」と声を出した。安東のほうは「すみませんでした」といってニヤリと笑った。

「貴様、わざとだな」

カッとなり、気づいたら安東の胸ぐらを摑んでいた。顔を引き寄せると、意図したわけではないが、双方の鼻が勢いよくぶつかった。

「痛え！」

声を上げた安東の鼻から血がしたたり落ちた。

「何すんだっ」と怒鳴り声を上げる安東に、諸田は我を忘れて、襟元をねじりあげた。

「おまえが悪いんだろう！　今日の態度は何だ！」

近くにいた先輩刑務官が諸田と安東を引きはがしてことなきを得たが、単純に頭に血が上ったわけではなかった。その日の刑務作業に伏線があった。安東の動作が緩慢なのが何度も目についた。明らかなサボタージュ。再三、注意しても、安東は生返事を繰り返すだけで態度を改めることはなかった。

刑務所では、若い刑務官を無視したり、挑発したりする受刑者がいる。特に服役経験の長い者ほど、刑務所のことは俺のほうがよく知っているとばかりに、見下した態度を取ることがある。

だが、安東が刑務官にそうした態度をとったのを見たことはなかった。だからこそ諸田は、自分だけが舐められていると思って腹が立ち、怒りのスイッチが入った。

あとで直属の上司の亀尾から、「怒るのと叱るのは違う。気をつけろ」と注意された。

刑務官と受刑者の軽いいざこざは日常ではよくある話だ。だが、鼻血を出した安東が医務室に手当てに行ったことで、諸田が受刑者に暴力をふるったという話が総務部に伝わった。結局、諸田は総務部長から厳重注意を受けることとなった。

亀尾からは刑務官部屋でこんなこともいわれた。

「刑務官という仕事をしていると、一年に九十九回は、嫌な気分になる。それに比べていい気分に浸れるのは一年に一回くらい。つまり一パーセントだ。だけど、その一回があるから、この仕事を続けていけるし、嫌なことがあっても我慢できる」

九十九対一。亀尾の経験則を否定するつもりはないが、そこまで極端だと思いたくなかった。現に今日の教誨面談では、一人目、二人目といい気分に浸ることができた。

だがそれも、この三人目の安東との面談でかき消されるかもしれない。

「失礼します」

白髪の坊主頭が狭い部屋に入ってきた。安東だった。強盗、窃盗を繰り返して、今回は七度目の服役。執行猶予は、もちろんつかない。

「座れ」

諸田の言葉遣いは、普段の刑務官のそれに戻っていた。

「へい」

椅子に腰を下ろした安東は、見下すような笑みを唇の端にためている。

「現覚先生は、どうしたんですか。だいぶ、悪いんですか？」

受刑者の分際で――。諸田はつばと一緒に苛立ちを飲み込んだ。自分のペースで話すのも舐めている証拠だ。いや、それだけじゃない。コイツは教誨をまじめに受けるつもりなどないのかもしれない。おそらく、刑務作業逃れのために、ここを訪れている。

「ひとつ言っておく」

安東の質問を無視して、諸田は安東を睨めつけた。

「私の教誨が嫌だというなら、やめればいい」

「――」

「どうする」

それまで半笑いだった安東が、急に真顔になった。

何だ、やる気か？　諸田はいつでも立ち上がれるように両足に力を込めた。

「阿弥陀如来の救いとは何ぞや」

予想もしない言葉が返ってきた。

どう反応していいかわからず、諸田が黙っていると、

「阿弥陀如来の救いとは何ぞや」と安東が繰り返した。

安東の目は真剣だった。諸田は大急ぎで思考を回転させた。

「阿弥陀如来の救いに包まれていることへの喜び、自分の愚かさを受け入れて人生を送る、この二つを与えられていることが救いである」

諸田のこたえに、うむ、と小さくうなずいた安東が続ける。

「では、阿弥陀如来はどこにいるのか」

「西のほうにいる。手を合わせるなら、西のほうを向くがよい」

「念仏をたくさん唱え続ければ救われるのか」

「否。量より質だ」

「親鸞聖人の言葉には、何かをすべきといった戒律はないと聞くが、それはつまり、好き勝手に生きていいということなのか」

コイツ——。視線を逸らしそうになり、なんとか踏みとどまった。安東は浄土真宗について少なからず知識を有している。そして今、自分は真剣勝負を挑まれている。

諸田は知識を総動員してふさわしいこたえをたぐった。

「親鸞聖人はこう説いている。信心に生きる人には、必ず『しるし』というものがある。それはすなわち、風習であったり、規範を示したものであったり、そうしたものを意識することが生きる上で大切だと説いている。ただ、好き勝手に、ということではない」

「浄土真宗では、先祖供養をしないのはどうしてか」

「それをするのは阿弥陀様だ」

「善人が救われるなら悪人は当然のごとく救われる、浄土へ往生できると聞いた。その教えが本当なら、悪人は今よりももっと悪いことをしても往生できるのか」

汗がこめかみを流れ落ちていく。教誨師らしく聞こえのいい言葉を適当に選ぶ余裕は、もうなくなっていた。

「自分の悪行に対して迷いのない者は、たとえ念仏を唱えても浄土へ往生することはできない」

「なるほど」

——そろそろ終わってくれ。

突然、安東が、ぱんっと膝を叩いた。「感服しました。ありがとうございます」

諸田は軽く息が上がっていたが、安東に悟られないよう、ゆっくりと呼吸をした。

「先生。次の質問、よろしいですか」

「まだあるのか」

「付き合っている女はいますか？」

「何？」

「もし、いなければ、好きな女とか」

「プライベートなことには、こたえない」

安東がニヤッと笑う。

「実は、女のことで聞いてほしいんです」

何が女だ、ここは教誨の場だ——といいたいのを飲み込んだ。

そう、ここは教誨の場。だからどんな話も聞いてやらねばならない。

「わし、この加賀刑務所で六つ目のムショを経験しておりますが……」

「いや、七つ目だ」

「あっ、そうでした。まぁ、それはどうでもいいんですが、加賀に来てから手紙のやりとりをしている女がいましてね――」

きっかけは新聞記事だった。一昨年の年末に作業場の大掃除をしているとき、古い新聞紙で窓を拭いていた。たまたま手にしていた新聞の写真が目に留まった。新聞の日付は五年前。歳を重ねてはいたが、三十年前に見た女の顔だった。

「昔、金沢でノビの仕事を……盗みをしていたときに知り合った飲み屋の女でして。その女がジャズシンガーになって、今は金沢で活動しているって記事だったんです。それ見て、昔、語っていた夢を叶えたのかと感動しちゃいましてね。その女に、がんばったなと一言いってやりたくてガテを出したんです」

ガテ――。手紙の意。刑務所暮らしの長い受刑者が好んで使う逆さ言葉の一つだ。

「その女って、おまえの家族か。そうじゃなかったら、手紙は出せないだろ」

「やだな、先生。ルールが変わったじゃないですか」

くそ、忘れていた。以前は手紙のやり取りは、刑務所に入った直後に申請した相手、しかも親族や友人に限って許可されていた。しかし、安東のいうとおり、今は誰とでも手紙のやり取りができるようになった。

「ジャズバーあてにガテを出したんです。そしたら、なんと返事が来ましてね。それからやり取りが始まって、かれこれ一年続いてるんですわ」

そう語る安東は、一人悦に入っている。

「ガテを出したり受け取ったりするうちに、会いたくなってきましてね。どうせ金沢にいるんだったら、加賀刑務所に会いに来てほしいと思い切って書いてみたんです。そしたら、ぜひ会いたい、今度会いに行くとあっちも書いてくれてたんです」

「で、女は会いに来たのか」

「それが来てくれや、しませんのよ」安東が悲しげな顔で首を横に振った。

「来ない理由は？」

「わかりません。そのへんのことは、書いてこないんです」

「手紙は今も続いているんだよな」

「月に一度の割合で来ます」

会いたいというのは、いわば、社交辞令のようなものか。

諸田の考えに気づいたのか、「わしにも、わかってます」と安東がうなずく。

「今までいろんな人間を裏切ったり、迷惑をかけたりしてきました。だから、会いたいと書いてくれた女の気持ちが、たとえ文字面だけの嘘であっても、感謝しなくちゃいけねえと。ですがね、先生」

安東が真剣な眼差しを諸田に向けた。

「やっぱり、女の顔が見たいんです」

「気持ちはわかるが、面会に来てくれない以上は……」

「だから、諸田先生に、わしのかわりにジャズバーに行って、女と会ってきてほしいんです」

諸田は呆気にとられて、声が出なかった。

「バーに行ったら、携帯電話で彼女の写真を撮って、それを次の教誨面談のときにわしに見せてもらえませんかね。ついでに、どうしてわしに会いに来てくれないのかも訊いてもらえませんか。女の名前は、アキっていいまして……」

「ちょ、ちょっと待て。そこまでだ」

「先生」

「ここは教誨の場だぞ」

「わかっています。だから、わしは自分が今一番思い悩んでいることを先生に勇気を出して話したんです。阿弥陀如来に話をするつもりで」

急に安東が諸田に向かって両手を合わせて目をつぶった。南無阿弥陀仏、南無阿弥陀仏と芝居がかったように唱え始める。

「安東もういい。今日の教誨はここまでだ」

「ありがとうございます」目を開いた安東が頭を下げる。

「礼などいらん。こっちも仕方なくやってる仕事だ。だけどな、おまえの最後の話、あれはハトに当たる。俺は教誨師でもあるが、その前に刑務官なんだ。そこを忘れるな」

ハト——鳩を飛ばすの意。外部との不正通信を表す隠語だ。ハトが重大な規律違反の一つであるのはいうまでもない。

安東は坊主頭をかりかりとかくと、自分の鼻をさすって大げさに顔をしかめた。

「ときどき、ここがチクチク痛むんですよ。なんでですかね」

嫌な奴だ。先月、諸田のせいで鼻血を出したことをほのめかしているのだ。これを持ち出されると、諸田のほうは何もいえなくなる。悪かったのは自分だと反省している。

安東の顔を見ないようにして、内線電話で引率の刑務官に面談終了を告げた。刑務官はすぐに現れた。

教誨室を出ていく安東が、振り返ってニヤッと笑った。

「今日はありがとうございました」

——くそ。

だが、憤りがそれ以上膨れることはなかった。気持ちは不思議と平然としていた。普段とは別の業務で経験を積ませるのも、彼のためになるはず——。火石は幹部にそう説明したといっていた。

受刑者だけではなく、教誨師役の自分も救われたのかもしれない。

一人になった部屋で、諸田はそんなことを思っていた。

3

浅野川沿いの観光地、ひがし茶屋街を奥へ奥へと歩を進めていく。まっすぐに延びる道などほとんどなく、右に左にとうねっている。そのため、どの方角へ向かって歩いているのか、ときどきわからなくなる。

観光客が急に減り、道幅は車が通れないほど細くなった。行ったり来たりを何度か繰り返してようやく寺の看板を目にしたが、寺自体は見当たらず、見上げるほどの急な上り坂が目の前に延びている。

諸田の実家と寺は田んぼに囲まれた平地にあったが、ここ金沢の「卯辰山山麓寺院群」は、その名のとおり、卯辰山のふもとに寺がいくつも点在している。

休みの日を利用して現覚の見舞いに寺を訪れることにした。ただ、見舞いというのは名目で、現覚のかわりを引き受けて背負い込んだ苦労話を聞いてもらいたかった。

息を切らせて坂を上りきると、正面に寺、隣には母屋が見えてきた。

母屋の玄関で名乗ると、「おお、いらっしゃい」と現覚が現れた。

案内されて畳の部屋に入ると、現覚は足のついたイスに座った。腰の調子はまだよくないらしい。

「ラジオも教誨も戸惑うことばかりで」

「慣れだよ、慣れ」といって、現覚がほっほっほっと笑う。

「すごいと思いましたよ。どっちも二十年続けてきたなんて」

「二十年って実感はないんだけど、いつのまにか月日が過ぎていったって感じだよ。でも、腰のほうはこんな調子だから、まだ復帰できそうにない。しばらくは、あんたにやってもらわないとな」

ふすまが開いて、現覚の妻らしき小柄な老婦人が茶と生和菓子を差し出した。現覚に勧められて諸田は茶を口にした。甘みがあり、鼻にツンとくる香りがした。

「ラジオは月一だけど、教誨は毎週だろ。どうだい、うまくやれてるかい」

「なんとか」

「そりゃ、頼もしい。これまで誰の相手をした？」

諸田は受刑者たちの名前を挙げた。

「で、どうだった？」

刑務官として彼らを見ていたときとは違う内面が見えて驚いた、と諸田は語った。現覚は満足そうに、うんうんとうなずく。

「ただ、安東だけは、ほかの受刑者とは違ってました」

「どう違ってたんだ」

「問答を仕掛けてきました。かなり仏教の勉強をしているようで意外でした」

現覚は意味深な笑みを浮かべて、「彼は面白いねえ」といった。

安東から聞いた女の話が頭をかすめた。現覚に話してみたいと思ったが、教誨師は聞いた話を誰にも漏らさないのが決まりだった。

現覚は茶をすすると、「安東といえば、ジャズシンガーをやってるっていう幻の女の話は出たかい」としれっと口にした。

何だ、現覚も知っているのか。それならと、諸田は、安東から聞いた女との手紙のやり取りの話をした。

「さっき住職は、幻の女とおっしゃっていましたが、どういう意味ですか」

「女も店も現実には存在しない。だから、幻の女といったんだ」

「存在しないって、どうして知っているんですか」

「その店の住所まで行って、見てきたから」

「住職。それは、まずいですよ。下手したらハト行為になってしまいます」

「わしは看守じゃないから、いいんだ。看守の仕事は、受刑者に規則を守らせて更生させること。わしのやってる教誨師の仕事は、彼ら受刑者を精神的に救うこと」

ほっほっほっと高らかに笑う現覚に、諸田は何もいい返せない。

「救うなんて大げさないい方をしてしまったけど、安東があまりに『いい女だ』っていうから興味がわいて会いたくなったんだ。だけど、ジャズバーなんて店はなかったし、それらしい女もいなかった」

「安東が嘘をついたってことですか」

「どうなんだろうなあ。願望による作り話だったのかもしれないし、古い記憶が都合よく書き換えられたのかもしれない。そういうのは、面談しているとよくあることだ」

現覚の言葉どおり、たしかに受刑者は真実を語るわけではない。

「その話、安東はまだ知らないんですよね」

「ああ。先月の教誨面談のあとに行ってきたからな。だけど、もし今月、わしが教誨面談をしていたとしても、安東には何もいわないつもりだったよ」

「どうしてですか」

「そりゃあ――」

現覚が遠い目をしていった。

「受刑者が語ることが夢かうつつかなんてどっちでもいいんだよ。彼らが何を語るにせよ、教誨師の役割は、その思いを受け止めて道を説いてやることだからな」

4

寺を出たあとも、現覚から聞いた話が頭を離れなかった。

ジャズシンガー……。幻の女……。

安東はこれまで何度も盗みを繰り返してきた筋金入りの犯罪者だ。諸田と対面したときもどこか余裕を漂わせて見下すような目をしていた。

だが、わざわざ手紙のやり取りまで持ち出して、嘘の話をするだろうか？

安東のことだ。何か狙いがあるのかもしれない。こうなったら、実際の手紙を確かめてみるか。

翌日、諸田は仕事の合間にキャビネットから信書関係のファイルを取り出した。手紙の類は、万が一、犯罪の証拠となる可能性もあるため、複写して一定期間、保存されることになっている。

目次のページを指でなぞった。目当ては、安東が受け取った手紙と出した手紙だった。

宛名欄に安東の名前を見つけた。宛名の受刑者は……差出人の氏名は……。差出人は、桑名亜紀（くわなあき）。安東は面談のときに女のことを、たしかアキと呼んでいた。

通し番号のタブをめくると、封筒のコピーと手紙がつづってあった。消印の日付は先月。封筒の裏は、桑名亜紀という名前のみで住所は書かれていない。手紙は便せんで一枚。最後の行まで文字が埋まっている。

『――毎晩、ムーンリバーのステージで歌うのが私の仕事であり、生きがいにもなっています。安東さんとお会いできるのを心待ちにしております。気温の寒暖差が激しい日々が続いていますので、くれぐれもお体に気をつけて。

桑名　亜紀』

手紙のやり取り。ジャズシンガーの女。安東の話は嘘ではなかった。

だが疑問は残る。現覚の話では、その場所には別の店があり、亜紀というジャズシンガーもいなかったという。

今度は、安東が亜紀にあてた手紙を選び、その内容に目を通した。刑務所生活の様子が記され、会いに来てほしいと書いてある。

送付先の住所は『金沢市尾山町（おやままち）――』

宛名は『ムーンリバー　桑名亜紀様』

諸田は自席に戻り、インターネットで店名と住所を検索した。ムーンリバーという店名は見つからず、その住所には、カフェダイニング唐変木という別の店名が表示された。

入力間違いではと、検索結果と封筒の表書きのコピーを見比べたが、住所はここで合っている。パソコン画面の検索結果を下の方へとスクロールしていくも何も出てこない。

『次へ』のボタンをクリックして別のページに移動した。すると、「【閉店】ムーンリバー」という表示が現れた。閉店の時期は今から四年前となっている。

過去に店は実在していた。しかし、どういうことだろう？

受刑者の出した手紙が刑務所に戻ってくることがある。宛先の住所に相手がいないときだ。

安東と亜紀のやり取りが始まったのは一年前。このときすでに店は閉店しているが、安東がムーンリバーの桑名亜紀にあてた手紙は、刑務所に戻ってきていない。それどころか、亜紀からの手紙には、今もムーンリバーのステージで歌っているとも記されている。

桑名亜紀はどこにいる？　どうして嘘をついている？　もしかしたら、安東の知らない何か事情があるのか。

——阿弥陀如来の救いとは何ぞや。

問答を仕掛けてきたときの安東の真剣な目が脳裏に浮かんできた。

七度も服役した累犯受刑者の瞳の奥に、過去のムショ暮らしでは得られなかった何かが宿っているように思えた。

同情心がわいたわけではない。だが、興味はあった。

画面に映る「【閉店】ムーンリバー」の文字に、諸田の心は突き動かされていた。

5

夜勤明けの午前。カーテンの間から日差しが漏れている。普段なら昼過ぎまで布団から出ることのない諸田だが、今日は昼前に自然と目が覚めた。

ムーンリバーのあった場所は、幸い、金沢市内なのですぐに見に行ける。もちろん、そこに行っても、今ある店には入らない。受刑者と手紙をやりとりしている人間の住所を調べて、刑務官が当人に会いに行ったとなると、それは越権行為で処分の対象となる。

先日は口頭注意で済んだが、次こそは懲戒処分が下されるだろう。行動は慎重に、無理は禁物と自分にいい聞かせながら、諸田は自家用車のハンドルを握った。

現在の店、カフェダイニング唐変木は、金沢の観光スポット、近江町（おうみちょう）市場と尾山神社のちょうど中間地点にあった。

オフィスビルが立ち並ぶ百万石通りを折れて、コインパーキングで車を停めた。

一方通行の細い路地を歩くと、唐変木と書かれた立て看板が目に入った。

――ここが?

想像とは違う外観にしばらく目を奪われた。瓦屋根と白壁の塀。中央にある純和風の門をくぐると日本庭園が広がっていた。庭の真ん中には見事な枝ぶりの松がそびえ、その奥に長方形の箱のようなコンクリートの建物があった。大きなガラスからは店内の様子がはっきりと見える。

店に続く石畳の途中で足を止めてなかを覗いた。白いブラウスを着た若いウェイトレスが料理を運んでいる。年齢からしても亜紀ではないだろう。

さらに数歩、建物に近づいてなかの様子をうかがった。奥のカウンターのところに、男性店員の姿は見えたが、亜紀と思われる女性は見当たらなかった。

「ちょっと失礼」

振り返ると郵便配達員がいた。諸田は配達員に道を開けると、きびすを返して門の外に出た。

――ムーンリバーはなく、亜紀らしき女もいなかった。現覚のいうとおりか……。

門の前で立ち尽くしていると、先ほどの郵便配達員が店の敷地から出てきた。

諸田は「ちょっといいですか」とバイクにまたがろうとする配達員に話しかけた。

配達員は、よく日焼けした五十がらみの男だった。

「以前、ここにムーンリバーというジャズバーがあったのをご存じありませんか」

「そういえば、あったね」と快活な声が返ってきた。

「ムーンリバーあてに手紙を出したのですが、こことは違う場所に手紙が届いているようなんです」

「転送届でも出しているんじゃないの？」

「もし転送先がわかるようでしたら、どこなのか教えてもらえないでしょうか」

配達員の目に不審の色が映った。

「そういうのは個人情報だから、おこたえできないけど。お宅さん、どういう方？」

諸田の脳裏に規則違反の文字が浮かび、胸の真んなかが、すうっと冷えた。

「あ、いや。すみませんでした。もう結構です」

諸田は少し後ずさったあと、足早にその場所を離れた。怪しいと思われたかもしれないが、こうするしかなかった。

曲がり角まで走ってから振り返った。配達員はまだ諸田のほうを見ていた。

諸田は勤務時間の合間を縫って、安東と亜紀の手紙のやり取り全てに目を通した。内容は毎回ほぼ同じ。安東は刑務所の様子、亜紀はムーンリバーでジャズを歌っている話だった。互いに共通するのは、会いたいというくだりだ。

安東の文章には嘘はない。となると、やはり桑名亜紀には何か秘密があるのか。

今日は夕方までの勤務だった。帰り支度をしていると、「ちょっといいですか」と火石に声をかけられた。

「何でしょう」

「安東受刑者のことです」

胸の鼓動が跳ねた。手紙のことを嗅ぎまわっていることが知られたのか。まさか、郵便配達員が加賀刑務所に連絡したとか？ いや、あの場では刑務官とバレなかったはず。

不安な思いに駆られていると、「医務官の大森（おおもり）さんから気になる話を聞きまして」と火石が語り始めた。

以前から安東は糖尿病をわずらっていた。先月、諸田とぶつかって鼻血を出し、医務室で手当てを受けた。そこで安東から医師に、最近、体がだるいという訴えがあったので、念のために採血した。

「その結果が出たんですが、糖尿病に関係する数値がかなり悪化していることがわかったんです。身体のいたるところに自覚症状が出ているという話で。実際、安東の視力はかなり低下しているようです」

視力に支障が出始めると、糖尿病の場合、それは重症化のサインと聞いたことがある。

「今後は医療刑務所へ移すことも考えなければいけません」

「そうですか。しかし、どうしてそのことを私に？」

安東を担当する刑務官に伝えればいいだけの話だ。諸田は副担当でいくつかの工場を見ているが、担当は持っていない。

「諸田さんにお伝えしたのは、先月のことがあったからです」

先月――幹部から厳重注意を受けた安東への暴力行為のことだ。

「あれが、どうかしましたか」

「安東に肩をぶつけられたという話でしたよね。もしかしたら、あのとき安東は目がよく見えていなかったのかもしれません」

「えっ」

横面を張られたような衝撃だった。あれは、わざとじゃなかったのか。だとしたら、あの日、刑務作業の動きが鈍かったのも、物がよく見えなかったせいかもしれない。

呆然とする諸田に「安東のこと以外にも、まだ話があります」と火石がいった。その表情が幾分か和らいだように見えた。

「何でしょうか」

「次のマンデーナイトアワーの準備をそろそろ始めたいので、もしよかったら、これから放送室で打ち合わせをしませんか」

6

どの手紙を読むのか。順番はどうするか。手元にないリクエスト曲はどうやって準備するのか。話し合うことが次々出てくるが、諸田は打ち合わせに集中できなかった。原因は安東だった。先月、作業場でぶつかったときに、すみませんと軽く謝った安東の顔が頭から離れない。

あのとき、目が見えにくいとどうして訴えなかった？ ほかの受刑者が見ている手前、ベテラン受刑者のくだらないプライドが優先し、若い刑務官に舐めた態度を取ったと見せたかったのか。

舐めた態度といえば——。

女の顔を見たい、写真を撮ってきてくれと訴えたのは、視力を失いつつあること、死の足音が近づいていることに気づいたからではないのか。

なぜそのことをいわない？

いや、吐露した。安東なりに教誨面談の場では、いいたいことをいったのかもしれない。

だからといって、自分に何ができる？　ハト行為に刑務官が関わるなどもってのほかだ。

一方で、現覚から聞いた言葉が心に覆い被さってくる。わしが引き受けた教誨師の仕事は、彼ら受刑者を精神的に救うこと――。

「諸田さん、どうされました？」

火石の声で我に返った。

「すみません。何でもありません」

火石が軽く微笑んだ。すべてわかっているという顔だった。

「安東のことですね」

火石にならら、話してもいいか……。教誨師に諸田を指名したのも、安東の糖尿病が悪化しているのを教えてくれたのも火石だ。

火石とは、教誨師役に指名されるまで接点はほとんどなかった。特定の仕事や刑務作業場を担当するのではなく、横断的に仕事を見てまわっている。普段は、やわらかい雰囲気を身にまとっているが、実は相当の切れ者という噂もよく耳にした。

昨年発生した集団食中毒事件では、一部の受刑者が酒まがいのものを密造していたことを暴いた。就労支援室による採用内定の第一号が誕生したのも、火石の助言によるところが大きいと聞いた。

火石に話せば、何かヒントをくれるかもしれない。ここなら、ほかの刑務官に話を聞かれることもない。

「聞いていただきたいことがあります――」

諸田は火石にすべて話した。桑名亜紀という女性との手紙のやり取り、現在、その住所には、店も女性も存在しないこと、だが、安東はその事実を知らないこと――。

話を聞き終えると、火石はこういった。

「ムーンリバーにあてた手紙が別のところへ届いているのは、間違いなさそうですね」

「しかし、桑名亜紀という女性は、引っ越し先を安東に伝えていません。そこには何か理由があるとしか思えません」

「諸田さん。一つ、大事なことがあります」

火石は真顔で諸田を見据えた。「桑名亜紀という女性に、本当の住所を伏せたい理由があったとして、それをあぶりだすことに意味はあるのでしょうか」

「それは……」

そのこたえは、持ち合わせていなかった。そもそも安東へ真実を伝えるのは、ハト行為になる可能性もある。

これ以上は深入りするなと火石はいいたいのか。だが、こめかみに手を当てて思案している様子を見ると、どうもそうではなさそうだ。

火石の手がこめかみから離れた。

「正直にいえば、今の話、私も興味があります。ですが、それを調べる肝心の大義名分が我々にあるのか、考えてみました」

「――」

「安東の出所後に再犯のおそれがないよう、手紙の差出人について内々に調べていた。いささか強引ですが、もし何かあったときは、一応これで説明はつくかと」

「火石指導官……」

「ただし、今話したとおり、調べた結果、何かわかったとしても、安東に伝えることはできません。刑務官にはその必要も義務もないのですから」

火石の言葉は正論だった。

「諸田さんがそれを守るというなら、協力します」

内面を探るような火石の視線を受け止めながら、諸田は複雑な思いを胸の内に抱えていた。

教誨師の役割は、受刑者の精神的な救済だと現覚から教えられた。できるなら、安東と女のことについては、刑務官ではなく教誨師という立場で行動したかった。だが、それは許されない。教誨師である前に、刑務官なのだから。

「守ります」

「では、まず目の前の仕事を終わらせてしまいましょう。それからです」

諸田は、受刑者からのメッセージを手元に引き寄せ、最初の一枚を手に取った。

7

翌日の夕方、諸田と火石は、私服に着替えてカフェダイニング唐変木へと向かった。通勤帰りのラッシュアワーに巻き込まれて、この前と同じパーキングに車を停めたときには、すっかり夜になっていた。

「今日は、客として堂々と店に入りましょう」

火石は躊躇なく店の門をくぐり、諸田もあとに続いた。庭はライトアップされ、日中とは別の趣があった。ガラス越しに見える薄暗い店内では、天井から下りる橙色の灯りがぼんやりと膨らんでいる。

火石がドアを押すと、いらっしゃいませと男の声がした。店内は縦に長いレイアウトで、入ってすぐにグランドピアノ、店の中央には大きな天然木の一枚テーブル、その奥にカウンターとボックス席があった。カウンターの奥では三十代後半と思しきあごひげを生やした店主がグラスを拭いている。

二人はカウンター席に座った。火石がジンジャーエールを注文し、諸田もそれにならう。さほど間を置くこともなく、黄金色の液体で満たされた二つのグラスがカウンターに並んだ。

諸田はグラスを口に運びながら、店内を眺めた。壁には古いレコードジャケット、色褪せたポートレート、モノクロの楽器の写真が飾られ、ジャズバーだった名残りが随所に感じられる。

ジンジャーエールが半分ほどに減ったところで、「このお店は、どれくらい前からやっているのですか」と火石が店主に尋ねた。

「もう三年になります」

「前はジャズバーだったと聞いたのですが」

「よくご存じですね」と店主が目を丸くした。「詳しくは知りませんが、前の店主さんがご病気になって店を閉めたらしいです」

病気。諸田は頭のなかに書き留めた。

「このお店にも、いたるところにジャズバーの雰囲気が残ってますよね」

火石が店内を見渡した。

「居抜きで入ったときに、前のお店のものをそのまま使わせてもらいました。そのグランドピアノもそうです。週末だけピアニストに演奏をお願いしています。繁華街から少し離れたところにありますが、このとおり店のなかも外もユニークだったので、ここを見つけることができてラッキーでした」

「実はお尋ねしたいことがあるのですが」

「何でしょう」

「桑名亜紀さんという方をご存じないですか。ここがジャズバーだったころ、お店で歌っていたそうです」

「うーん、知らないですね」

客が増えてきたので店主と話せたのはそこまでだった。諸田と火石はジンジャーエールを飲み干して店を出た。

店の門を出たところで「これからどうしますか」と火石に訊いた。

「もう少し情報を集めてみたいと思います」

「あてはあるんですか」

「尾山神社のまわりに、昔ながらの小さな飲み屋がいくつかあります。もしかしたら、ムーンリバーのことを知っているお店があるかもしれません。行ってみましょう」

歩いて五分もかからず、尾山神社にたどりついた。正面階段の脇に見逃してしまいそうな細い路地があり、飲み屋の看板が並んでいる。看板に灯りのついているのは、そのうちの半分、数えると四軒あった。

火石が一番手前の店に入った。客は誰もおらず、狭いカウンターに、長い白髪を束ねた年齢不詳のバーテンダーが立っていた。

火石は、客ではないと断り、ムーンリバーという店のことを知らないかと尋ねた。

バーテンダーは、「店があったのは知ってるけど、いつのまにか、別の店になっていたね」とこたえた。

次の店、その次の店でも、最初の店と同じこたえしか返ってこなかった。

最後、四軒目の店のドアを開けると、狭いカウンターには客がぎっしり座っていた。

「ごめんなさい。今、いっぱいなの」

カウンターから野太い声が聞こえた。そこにいたのは、女装した男性だった。どうやらこの店はオカマバーらしい。

火石が、ちょっと話を聞かせてほしいと伝えると、オカマの店主は店の外に出てきた。

ムーンリバーのことを尋ねると、店主は細長い煙草を吸いながら、こういった。

「たしかママが体調崩して店を閉めたのよね。だけど、場所を変えてまた店を始めたって、誰かに聞いた気がするわ」

カチリ、と諸田の脳内で音が鳴った。

「それはどこかわかりますか」火石は表情を変えずに尋ねる。

「うん。わかんない」

店主に礼をいって、細い路地を通り抜けた。四軒の聞き込みで収穫はあった。

「これから、どうしますか」

「場所を変えたというなら、その店を見つけたいですね」

諸田は「はい」とこたえたが、簡単には見つからない気がした。

「とりあえず、夕飯にしましょう」と火石がいう。「この近くによく行く店があるんです」

少し歩くと、四つ角の一角に小さな弁当屋が見えた。店頭では、スーツ姿の若い男性が、弁当箱が何段にも積まれたポリ袋を女から受け取っている。このあたりのオフィス街で夜遅くまで働くサラリーマンかもしれない。

弁当屋の前を通りかかると、火石が店に向かって「おつかれさま」と声をかけた。

「あら、こんな時間に珍しいわね」

女が店からひょいと顔を出した。頭には赤いバンダナを巻いている。

火石は軽く手を上げて、店の前を通り過ぎていく。諸田が店の女に何となく頭を下げると、女のほうは笑顔を返してきた。年齢は四十くらい。目鼻立ちの整った顔をしている。

どういう知り合いだろう？　頭に疑問符を浮かべて歩いていると、弁当屋と道路を挟んだ反対側にある「ぼたん」という古い喫茶店に火石が入っていった。

「いらっしゃいませ。いつもの席にどうぞ」

ショートカットの中年女性が火石に親しげな声でいった。いつも、ということは常連らしい。

火石は一番奥のボックス席に腰を下ろした。店員がメニューを持ってきたが、火石はメニューを開かず、「ハントンライス」と注文した。

ハントンライスは金沢名物の洋食だ。ハントンライスも悪くないが、メニューを広げた諸田は、喫茶店なら無難に、とナポリタンスパゲティを注文した。

「あっ、それと」火石は店員を呼び止めた。「この町内周辺の校区地図があったら、見せていただけませんか」

いったんカウンターに引っ込んだ店員がすぐに戻ってきて、「これよね」と薄いオレンジ色の冊子を火石に渡した。

火石は礼をいって、さっそくページを開いた。

「火石さん、何を調べるんですか」

「もちろんムーンリバーの移転先です」

火石は地図を指でなぞりながら、視線を上下左右に動かした。薄い冊子は二十ページほどしかないが、一ページ当たりに表示される住居の数は膨大である。

「そんなの簡単には見つからないでしょ。第一、店の名前だって変わっているかもしれませんよ」

実際、諸田は、昨日のうちに電話帳でムーンリバーという店を探したが、金沢市内には見つからなかった。

「たしかにその可能性はあります。ですが、古くからある飲食店というのは、たいてい常連さんに支えられています。ですから、場所を変えるにしても、なるべく近いところを選ぶと思うんです」

十分ほど待って、ハントンライスとナポリタンスパゲティが運ばれてきた。思わず目がいったのは、ハントンライスだった。オムレツの上に乗ったエビフライのいい匂いが鼻をくすぐってくる。そのフライには白いタルタルソースがたっぷりとかかっている。

諸田は、目の前のスパゲティと火石の側に置かれたハントンライスを見比べながら、内心、ハントンライスを選べばよかったと後悔した。

火石は料理を口に運びながら、地図を追いかけている。

先にスパゲッティを食べ終えた諸田は、火石に訊いた。

「地図に表示されている店名だけじゃ、飲食店かどうかもわからないんじゃないですか」

「そんなことはありません」

火石は上唇についたケチャップをペロッとなめて、こういった。

「飲食店というのは出店できるエリアが限定されていますから、およそ判断できます」

食事が終わると、火石は食後のコーヒーを飲みながら地図を見続けた。

諸田は、唐変木から尾山神社近くの小さな飲み屋街を経て、ぼたんにたどり着くまでの道を思い出していた。このあたりは城下町らしく、大通りから一本入れば、細い道ばかりだった。だが、火石はどこへ行くにも、迷うことなく道を歩いていた。

――そういえば、さっきは弁当屋の女性店員に声をかけていたな。

「火石指導官、ひとつ訊いてもいいですか」

このあたりによく来るのですか、と訊こうとしたとき――。

「あっ」と火石が声を上げた。

その視線が地図の一点を見つめている。

「どうしました」

「気になるお店が見つかりました」

その店は、ティファニーという名前だった。

諸田と火石は、歩いて店に向かった。地図によると、ぼたんからの距離は約一キロメートル。武蔵ヶ辻の交差点にほど近い場所に、その店はあった。

どうしてその店が目に留まったのか、理由を聞きたかったが、火石が早足に歩を進めるので、諸田はとりあえず黙ってついていった。

交差点にたどり着くと、階段を降りて地下道を対角線に渡った。階段を上がり再び地上に出ると、目の前にコンビニがあった。そのコンビニの脇道に入ると、通り沿いに「ティファニー」の看板がまぶしく光っていた。

店のほうから、かすかに歌声が聞こえてくる。とりあえず店の前をゆっくりと歩いた。玄関ドアの上に、カラオケ喫茶ティファニーと書かれた薄いプラスチックの看板が貼ってあった。ドアはステンドグラス製で店内の様子はほとんど見えない。

店を通り過ぎると、斜め向かいにある立体駐車場の軒下で足を止めた。

あの店に桑名亜紀がいるのだろうか。もしいるとしたら、どうしてジャズバーを辞めてカラオケ喫茶に変えたのだろうか。

「どうします？　店に入りますか？」と諸田は火石に尋ねた。

「お客さんがいるようですし、少しここで様子を見ましょう」

十分ほど過ぎたころ、ドアが開いて大音響の歌謡曲が流れた。

「じゃあ、またね」

機嫌のいい声が聞こえ、店からブルゾン姿の男性が出てきた。男は、大通りではなく諸田たちがいるほうへ鼻歌を歌いながら歩いてきた。酒を飲んだのか、少し顔が赤らんでいる。

男がちらっと諸田のほうを見た。顔に見覚えがあった。どこかで見た、しかも最近だ。男のほうも気づいたらしい。

「あ」二人はほぼ同時に声を上げた。

思い出した。唐変木の前で見た郵便配達員だ。

男は立ち止まると、「この前お会いしましたよね」といった。その息が酒臭い。

諸田は、どんな態度を取るべきか迷い、とりあえず目礼を返した。

「諸田さん、この方は？」

何も知らない火石が屈託のない顔で問うてくる。諸田は小声で「郵便配達員の方です。この前、唐変木の様子を見に行ったときに、少し話をしたんです」と説明した。配達員に怪訝な顔をされて、その場から逃げたことはいわなかった。

火石は男に「こんばんは」とあいさつをして、ティファニーを指さした。

「ここの店主は、女性の方ですか」

「そうだけど」男が訝しげな目つきをしてこたえた。

火石は満足そうにうなずくと、「諸田さん、そろそろ店に行きますか」と歩き出した。

すると、男が火石のあとを追い、「ちょっと待て」と店の前で立ちはだかった。

「すみません。ここを通していただけますか」

「いや、だめだ」

男が両腕を広げた。

「あんたたち、何か怪しいよな」

火石は左右に体を動かして前に出ようとしている。それを見た諸田の胸に、じわりと不安が広がった。このまま男と小競り合いが続いたら、まずいことになるのではないか。

「ホントはわかってるんだ！」

男の声が急に大きくなった。

「あんたたち、闇金の取り立てだろ。でもな、思いどおりにはさせないからな。店のためなら、俺たち客は一致団結して戦うって決めてるんだ。何なら警察を呼ぶぞ！」

「火石さん、出直しませんか」

諸田は火石の腕をつかんで引っ張った。

そのとき、店のドアが開いた。

「橋野(はしの)さん、どうしたの」

「あ、ママ」と男が振り返る。

「大きな声がしたから、何かあったのかなと思って」

出てきたのは黒いワンピースを着た女性だった。歳は三十代半ば。ロングヘアに丸顔。くりっとした目は少女っぽいが、声はかすれていて、どこかアンバランスな印象を受けた。

ママと呼ばれているということは、この女が店主か。年齢からして桑名亜紀ではないだろう。

火石の予想は外れたと諸田は思った。

「この人たち、何か怪しいんですよ。この前からママの店を嗅ぎまわってて」

ママと呼ばれた女は、火石と諸田に不安そうな目を向けてきた。

橋野が「警察を呼びましょう」といって携帯電話を取り出す。

諸田は「すみませんでした！　これで立ち去りますので」と橋野をなだめた。

「火石さん、行きましょ。もういいでしょ」

諸田の呼びかけを無視して、火石は女をじっと見ている。

「さあ、早く」

「あなたは、桑名さんですか」

いきなり何をいい出すのか。こんな若い女が桑名亜紀のはずがない。

女は何もこたえず、警戒した様子で火石を見ている。

「もしかして、桑名亜紀さんですか」ともう一度訊く。

「いいえ、違います」と女がこたえた。「桑名亜紀は、私の母親です」

「では、亜紀さんは、ここにいらっしゃいますか」

女は表情を曇らせ、こういった。

「いいえ。母は亡くなりました」

8

女は亜紀の一人娘で、桑名由菜と名乗った。

火石が「毎月の手紙のことで」というと、由菜は目を見開いたが、すぐに何のことか察した顔になった。そして、橋野には「このお二人は怪しい人じゃありませんから、安心してお帰りになってください」と告げた。

由菜は橋野を見送ったあと、諸田と火石を店へ案内した。店には二人の客がいたが、「今日は申し訳ないけど、この曲で終わりにして」といって帰ってもらった。

諸田と火石は、カウンターで由菜と向き合った。火石が、自分たちは加賀刑務所の刑務官であることを告げると、由菜はわずかに顔をこわばらせて、「やっぱり、そうですか」と小さな声でいった。

「いくつかお尋ねしたいことがあって、今日は参りました」

火石の言葉に、由菜は黙ってうなずく。

「安東がムーンリバーあてに出していた手紙は、この店に転送されていたのですか」

「そうです」

「ムーンリバーが閉店したのは四年前ですよね。転送届の効力は一年ですが、閉店後、毎年、郵便局へ届けていたのですか」

「いいえ。運がよかったんです。一年前、安東さんからの最初の手紙を、本当は規則ではだめらしいんですが、郵便配達員の橋野さんが気をきかせてここに届けてくださったんです。そのあと、安東さんからの手紙が今後も届くかもしれないと、母が転送届を出しました」

「亜紀さんが亡くなったのは、いつですか」

「半年前です。がんでした」

「では、亜紀さんが亡くなってから安東あてに手紙を書いていたのは」

「私が母になりすまして書いていました」

由菜は、申し訳ありませんと頭を下げた。

「亜紀さんが亡くなったことを安東に知らせなかったのは、どうしてですか」

「何となく手紙のやり取りを終わらせることができなくて……。安東さんから手紙が届くと、私のほうも、何だか母がまだ生きているような気持ちになれたので」

「由菜さんは、安東のことをご存じだったのですか」

「去年、母あての手紙が届いたときに、初めて知りました」

「なりすまして手紙を書くことに罪悪感はなかったのですか」

「まったくなかったわけではないですが……」由菜の瞳が微妙に揺れた。「母が亡くなる直前は、母の思いを私が代筆していたので、書くこと自体は、あまり、ためらいはなかったというのが正直な気持ちです」

これが幻の女からの手紙の真相――。だが、諸田はどこかすっきりした気持ちにはなれなかった。長い間、疎遠になっていた相手から手紙が届くようになった。しかも、由菜にしたら、会ったこともない相手だ。真実を隠してまで手紙を書き続ける気持ちになどなれるものだろうか。

「ムーンリバーを閉めたのはどうしてですか」

「母の病気と、借金の返済のためです。借金のほうは、お客さんから弁護士の先生を紹介していただいて無事に解決できました」

「生前、亜紀さんは、歌手もムーンリバーも続けていると安東に伝えていましたよね」

「母は、安東さんの思いを壊したくないといって嘘を書いていましたが、多分、見栄もあったんだと思います」

由菜が壁に目を向けた。そこには古いポートレートがかかっていた。モノクロの写真で、髪をアップにしたドレス姿の女性がスタンドマイクの前で歌っている。

「あれは亜紀さんですよね。写真からでもすごくムードが伝わってきます」

諸田も火石と同じ印象を受けた。歌声が聞こえてきそうな迫力のある写真だった。

「残念ながらプロとしてはあまり売れなかったんですけど」

「ここで曲を聴くことはできますか」

「レコードならあります。常連さんのなかに、今でも母の曲を聴きたいとおっしゃる方がいて」

「もしよかったら、聴かせてもらえますか」

由菜がレコードプレーヤーにドーナツ盤のシングルレコードをセットした。部屋の両端の大きなスピーカーからパチパチと静電気のような音が聴こえた。

伸びのある低い声が部屋に響き渡った。どこかで聴いたことがあるような、懐かしさを覚える曲だった。スローテンポなピアノと絡み合う亜紀のかすれた声は、妖艶でありながらも、聴く者を優しく包み込む慈悲のようなものを感じさせた。

由菜が煙草に火をつけた。煙で霞むその顔が、ポートレートの亜紀に変わっていく。

ジャズシンガー、桑名亜紀。レコード会社と契約して、アルバムを一枚出した。プロのシンガーとしては大成しなかったが、東京から故郷の金沢に戻って、ジャズバーを経営しステージで歌い続けていた。

「私たちが日の当たるところにいられるのは、ある人のおかげ」

亜紀が、いや、由菜がつぶやいた。

「私がまだ小さかったころ、母がときどき口にしていました。何のことかと尋ねても、それ以上は教えてくれませんでした。ようやく母が教えてくれたのは、安東さんから手紙が届いたときでした」

煙草の火を消した由菜が問わず語りに話し始めた。

入り込む隙間風に、いつもの冷たさは露ほども感じなかった。

深夜零時。古いアパートの二階の部屋で、亜紀はよつんばいの姿勢で動悸が収まるのを待っていた。

遠くからサイレンの音がかすかに聞こえた気がした。サッと身を起こして、カーテンの隙間から外の様子をうかがった。月夜の街並みは青黒く輝いていたが、赤い光はどこにも見えなかった。

ため息をついて視線を戻した。卓袱台には、キャップ、マスク、そして包丁。

――どうしてこんなことに……。

突然、カンカンカンカンと階段を上る足音が聞こえた。

収まりかけた心臓が再び脈を強く打った。

亜紀の脳をふと疑問がよぎった。ドアの鍵はかけただろうか？

いや、かけていない！　気が動転したまま部屋へ駆け込んだのだった。

カンカンカン。足音が次第に大きくなった。こっちに向かってくる。まずい。急いで立ち上がろうとしたが、足がもつれて床に両手をついた。

急に足音が消えた。薄いドアの向こうから荒い息遣いが聞こえてくる。

ゆっくりとノブがまわり、ドアがギィと音を立てた。

脈がでたらめに打ち、心臓が爆発しそうだった。とっさに部屋の奥へと目を向け、奥の和室に通じるふすまが閉じているのを確かめた。

視線を戻すと、ドアを背にして人影が立っていた。

ひっと小さな声が出た。暗がりで顔はよく見えないが、男だ。肩を上下させて息を吐いている。

この男は誰なんだ――。警察官ではなさそうだが、剣呑(けんのん)でやさぐれた空気を発している。

「まだここに住んでいたのか」

醸し出す雰囲気とは反対に、男の声は妙に落ち着いていた。

「あなた、誰？」

男は靴を脱いで、部屋に入ってきた。

「俺のこと、覚えてないのか」

ほのかな月明りに男の顔がぼうっと浮かんだ。三十代半ば、無精ひげ、面長の顔。記憶の引き出しが開いた。あれは二年前、いや三年前か。男はこのアパートに一晩だけ泊まっていったことがある。

金沢の歓楽街、片町（かたまち）の奥に、新天地という飲み屋街がある。身を寄せ合うように並ぶ店のひとつが亜紀の働くスナックだった。店内には小さなステージがあり、亜紀はそこで歌っていた。

歌うためにその店で働いたつもりだが、実際はホステスと変わらなかった。亜紀の歌に耳を傾ける客などいないに等しかった。

ある晩、一人の男が店を訪れた。見たことのない客だった。男はカウンターの片隅でブランデーグラスを傾けながら、亜紀のステージをじっと眺めていた。マイクを握る亜紀は高揚を覚えていた。歌う様子をこんなに真剣に見られたのは初めてだった。

歌い終わると男の隣に座った。

「あんた、歌、うまいな」

「プロを目指しているの」

どうせホステスの戯言（ざれごと）としか思われないのはわかっている。なのに、普段は口にしない言葉が、男の前ではついこぼれ出た。

男は、うん、と力強くうなずいた。「あんたならプロになれるよ」目のまわりをうっすら赤くした男は安東と名乗った。安東はよく飲んだ。高い酒ばかり注文するので、亜紀が不安そうな目をすると、安東は、「ほれ」と財布の中身を広げて窮屈に収まった万札を見せた。

「実は今晩泊まるところがない。一晩泊めてくれ」

口実なのはすぐにわかった。こんな大金を持っているのに、泊まるところがないなどありえない。

閉店まで飲んで安東は亜紀の古いアパートに泊まった。

安東の胸に顔をうずめて、久しぶりに幸福を感じて眠った。この男なら、いつまでいてくれても構わないと思った。

だが、翌朝、亜紀が目を覚ましたら、安東の姿は消えていた。

しばらくして安東の噂を聞いた。窃盗の常習犯で何度か服役経験があった。どうやら今も、大きな盗みがバレて逃げているという話だった。

前科持ちの男と一夜を過ごした。驚きはあったが、恐怖心はわかなかった。

——あんたならプロになれるよ。

あの言葉は、どんな拍手よりも嬉しかった。亜紀にとっての宝物だった。

サイレンの音で我に返った。今度は本当に聞こえてくる。

安東がすばやく窓の脇に体を寄せて、指先でそっとカーテンを動かした。

「ねえ、何しに来たの？」

意識したわけではないが、発した声はひどく尖っていた。それほど今の自分は追い詰められている。

「怖い顔するなよ」安東の声は穏やかだった。「少しの間、ここにいさせてくれ」

「そんなの困るわ」

「どうした、男でもいるのか」

「そうじゃない」

暗い部屋で互いのささやき声が続く。サイレンの音が心なしか遠のいた。

「追われている。仕事でミスっちまってな」

「仕事？」

「ああ、ノビだ」

ノビ——民家に忍び込んで住民が寝ている間に働く盗みのこと。仕事というくらいだから常習犯なのだろう。前にスナックで聞いた噂は、やはり本当だった。

「パトカーのサイレンが聞こえるだろ。あれは多分、俺を捜してるんだ」

亜紀は思わず息を止めた。そんなことって……。

「長くいるつもりはない。せいぜい三日だ」

安東は狭い台所に立つと、コップに水を注いで一気に飲み干した。

「ところで、あんた。まだあの店で歌っているのか」

「やめたわ」

「プロの歌手にはなれたのか」

「……」

プロどころか今の私は……。

「どうした」

亜紀の様子から何か気づいたのか、安東の声に戸惑いが混じった。

直後、安東が、アッと短い声を発した。その視線は、卓袱台の包丁をとらえている。

「死ぬつもりだったのか」

違う、と亜紀はかぶりを振った。

「さっき、お金を盗もうとして失敗したの」

近所で一人暮らしをしている老女がいた。その老女がいつもスーパーで買うのは、亜紀が決して買えない高級な牛肉や果物ばかりだった。あるとき老女がほかの客と立ち話をするのを耳にした。――うちの息子、亡くなった夫と同じで外科医になったの。

この一年、亜紀はどこで勤めても長く続かなかった。蓄えなどほとんどなく、やがて電気とガスを止められ、湯を沸かすこともできなくなった。

　このままでは死ぬ。亜紀の心はどんどんむしばまれ、ついには金を盗むしかないと決意した。狙うのは老女の家。一人暮らしなのは知っていた。

　キャップとマスクで顔を隠した。髪は襟から背中に落として見えないようにした。これで女だとはすぐには気づかれない。あとは、万が一、見つかったときに老女を脅すために、首掛けポーチに包丁を忍ばせた。

　月明りの下、丘の上にある老女の家に向かった。

　体を滑り込ませるようにして勝手口から敷地内に入った。大きな日本家屋の周囲をうろついたが、どこから家のなかに忍び込めばいいのかわからなかった。

　このままでは、らちが明かない。ままよと縁側のサッシに手をかけたとき、甲高いブザー音が鳴り、赤ランプが軒下でまわり始めた。

　慌てて駆け出し、勝手口を抜けて、住宅街を走り抜けた。

　誰かが追いかけてくる気配はなかった。アパートの部屋に戻ると、キャップとマスクを外し、ポーチから包丁を取り出して卓袱台に置いた。片付けようと思ったが、息が上がってすぐには動けなかった。

「てっきり警察が私を追いかけてきたのかと思ったの。だけど、現れたのは、あなただった」

「同じ晩に盗みを働いて、二人とも失敗したなんて、とんだ笑い話だな」

安東の声には悲壮感のかけらもなかった。どうしてこんなに余裕があるのだろうか。

「盗みに入った家ってのは、どこだ」

「丘の上にある塀で囲まれた大きな家」

「あれはだめだ。警備保障会社のシールが貼ってあるだろ。普通はまず選ばない」

情けなかった。やはり、素人が盗みを働こうとしても失敗するのがオチだ。

「あんた、プロの歌手になるのが夢だったんじゃないのか」

「あきらめたわけじゃない。でも、今はそれどころじゃないの」

「金がないったって、一人ならなんとかやっていけるだろ」

「一人じゃないの」

「ヒモでもいるのか？　さっき男はいないっていってなかったか」

安東の声音に反応したかのように、ふすまの向こうから、アアと声がした。

「もしかして、ガキがいるのか？」

亜紀は黙ってうなずいた。

「あんたのか？」

「そう」

「父親は」

「店の客。妻子持ちの人」

絶対結婚しよう、が口癖の男だった。しかし、身ごもったと告げると、男は亜紀に百万円を渡して土下座した。そこで初めて妻子がいることを知った。

中絶しなかったのは男への当てつけと意地だった。何とかなる。どうとでもなる。だが、それは甘い考えだった。頼れる家族も親せきもいない亜紀にとって、子育てと仕事の両立などできるわけがなかった。

「男から渡されたお金はすぐに尽きてしまうし、見つけた仕事はどれも長く続かないし」

暗い部屋で漂う亜紀の声は、いつのまにか、涙声になっていた。

パトカーのサイレンはもう聞こえなかった。安東は指先でカーテンを少しだけずらして、外の様子をうかがっている。

「逃げるとき、誰かに顔は見られたか」

「多分、見られていないと思う」

「よし。それなら俺が引き受けてやる」

「引き受けるって、何を？」

「あんたの失敗だよ。ただ、自首なんてしねえし、簡単にサツに捕まるつもりはない。

もし俺が逮捕されたときは、あの屋敷に忍び込んだのは、俺だといっておいてやる」

「どうして」

「ちっちぇえガキを置いて母親がムショに入ってどうするんだ。しかも金は盗めなかったんだろ。踏んだり蹴ったりじゃないか」

踏んだり蹴ったり。安東が本気でそう思っているのか、あるいは和ませるために冗談でいったのかわからないが、その言葉に亜紀の気持ちは少しだけ軽くなった。

「いいか。そのかわり一つ約束しろ。もう悪いことなんてするなよ。俺が今日あんたの罪を引き受ける意味がなくなっちまうからな」

「でも、どうして私のために」

「俺の親はコソ泥だった。しかもガキだった俺にその手伝いまでさせた。もし親が、もう少しまともだったら、俺はこんな人生を歩まなかったかもしれない。あと――」

安東が亜紀をまっすぐ見た。

「俺には目標なんて何もなかった。だけど、あんたにはあるだろ」

ふすまの向こうから、ぐずり声が聞こえた。娘が呼んでいる。

亜紀はふすまを開けて、布団から幼子(おさなご)を抱き上げた。和室の障子から差し込む淡い光が娘の顔を照らす。亜紀の顔を確かめると、娘が丸い目を細めた。

「いくつだ」

「一歳半」

「かわいいさかりだ。名前は？」

「由菜」

亜紀は軽く由菜を揺らしながらいつもの曲を歌った。

泥棒なんて……ごめんね、と心のなかで謝った。そんな亜紀の頬を涙が伝っていく。

やがて寝息を立て始めた由菜を布団にそっと寝かせた。

「もう、そろそろ行く」

安東は卓袱台のキャップとマスクをジャンパーのポケットに突っ込むと、ドアのほうへと向かった。

「しばらくいるんじゃなかったの？」

「気が変わった。逃げることに専念する。あんたは――」

ドアの手前で安東が立ち止まった。

「歌手の夢、あきらめるな。子供がいるからって関係ねえぞ」

「ありがとう」

「あとよ、さっき歌ってた英語の曲、あれ、何ていうんだ？」

「ムーンリバーよ」

「母は私を連れて上京し、仕事と子育てをしながら歌手になるための勉強を続けました。もちろん貧しい暮らしでした。でも、報われました。東京で三年が過ぎたころ、あるオーディションで選ばれてレコードデビューを果たしました。結局売れなくて、レコードを出せたのはその一枚だけでした。ですが、母のなかで区切りがついたみたいで、私が中学生になるときに二人で金沢に戻ってきました。デビューしたときに応援してくれた方の紹介で尾山町にジャズバーを開いて母は歌い続けました。しかし、あるとき体調を崩して病院に行ったら、肺がんが見つかって……。精密検査を受けた結果、がんはほかの臓器にも転移していることがわかりました。闘病生活が始まれば、もう歌えなくなる。そう思った母は、店を続ける気力をなくしてしまって、店を手放したんです。ただ、店にはまだ借金があって、なかにはよくない筋から借りたお金もありました。トラブルになりそうだったんですが、ムーンリバーの常連さんたちが力を貸してくれました。それでお金の問題が解決して、ようやく再出発できるようになって、私がここにカラオケ喫茶を開いたんです。ムーンリバーに比べたら小さなお店ですけど、母も喜んでくれました。でも母の病気は悪くなる一方で。そんなときに安東さんから手紙が届いたんです」

――この人はね、私たちの恩人なの。

「母は昔あったことを話してくれました。安東さんの手紙には、七回目の服役だけど次こそは更生しようと思って刑に服している、と書いてありました。その手紙を読んで、母は安東さんにあのときの恩返しをしたい。そのためには、何としても病に打ち勝つ、生きて、安東さんを迎えに行くといっていました。それまでは、がんの治療がうまくいかず、ふさぎ込むことも多かったのですが、安東さんとの手紙のやり取りが始まってからは、嫌がっていた化学治療にも積極的に取り組みました。でも結局、治療の甲斐なく母は半年前に……」

由菜は重いものを吐き出すようなため息をついた。

「母の安東さんへの思いを考えると、亡くなったことを安東さんに告げるのはためらわれてしまって。もちろん、手紙を書くたびに、本当のことを伝えようか、だけどそれは母が望まないことなのではないかと悩みました。伝えれば、二人の間にある絆が切れてしまいそうな気がして」

店を出たときは零時近かった。

細い路地を抜けて表通りに出た。どのビルも灯りは消え、静かな道路には客待ちのタクシーが数台停まっている。

コインパーキングへ向かう途中、諸田も火石も無言だった。

店での帰り際、由菜が火石に問いかけたことを諸田は思い出していた。

「私はこれからどうしたらいいのでしょうか」

「それは、あなたが決めることです」

「お二人から、安東さんに本当のことを伝えていただくわけにはいかないのでしょうか」

「規則上、できません。今日、あなたと会ったこともいいません。それから由菜さんに、ひとつお伝えしておきます」

火石が硬い声でいった。

「今後、亜紀さん名義で安東に手紙を出した場合、刑務所は安東に手紙を渡すことはないと思ってください。誰かになりすまして手紙を書くというのは、たとえそれが犯罪にかかわるものでなかったとしても、規則では認められませんので」

諸田は思わず息を止めた。亜紀からの手紙は、もう安東には届かない。刑務官である我々が真実を知ったことで、なりすましの手紙は、もはや許されなくなったのだ。

諸田の胸は重い憂鬱に支配されていった。

コインパーキングで車に乗り込んだが、すぐにエンジンをかける気にはなれなかった。

これでよかったんですかね。そんな言葉が口をついてしまいそうになり、こらえていると、

「まさか、亜紀さんが亡くなっていたとは思いませんでした」と火石が下唇をかんだ。

由菜には今後の手紙のやり取りについて毅然とした態度で話していたが、火石にしてもその思いは複雑なのだ。

ティファニーを見つけ出さないほうがよかったのではないか。諸田の脳裏にそんな思いがよぎると同時に、店を訪れる前に抱いていた疑問がよみがえった。

「火石指導官は、どうしてあの店が移転先だと思ったのですか」

「店名です。ムーンリバーというのはジャズの名曲で、これまでに有名な歌手が何度もカヴァーして歌っています。なかでも、映画の劇中で主役の女優が歌ったものが一番有名です。なにせ、その映画のために作られた歌でしたから」

「それは何という映画ですか」

「『ティファニーで朝食を』という映画で、オードリー・ヘプバーンが主役でした」

「その映画なら、正月の深夜にテレビで見たことがあります」

「地図にティファニーという文字を見つけたとき、ムーンリバーとつながっているのではと閃いたんです」

9

安東との二度目の教誨面談だった。

浄土真宗はどうして祈禱をしないのか。他力とはどんな力か。安東の質問攻めは、今日も容赦がなかった。

準備はしておいたので何とかこたえることはできたが、つい意識が別のところへ飛びそうになり、諸田がこたえるテンポは、今一つだった。

「諸田先生、どうされました。なんだか、ぼうっとしていますよ」

「なんでもない」

「好きな女のことでも考えているんじゃないですか。ちゃんとやってくださいよ」

安東の軽口をたしなめる気にもなれない。諸田の目は手元に置いたファイルに自然と向いてしまう。ファイルのなかには由菜から届いた手紙が挟んであった。

「安東、今日はこれくらいにしないか」

「なんだ、先生。もうギブアップですか？」

「そうじゃない。おまえに渡すものがある」

諸田はファイルに挟んであった封筒を取り出してテーブルに置いた。

安東暢三様――筆跡は先月と同じものである。

「わっ。亜紀からの手紙ですね。今月はちょっと遅いなあと思ってたんです」

手紙が届いたのは昨日。受刑者に渡る手紙は、犯罪防止の観点から刑務官が先に中身を確かめる。担当する刑務官から連絡を受け、諸田と火石もその内容に目を通した。

三人で相談し、教誨面談のときに諸田が渡すことになった。

「でも、先生も人が悪いなあ。手紙が届いたって、面談の最初に教えてくださいよ」

安東は封筒を手に取った。いつもと同じ柄――安東はまだ気づいていない。

諸田がつばを飲むと、喉がごくりと音を立てた。

「手紙の差出人をよく見てみろ」

「差出人ですか？」

安東は封筒を裏返すと、目の調子が悪いのか、顔を近づけ、なぞるように眺めた。

「くわな……ゆな？」

封筒に指を差し込んで、安東は手紙を取り出した。だが、何かを感じ取ったのか、開こうとはしない。安東は手紙をテーブルに置くと、諸田のほうに滑らせた。

「先生、これ読んでもらえませんかね。最近、目の調子が悪くて字を読むのが辛いんですわ」

小さく息を吸った。これを読めというのか。

諸田が黙っていると、安東が「お願いします」と頭を下げた。

視界が歪みそうになり、奥歯をかんでこらえた。

こうなったのは俺のせいだ。ここで逃げるわけにはいかない。

「わかった」

諸田は手紙を手に取って開いた。咳払いをしようとしたが、うまくいかなかった。

「安東暢三様。私は桑名亜紀の娘で由菜と申します。本日は謝罪の意を込めてお手紙を書きました。安東さんには黙っていましたが、母は半年前に永眠しました。実はムーンリバーも母の体調やお金の問題で四年前にたたみました。それからの母は病気との闘いでした。思うように回復せず、投げやりになることもあったのですが、安東さんからの手紙が励みになって、去年から治療に真剣に取り組むようになっていました。母は、安東さんが出所するときは迎えに行きたい、それまでには元気になりたいといっていました。ですが、努力の甲斐もなく力尽きてしまいました。この半年間は安東さんへ本当のことを告げる勇気がなく、私が母になりすまして手紙を書いていました。顔を見たい。そうおっしゃってくれる安東さんに、母が他界したとはいえませんでした。だましていたことを心からおわびいたします。本当にすみませんでした。どうかお体を大事になさって、母の分まで長生きしてください。安東さんの今後のご多幸をお祈りしています。桑名由菜」

静かな部屋にカタカタと小さな音が鳴り響いた。

安東の両肩、腕、テーブルを掴んだ手が小刻みに震えている。

「先生……これは何の冗談ですか」

諸田は安東を見つめた。

「違う。冗談なんかじゃない」

安東の震えが止んだ。

「あああ」と急に叫ぶと、安東は頭を勢いよくテーブルに落とした。

ドンッという音が狭い部屋に響く。さらに安東は、拳にした両手をテーブルに打ちつけた。

「うおお、うおお」

安東は顔をテーブルにうずめて背中を打ち震わせ、体の奥から何かを吐きだそうとするかのように泣き叫び続けた。

いつも余裕を漂わせる累犯受刑者の姿はなかった。ここにあるのは、どうしようもない悲しみに打ちひしがれる一人の男の姿だった。

諸田が教誨師としてできることは何ひとつなかった。

安東の気持ちが収まるのをただ待つしかなかった。

亜紀の死を知ってからの安東は抜け殻のようだった。その姿に、諸田は胸の奥に杭（くい）を打ち込まれたような痛みを覚えた。

安東を傷つけたのは自分だ。手紙に隠された秘密など暴かなければよかった。自分が興味を抱いたりしなければ、安東は亜紀の死を知ることはなかった。

数日後、安東に関する知らせを聞いた。糖尿病の治療のため、医療刑務所行きが正式に決まり、近々出発するという。

体のことを考えれば悪い話ではないが、亜紀のことでショックを受けている安東がこのまま加賀刑務所を離れてもいいのだろうか。

――安東のために、何か自分にできることはないだろうか。

諸田がその思いを吐露できるのは、火石しかいなかった。

「安東の心を少しでも救ってやりたいんです。もしできることがあるなら……懲戒処分を受けたって構いません」

受刑者の心を救うなんて刑務官の仕事を超えています。バカなことをいってはいけません。きっぱりそういわれるのも覚悟した。

だが、火石から諸田をたしなめる言葉はなかった。感情の読み取れない顔で、「少し考えさせてください」とだけいった。

10

「今月のマンデーナイトアワーも、先月に引き続き、私、諸田がＤＪを務めます。みなさん、九十分間どうぞお付き合いください」

我ながら滑らかに声が出ていると思った。緊張感は先月の半分以下だ。

隣にはアシスタント役の火石が座っていた。ラジオが始まると、火石は曲を再生したり、ボリュームのチェックをしたりと忙しそうに手を動かしている。

諸田は受刑者からのメッセージを読みながら、紙の端に貼った付箋をちらりと確めた。

そこには手書きで「悟り」と書いてある。

「メッセージありがとうございます。ダンシャクイモさん、いいことに気づきましたね。仏教ではそれを悟りというんです。これからも素直な気持ちで物を見る習慣を続けていけば、本来の自分に戻れます。がんばってください」

横目で火石を見ると、感心した様子でうなずいている。

ここ数日、諸田はメッセージへの感想が思いつかずに悩んでいた。そんなとき、火石から「教誨面談のときのように仏教の教えを絡めてみてはどうでしょう」と助言を受けた。

いわれたとおりに仏教の教えを頭に置いてメッセージを読んでみると、受刑者を勇気づけられそうな言葉が浮かぶようになった。

火石がメモを差し出した。『半分終わりました。長めに曲をかけてひと休みしましょう』

諸田は椅子に座ったまま伸びをして、硬くなった筋肉をほぐした。

あと四十五分。後半の部が始まり、メッセージ、諸田の感想、リクエスト曲と続いた。

十分……二十分……時間が過ぎていく。少しずつ気持ちは高ぶっていった。

八時五十五分。火石がメモを差し込んだ。『ラストです』

――いよいよだ。

深く息を吸い、マイクに口を近づけた。

「次回からは現覚さんが復帰しますので、今日で私はＤＪを卒業します。わずか二回で卒業といえるかどうかわかりませんが、これからの最後の五分は、私のわがままにどうかお付き合いください。この前、教誨面談でこんな話を聞きました。服役していると大切な人の死に目に会えないのが辛いと。たしかにそうです。悔いが残ります。でも、浄土真宗では、浄土とは単にあの世のことを意味するのではなく、現世もひっくるめて浄土と考えるんです。これは、あの世とこの世は別世界というわけではなく、つながっていることを意味すると私は解釈しています。今日は、リスナーのみなさんに浄土というものを感じてもらいたくて、特別なメッセージを用意しました。メッセージのタイトルは、『天国からの手紙』です。では、読みます」

大切なあなたへ。毎月、手紙を送ってくださってありがとうございます。実は今まで私があなたに出した手紙、あれはあの世から出していたものなんです。嘘をついていたわけではないんですけど、驚かしてしまったならごめんなさい。

私はあなたに勇気づけられました。どんなに辛いことがあっても、あなたに与えてもらったチャンスを生かそう、まっとうな道を進もうと決めて人生を歩んできました。プロの歌手として成功したとはいえないけれど、娘と二人でなんとか日の当たる場所で生活することができました。

あなたのことを忘れたことなどありませんでした。だけど、どこで何をしているのかわからない。それならせめて、いつもあなたのことを想って歌おう。そんな気持ちでずっと生きてきました。

だから、あなたから手紙をもらったときは本当に嬉しかった。出所したときは、歌ってお祝いしてあげよう。それまでに病気を治そうと努力しました。

だけど、私の病気は思うようにはよくなりませんでした。あなたが服役を終える前に、私の命は尽きてしまいました。

それでも私は、今もあなたのことを想い続けています。生きている間も、これからもそれは変わりません。歌うとき、いつも心にあなたを思い浮かべていた。その気持ちが通じて、あなたからの手紙が届いたと思っています。

だから、またいつか会える。私は今もそう信じています。

刑務所を出たら、まっすぐに生きてください。

あなたが私をそう励ましてくれたように。

「では曲を流します。歌うのは桑名亜紀でムーンリバー」

火石がレコードプレーヤーにゆっくりと針を落とした。

ティファニーで聴いた亜紀の歌声が狭い放送室に流れた。

諸田は目をつぶった。

生活棟、管理棟、事務棟……亜紀の声が加賀刑務所を優しく包み込んでいく。

――今日の最後にこれを読んでください。

「天国からの手紙」を火石から渡されたのは、今日の昼だった。最終の打ち合わせで放送室に入ったとき、由菜から借りたというレコードと一緒に渡された。

手紙を読んだ諸田は、胸が熱くなり、しばらく声が出なかった。

「これ、由菜さんが書いたのですか」

「原作は由菜さんですが、プロデュースしたのは別の人間です」

火石の身内に脚本家の卵がいて、由菜からこれまでの話を聞き、了解を得たうえで手紙を書きあげたという。

「しかし、いいんですか。こんなことをやって」

「諸田さん、懲戒処分を受けたって構わないとおっしゃっていませんでしたか」

「それは、いいましたけど……」

「冗談ですよ。心配いりません。なぜなら、マンデーナイトアワーの内容はDJにゆだねられています。受刑者からのメッセージに限る必要はないんです。万が一、幹部に責められたら、私が責任を取りますから。それより諸田さんは、『天国からの手紙』へうまくつなげていけるよう気の利いた導入のセリフを考えておいてください」

天国とは……浄土真宗でいう浄土。諸田は、浄土真宗の教えから手紙へとつなげる挿話を考え、手紙を読む前にラジオで語ったのだった。

亜紀の低音の声がゆっくりと消えていき、曲が終わった。

「では、今月のマンデーナイトアワー、これにて終了します」

午後九時。館内放送が終わった。火石はことさら「天国からの手紙」に触れることもなく、黙々と放送室の後片づけをした。それが終わると、「諸田さん、DJお疲れさまでした」と去っていく。

諸田は、一人、管理棟の薄暗い廊下を歩きながら、窓の向こうに並ぶ生活棟へと目を向けた。消灯時間となり、どの棟も非常口の緑色のランプが灯っている。

安東はラジオを聞いてどう感じただろうか。前向きな気持ちが少しでも芽生えてくれれば……。

様子を見に行きたかったが、夜勤でもない諸田が勝手に夜の巡回に行くわけにもいかない。諸田は管理棟を抜けると、帰り支度をして官舎に帰った。

翌朝、刑務官部屋に入ると、席にいた亀尾から「ちょっとこい」と呼ばれた。顔がむくんでいるのは夜勤明けだからだろう。

「やってくれたな」亀尾が諸田を睨みつけた。

怒られる。すでに幹部まで話は伝わっているのだろうか。となると懲戒処分か。だが、火石は助けてくれないのか。責任を取ってくれるんじゃなかったのか。

みぞおちに圧迫感を覚えていると、

「この泣かせ屋が」と亀尾が低い声でいった。

「はっ？」

「昨日のラジオのあと、どの居室からも受刑者の泣き声が聞こえてきたって話だ」

「どういうことですか」

「わからんのか？　おまえが最後に読んだ手紙のせいだ。受刑者だけじゃない。俺もかなりやばかった」

心がふっと宙に浮いた気がした。きっと、安東にも伝わった——。

「前に話したと思うが」

亀尾は少しだけ口元を緩ませた。

「この仕事をしていると、嫌になることばかりだけど、一年に一回くらいは、いい気分に浸れることがある。昨日の晩は、まさにそれだった」

11

安東が医療刑務所へ向かう日となった。

出発時間の十分前、刑務作業の巡回をほかの刑務官と交代し、諸田は受刑者用の玄関口に向かった。

移送用のバンが玄関に横づけされている。安東の姿はまだない。

足音が聞こえて諸田は振り返った。廊下の向こうから、三名の刑務官に囲まれた安東が歩いてくる。

「止まれッ」

移送の責任者を務める武吉の命令に、安東は足を止めて直立した。安東の両手には手錠がはめられている。

もう安東が加賀刑務所に戻ることはない。刑期が終わるまで医療刑務所で服役することになっている。

「四一〇五番、安東暢三。これより××医療刑務所へ移送する。車に乗れ」

「お待ちください」

諸田が厳粛な声でいった。「少しだけ、安東と話をしてもよろしいでしょうか」

武吉が表情を変えずに「よし」と短い返事をした。杓子(しゃくし)定規な対応をしない武吉が担当で運がよかった。

「おい、安東」と諸田は呼びかけ、カセットテープを差し出した。

「教誨面談のとき、浄土真宗に関する質問をいくつかしてきただろう。このテープに、そのこたえをいれておいた。字が読みづらいおまえでも、医療刑務所にはラジカセがあるそうだから、テープで聴けるはずだ」

安東本人には直接渡せないので、武吉にテープを渡した。

刑務官が受刑者に金品を渡す行為は禁止されている。だが、教誨面談は更生プログラムの一環であるため、面談で説いた宗教の教えに関する教本やそれに類するものを受刑者へ渡すのは許される。

安東は、少し首をかしげて、はて、どんな質問をしただろう？　という顔をした。

「あとな、ありがたい説法も入れておいたから、心して聴け。お題目は、月の川だ」

「月の川？」

安東は少し考え込んでから、ハッとした表情を浮かべた。

テープには、諸田が語る浄土真宗の教え。それが終わると、桑名亜紀の歌うムーンリバーが収録されている。

「諸田先生……」

ニヤリと笑った安東は、拘束された両手を目の高さまで掲げると、目をつぶって、「南無阿弥陀仏」と唱えた。

以前は、舐めてかかるような表情や言葉遣いに本気で不快感を覚えたこともあったが、今は目の前の安東の様子にどこかほっとしている自分がいた。

安東との真剣勝負の問答が懐かしい記憶として脳によみがえった。

――区切りだ。

諸田は真顔を保ちつつ、軽く右足を上げて地面を打ち鳴らした。瞬間、脳内は無となった。

――敬礼ッ。

「これより出発する」と武吉が宣言した。

安東を乗せた車が見えなくなるまで、諸田は右手を掲げ続けた。

第五話　チンコロ

1

　総務課長室で芦立が決裁文書に目を通していると、机の端の携帯電話が二度震えた。表示を見て、メールの送信者が早智子とわかり思わず手が伸びた。

『鍵がかかっていて玄関が開かないの』

　家にいる息子聡也は、ここ数年、誰とも顔を合わせたことはない。それでも、週三回、家事代行をしてくれる芦立の幼なじみの主婦、早智子が家に来る曜日だけはしっかり覚えていて、その日は必ず玄関の鍵は開いていた。

　時計を見ると十時十五分。十時三十分から総務部門の会議が行われる。今、自宅へ電話をして息子の状況を確かめる時間的な余裕はなかった。

　早智子には、『少し待ってみて』とメールを送り、会議に出席した。

　会議中はずっと気持ちが落ち着かなかった。十二時終了の予定が、十五分延びて会議が終わると、芦立は携帯電話を手に徒歩五分の距離にある官舎へと戻った。

　携帯電話を確かめると、何の連絡も届いていない。自宅に電話したが、コール音が鳴り続けて、しばらくすると留守電に変わった。

「聡也、いる？」

留守番電話で呼びかけても、今まで出たためしはない。だが、聡也と連絡を取るにはこれしか方法はない。

どこか外へ出かけたのだろうか。いや、あの子が日中、外に出るはずがない。では部屋で何かあったか。もしかして自殺とか……と嫌な想像が膨らんでいく。

もう一度、大きな声で「聡也、いるの？　出て！」と呼びかけた。

すると、〈もしもし〉と電話がつながった。

早智子だった。〈ごめーん、料理してたら、手が離せなくて〉

「家には入れたの？」

〈三十分ほどお庭の掃除をしてて、そのあと玄関に戻ったら、開いてたわ。鍵を開け忘れてたのね〉

「聡也は、どうしてる？」

〈二階から足音が聞こえたし、部屋にいるみたいよ〉

電話を切ると、芦立は官舎の和室で、しばらくの間、へたりこんだ。

時計の表示は、十二時五十分。一日の仕事を終えたあとのような疲れが全身を包んだが、まだあと半日ある。いつまでもぼんやりたたずんでいるわけにはいかない。

芦立は、よいしょと声を出して立ち上がると、部屋を出た。

総務課の広い事務室を通り抜けて、奥にある総務課長室へと向かう。総務課長室は、総務に限らず部門を超えてさまざまな職員が頻繁に訪れる。そのため、ドアは常時開け放してあった。

会議のあと、部屋のドアを閉めて電話をすれば、話し声を聞かれることはなかったが、普段と違う行動は周囲の目を引く。女性の管理職だからこそ、変に目立たないようにと常日頃から神経を使っている。

もう一時近いから、昼食は抜きだ。あとで売店に行ったときに、サンドイッチでも残っていたら、買うことにしよう。

そんなことを思いながら、椅子に座ると、机の真ん中に一通の封筒が置いてあった。

『加賀刑務所　御中』

定型の茶封筒。封は開いていた。誰かが中身を見てから、総務課長室にまわしたのだろう。裏面を確かめたが、送り主は記されていない。

匿名の手紙。おそらく、これは——。

中身を取り出さずとも、そこにあるものが透けて見える気がした。総務課長という仕事に就いて二年。この間、匿名の手紙、いわゆる投書といわれるものをいくつか受け取った。

近隣からの刑務所への苦情、職員が書いたと思われる他の職員の誹謗、根拠の乏しいデタラメな内部告発……。

まだあった。芦立本人へのものだ。『オンナが偉そうに。早く辞めちまえ』

こうした投書には共通の特徴がある。封書自体に送り主の強い念が込められている。だから、中身を見なくても、封筒を眺めただけで、どういうものかわかるようになった。

今、目の前にある投書はまさにそのたぐいだ。

封筒を逆さにすると、折りたたまれた一枚の紙がスッと降りてきた。紙には、ワープロソフトで書かれた三行の文章。

桜栄（おうえい）土木の専務のイジメがひどい。

あんな会社を協力雇用主にしてもいいのか。

このままじゃまた殺される。

桜栄土木。名前は憶えていた。金沢市内にある小規模の土木建設業者。出所者の受け入れに協力的な「協力雇用主」に登録されている会社の一つだ。

協力雇用主に登録している会社は百社を超える。就職支援を直接担当しているわけでもない芦立がその会社名を覚えていたのは、ここ数年、加賀刑務所の受刑者の雇用を最も多く受け入れている会社だからだ。

昨年は、出所前に就職が決まっていた受刑者が三名いたが、うち二名は桜栄土木が採用してくれた。社長の苗字(みょうじ)は、たしか栗本(くりもと)。小太りの体型に、人懐っこい恵比寿(えびす)顔が記憶に残っている。ただ、専務のことは知らない。

芦立は、もう一度、三行の文章を目でなぞりながら、この投書の扱いをどうするかと思考を巡らせた。

受刑者が出所してしまえば、そこで刑務所の役割は終わる。出所者の動向を把握することもなく、関係は完全に切れる。一方、元受刑者の受け入れに協力的な会社は、刑務所にとって貴重な存在であり、今後も長く関係を維持したい相手である。となると、こたえは必然的に決まってくる。協力雇用主、つまり会社の側に立ってモノを考える必要がある。特に芦立には、そう考えるに至る苦い経験があった。

加賀刑務所に赴任して最初の厄介事が、元受刑者によるトラブルだった。ある元受刑者が受け入れ先の雇用主に暴行を働いたのだ。

すぐに会社に出向き、社長に謝罪した。出所後の事件に刑務所の責任があるかといえば、本来はない。だが、その会社と受刑者をつないだのは、ほかならぬ加賀刑務所だった。

覚悟はしていたが、会社の社長から、もう元受刑者を受け入れることはないと宣告された。しかし、話はそれで終わらなかった。仮出所した受刑者が協力雇用主の会社で暴力を働いたという話は、ほかの協力雇用主にいつのまにか広がり、加賀刑務所には、協力関係を解消したいという声がいくつも届くようになった。刑務所はそうした会社に、今後も協力関係を維持してほしいと必死に説得して、何とかとどまってもらった。

昨年立ち上げた就労支援室は協力雇用主探しに苦労している。もしも桜栄土木で元受刑者が事件を起こせば、協力雇用主を解消したいという話になるかもしれない。そうなると、刑務所にとっては大きな痛手だ。桜栄土木は毎年のように出所者を積極的に受け入れてくれる貴重な会社でもある。しかも、出所予定者を近々一人採用してくれることで話も進んでいる。

就職率の数字を維持するためにも会社との関係が悪化するのは何としても避けたい。そのためにはトラブルの芽は摘んでおかないといけない。だが——。

芦立の思考はそこで反転した。刑務所に何ができる？

就職先での元受刑者のトラブルはつきものだ。さらにいうなら、元受刑者の勤め先は、待遇が悪い会社、いわゆるブラック企業が多いのは致し方ない。どうしても嫌なら、おとなしく会社を辞めて次を探してくれればいい。

元受刑者が仕事を辞める理由は会社がブラックだからとも限らない。そもそも組織に適応できない性格であったりする場合だ。そうした人間は再び罪を犯して刑務所に戻ってくることも少なくない。刑務所が、社会に適応できない受刑者のセーフティネットになっているという側面があるのは否めない。

だからといって、トラブルが起きたという連絡が来るのを待つだけでいいのか。最後の文章『また殺される』という文言は見過ごせない。だが、誇張した表現は、いたずらの可能性もある。

まず総務部長の常光に相談するか。おっとり顔を思い出して、考えをすぐに打ち消す。時間の無駄。どうせ、ことなかれ主義の常光のことだ。何とかしろとしかいわない。

思考を巡らせていると、ドアをノックする音で顔を上げた。

「失礼します」

火石だった。「お昼前におうかがいしたら、会議でご不在でしたので」

「どうかなさいましたか」

手にしていた投書を伏せて、机の決裁箱に入れた。

「桜栄土木の件です」

投書を見下ろした。机にあった時点で封は開いていた。火石が中身を見たのだ。

「封を切った総務課の係員が、就労支援室あてと解釈して、稲代さんのところへ持っていこうとしたのですが、今週、彼は霞が関での研修で不在です。それで、私のところにまわってきたんです」

順序としてはそれが正しい。係員の判断は間違っていない。火石は処遇部とはいえ、就労支援室の仕事に全面的に協力している。

「内容が内容なだけに、私個人の判断で動くのはよくないと思いまして。さきほど、おいでにならなかったので、とりあえず、封筒だけを置いていきました」

火石はすでに投書の中身を知っている。それなら隠さずに、意見を聞いてみようと思った。

海老沢からの密命——火石への監視は終了していた。不審な点は何もなかったと海老沢に告げたとき、海老沢は不服そうな顔をしたが、監視続行の指示はなかった。あっても芦立は断るつもりだった。

芦立にとって火石の監視が無駄な時間だったかといえばそうでもない。火石と接していくうちに、むしろ信頼関係を構築することができたように思えた。

「火石指導官は、この投書をどう思いますか」

「殺されるという最後の言葉がひっかかります。警察に相談することも考えてはどうかと」

「今の段階で警察に頼ることはしたくありません。投書自体がいたずらかもしれませんし」

「いたずらの可能性は低いと思います」

火石がきっぱりとした口調でいった。「その封筒のなかを見てください」

芦立は決裁箱から封筒を手に取り、なかを覗いた。——白い粉？

指でさらうと小さな粒が指先に付着した。小石か砂のようだ。

「それはセメントコンクリートです。手紙を出した人間の手に付着していたのかもしれません」

「工事現場で働く社員が投書を出したということですか」

「おそらくそうでしょう。ただ、社員のなかでも刑務所あてに出したりするのは、元受刑者しか考えられません。単なるいたずら目的で刑務所に投書を出す可能性は、ほぼないと思います」

「差出人は元受刑者で、刑務所への投書には確たる意図があると？」

火石はうなずきながら、

「『また殺される』というくだりが、こちらの興味をひくための大げさな表現だったとしても、そう書いた理由はあるとみるべきでしょう」

火石のいうとおり、ただのいたずらと決めつけてはいけない気がしてきた。最善の対応は何だろうか。差出人は加賀刑務所の元受刑者……。勤め先への不満……。

出所者の支援に協力的な会社でトラブルは起こしてほしくない。

「手紙の差出人を見つけて詳しい事情を聞くことができればいいんでしょうけど……」

「そうですね」と火石が同意する。

差出人探し――桜栄土木の従業員のなかで、服役した経験のある人間をまずは把握する。桜栄土木に確かめるのが手っ取り早いが、できれば接触しないで把握したい。会社に直接訊く以外に何か方法はあるだろうかと、火石に尋ねると、

「服役経験のある人間なら、すぐにわかります」とあっさりこたえが返ってきた。

「あてがあるんですか」

「就労支援室の稲代さんに直近五年間の就職状況をデータベース化してもらいました。誰がどの会社に就職したのか、それを見ればすぐにわかります」

一時間後、火石が総務課長室に戻ってきた。入ってきた瞬間に気づいたが、どこかさえない表情をしていた。何かよくない情報でも見つかったのだろうか。

「桜栄土木に就職した元受刑者は六名。そのうち、四名が会社を去り、今も在籍しているのは二名だけです」

ため息がでた。せっかく職に就いてもこれか……。しかも、受刑者の受け入れに理解のある協力雇用主のもとで働いても、仕事が続かないのか。

「今も会社にいるのは、一人は国分亮一。昨年出所と同時に桜栄土木に入社しています」

名前を聞いても、顔は浮かんでこなかった。

「もう一人は、香取文雄です」

芦立の脳に電流が走った。

「香取は桜栄土木に就職していたのですか」

「満期で加賀刑務所を出たあと、左官屋の仕事に就いたのですが、人間関係がうまくいかず、すぐに左官屋を辞めて、その後、桜栄土木に就職したようです」

香取文雄。

その名前と顔は、処遇部に所属していない芦立でもはっきりと覚えている。

香取文雄。三十六歳。石川県出身。二十代の頃、暴力団の準構成員となったが盃は受けていない。恐喝と傷害で二度服役。二度目は加賀刑務所で一年九か月服役している。やや短気なところはあるが、生活態度、刑務作業とも真面目で、二か月の服役期間を残して仮出所を迎えた。

出所後、協力雇用主の一社である産廃処理業者に就職したものの、そこで代表者に暴力を働き、仮出所は取り消され、加賀刑務所に戻って満期まで服役した。

芦立が加賀刑務所に着任早々、協力雇用主に謝罪に出向いたというのは、ほかならぬ香取の件だった。

「香取と国分……この二人のどちらかが手紙の差出人ということでしょうか」

芦立の言葉に、火石からの反応はなかった。

難しい問いかけをしたつもりはなかったが、火石の表情は硬く、意識は別のところへ向いているように見えた。この部屋に来たとき、表情がさえなかったのは、出所者に関してよくない情報をつかんだせいかと思ったが、それとは別のことで頭を悩ませていたのかもしれない。

もしかしたら、仕事ではなく、プライベートで何かあったのか……。

芦立はもう一度「火石さん」と呼びかけた。

「あ、すみません」我に返った火石が体をびくっと動かした。

こんな様子を目にするのも初めてだ。芦立はますます気になった。

「どうしました？　何か心配事でもあるのですか」

「実は……今しがた、姪から義姉のことで電話がありまして」

「お義姉さん、どうかなさったんですか」

「キッチンカーの購入の件で、話を持ってきた方との連絡が取れなくなったらしいんです。その方には頭金の五十万円を渡してあったみたいで……」

金をだまし取られたのではないかと、弥生が不安になっているのだという。

「何か理由があって連絡が取れないのでは」

「私もそう伝えたんですが、姪がいうには、その方……児嶋さんというんですが、児嶋さんに連絡を取ろうにも、携帯電話は解約されてて。ここ最近、弁当屋にもまったく姿を見せなくなったそうなんです」

「その児嶋さんというのは、どういう方なんですか」

「起業の経営コンサルタントで、弁当屋からの独立の話も児嶋さんの後押しで決めたと聞いています。女性同士で年齢も近いので話しやすいと義姉はいっていました」

「男性ではなく、女性なんですね」

「私は児嶋さんと話したことはありませんが、喫茶店から弁当屋を眺めていて何度か見かけたことはありました。いつもスーツ姿で、愛想もよく華やかな雰囲気の方で」

スーツ姿……。愛想もよく華やかな雰囲気……。

脳裏にその顔がはっきり浮かぶと、心臓がどくんと音を立てた。

もしかして――。

心臓が胸を強く打ったのは、単に女の顔を思い出したからではない。別の人物に重なったからだ。

芦立は自席のパソコンにパスワードを打ち込み、収容者データベースというシステムアプリケーションを起動させた。

このシステムには、全国の刑務所で服役歴のある人物の顔写真、プロフィール、犯歴などが登録されており、出所後も永遠に消えないデータベースである。人権上の懸念があるため、公には存在しないことになっている。ホストコンピュータは法務本省にあり、アクセス権限は、刑務所であれば、所長と二人の部長、あとは筆頭看守長クラスにだけ許されている。データベースの存在自体、ほとんどの職員には知られていない。

システムが立ち上がると、芦立はある女性の名前を検索して、顔写真を画面に表示させた。

嫌な予感は当たった。

当時と目元の印象は違うが、弁当屋の前ですれ違った児嶋と同一人物だった。

「指導官、これを見てください」

画面をのぞき込んだ火石が、息を呑むのが伝わった。

「弥生さんの前からいなくなった女性は、児嶋ではなく、本橋響子（もとはしきょうこ）といいます」

十年以上前、芦立が勤務していた女子刑務所に本橋が服役していた。本橋は、その世界では有名な詐欺師だった。

以前、弁当屋の前で本橋らしき人物と遭遇したことを、芦立は火石に話した。

「本橋のほうは私を見て驚いた顔をしていたので、おそらく覚えていたのでしょう」

「義姉は金をだまし取られたのかもしれませんね」と火石が顔をゆがめる。

「すぐ警察に伝えたほうが」

「そうします」といって、火石は足早に総務課長室を出て行った。


夜七時。仕事を終えた芦立は官舎に帰宅した。

総務課長室を出て行った火石からは、その後、何の連絡もなかった。気にはなったが、入り込み過ぎるのもためらわれて、芦立のほうから連絡をとることはしなかった。

桜栄土木の件は、明日の朝、桜栄土木の社長へ電話をしてアポを取り、会社へ出向いてみるつもりだった。投書のことを探るため、元受刑者二人と個別に面談する時間を何としてもとりたい。

通勤バッグから携帯電話を取り出した。メールが一件。受信時間は午後六時二分。いつもの早智子からの連絡だった。

『帰るね。聡ちゃんは部屋にいます。今日の献立は——』

早智子が作り置きした料理の名前を目で追う。聡也が何を食べているのか知っておきたいのは、聡也のためというより、いつしか自分の精神安定剤になっていた。

ひきこもりの殻を破って外に出てほしい。そう願っていたはずが、単身赴任で自宅を離れてからは、聡也がおとなしく家にいてくれさえすればと思うようになった。

近所の目などは気にならない。早智子が作った料理を食べて日々を過ごしてくれたら、それでいい。だが、こうした芦立の考えが見えない紐で息子を縛りつけて、外に出られなくしているのではと思うこともある。

もし家族三人で生活していたら、こんな状況にはならなかったのだろうか。

考えたくなくても、そんな思いがときどき頭をもたげる。商社マンの夫は、今も戸籍上は夫であるが、五年以上会っていない。

結婚当時は別居婚という言葉を世に聞くようになっていた。それが当たり前の時代が来ると信じていた。聡也が生まれてからも、夫は日本中を飛び回った。芦立が仕事を手放す選択肢もあったが、夫との生活よりも仕事を選んだ。

聡也が生まれてから、疑問を感じることが多くなった。自分たちは本当に夫婦なんだろうか。別居婚なんて結婚といえるのだろうか。夫は疑問や不満を抱かないのだろうかと。

あるとき、そのこたえを知った。夫の住む都内の賃貸マンションに電話をかけたら女性が出た。

そのことで芦立は夫を責めなかった。どこか不思議と安心さえ覚えていた。そして今の生活を続けていくと覚悟を決め、別居婚を続けた。

そんな芦立にとって、唯一の家族は息子の聡也だった。聡也は手のかからない子で、勉強もよくできた。現役で偏差値の高い国立大学に合格、卒業後は大手の広告代理店に入社した。これで子育ては終了。夫には頼らず自分一人の力で育て上げたと感慨もひとしおだった。

広告代理店に就職が決まったと電話で夫に伝えると、夫は喜ぶどころか不機嫌な声でこういった。——もっと地味な仕事のほうがよかったんじゃないのか。

聡也がやりたいっていうんだから、いいに決まっているじゃないの。しかも大手の代理店よ。芦立の言葉に夫が反論することはなかった。芦立一人の勝利の余韻に水を差してやりたい。だから、そんな言葉を向けてきたのだろうとそのときは思った。

しかし、夫の言葉は正しかった。聡也は会社勤めをして一年が過ぎた頃、仕事にも行かず自分の部屋に閉じこもるようになった。

そのことを夫に伝えたとき、「あいつのこと、ちゃんと見ていたのか」と責められ、何もいい返せなかった。

もっと地味な仕事のほうがよかったんじゃないのかといった夫の言葉は正しかった。一緒に暮らしていない夫のほうが自分よりも聡也の性格を見抜いていた。塀のなかしか知らない私とは違う、「シャバ」を見てきた目で……。

だけど、だけど──。

私は精一杯の力で子育てをした。節穴だったかもしれないけど、聡也をずっと見てきた。

今は聡也が殻を破って出てくるのを待つしかない。信じるのも親の仕事ではないのか。

ただ……待つにしても、近くにいてやりたい。それが母親としての本音だった。

携帯電話に表示された電池マークがあと一つになっていたので充電器につないだ。

冷蔵庫の扉を開けて、夕飯は何を作ろうかと考えた。

そういえば早智子が作った料理は何だっただろう？　ほんの少し前に見たメールの内容を忘れている自分に愕然（がくぜん）としながら、芦立は半分残った豚肉のパックに手を伸ばしていた。

2

日差しはだいぶ傾いてきたが、空はまだ夕陽に染まってはいなかった。

芦立が運転する公用車は、金沢市の西側に伸びる海側環状道路をスムーズに進んでいた。周囲には、大手メーカーの下請け企業の工場がいくつも点在している。

今朝、桜栄土木に電話を入れると、幸い社長の栗本が事務所にいた。出所した人間を受け入れてくれた会社をときどき訪問している。近いうちに社長や元受刑者の社員と話をさせてほしい。そう伝えると、栗本から「何でしたら、今日にでもどうぞ」との声が返ってきた。

栗本との約束は五時。予定より早く着きそうなので、道路沿いのコンビニの駐車場でいったん車を停めて時間を調整した。

火石が用意してくれた書類を封筒から取り出した。インターネットの有料サイトから得た桜栄土木の会社情報だ。このサイトには中小企業や零細企業の会社情報が蓄積されており、一年に一度は会社の情報が更新されるという。

仕事をしたことのない自分は、いかに世の中に疎いかと思い知らされる。三十年以上、塀のなかでしか世の中にこんな便利なものがあるとは知らなかった。だが、同じ刑務官で二十歳も年下の火石は、そういった外の知識にも長けている。

手に取った定型枠の用紙には、桜栄土木の企業情報が詰め込まれていた。

《役員》

社長　栗本安治
専務取締役　桂野虎彦
《大株主》
栗本安治（四〇％）
桂野虎彦（四〇％）
桂野利男（二〇％）

桂野虎彦という名前に目が留まった。刑務所に届いた投書には、専務のイジメがひどい、とあった。投書の内容が事実なら、この桂野虎彦という人物がイジメの加害者ということだ。会社を訪れた際は、元受刑者だけではなく桂野のこともよく見ておきたい。

約束の時間が近くなったので、芦立は車を会社に向かわせた。

道路を一本折れてしばらく進むと、桜栄土木の看板が見えた。鉄柵に囲まれた敷地内に車を乗り入れた。数台の重機、砕石や土の山が目に入った。端のほうにある色褪せたプレハブ造りの二階建てが事務所のようだ。

空いている駐車スペースに車を停めていると、事務所のドアが開き、小太りの男が飛び出してきた。栗本だった。

芦立が車を降りると「ようこそ、ようこそ」と何度も腰を折った。栗本はネクタイこそ締めているが、作業着を羽織っている姿は、社長というより古参の経理係長といった風情だ。

外階段を上がり、事務所の二階の部屋に入った。応接セットで栗本と向かい合うと、肥えた中年女性が芦立と栗本に緑茶を出した。

栗本は世間話のつもりか、最近請け負った工事のことを話し始めた。話はなかなか途切れず、栗本が湯飲みに口をつけたところで、芦立はすかさず切り出した。

「桜栄土木さんには、加賀刑務所の出所者を何人も受け入れていただいてありがたいと思っています。ですが、なかなか続かないようですね」

穏やかだった栗本の表情が曇り、「申し訳ありません。私の努力不足です」と頭を下げた。

いえいえ、と芦立は慌てて手を振った。

「御社に何か問題があるなどとは思っていません。ただ、刑務所としてはなるべく離職させずに長く働ける仕事に就かせたいと考えています。会社と受刑者をマッチングする際に参考にしたいので、彼らが辞める理由など、思いつくことがあれば教えていただきたいのですが」

栗本は天井を見上げて、「うーん」と唸ると、こういった。

「我慢ができないんですよねえ。ある日、急に仕事に来なくなって、どこに行ったのかもわからなくなる。加賀刑務所から来た四人が辞めたときも、だいたいそんな感じでした」

「今日は、このあと、香取、国分と会いたいのですが」

「香取君なら、もうすぐ現場から帰ってくるので、会えますよ。国分君のほうは、ここ最近、仕事を休んでおりまして」

「休んでいる？　病気か何かですか？」

「現場で足を滑らせて転んで、そのときに肘を怪我したんです。怪我のほうは少しずつよくなっているんですけど、こっちのほうが」

栗本は、げんこつを作って自分の胸を軽く叩いた。

「どうも心の病らしいです」

「何がストレスなのか、本人から話は聞いていますか」

「はっきりとは教えてくれないんですが、だいたい予想はつきます。この仕事って一度怪我をしたら、恐怖心で仕事ができなくなる人間もいるんです。おそらく、それだと思います。国分君もしばらく時間がかかるかもしれません」

心の病気というのは気になるが、これだけの情報では、国分が投書の差出人かそうでないかは、わからない。仕事を休んでも会社にとどまらせてもらっている身であれば、会社に感謝しているはず。だからといって、不満を抱いていないということはない。仕事に行かず部屋にこもっていれば、投書を出そうと思いついても不思議ではない。

考え込んでいる芦立の様子を不穏に感じたのか、栗本がぶるぶると首を振った。

「だからといって、辞めさせたりしませんから。ちゃんと面倒を見ますんで。国分君は真面目で従順ですし」

国分に会うのは無理。となると、今日会えるのは、香取だけか。

「香取は、刑務所からのあっせんではなく、ほかの会社から移ってきたのですよね」

「ハローワーク経由でウチに来ました。前は左官屋で働いていたんですけど、人間関係がうまくいかなくて、それでやめたって聞きました」

「ここでは、どんな感じですか」

「仕事は熱心です。まあ、ヒヤヒヤするときもありますけど」

「ヒヤヒヤ？」

「頑固な性格なのか、トラの指示にときどき不満そうな態度を取るんです。トラのほうも悪いんですけどね。この前もつかみ合い寸前になって、慌てて止めに入ったんです」

「失礼ですが、トラというのは？」

「すみません。桂野虎彦のことですわ」芦立は真顔を保ちつつ、「桂野さんというのはどんな方ですか」と尋ねた。

「うちの専務です。現場はトラに任せています」

「栗本社長とのご関係は」

「遠い親せきです。トラは、昔、暴走族のリーダーをやってて、少年院にも入っていたんです。今は悪さこそしなくなったんですけど、社員たちにはとても厳しくて」

栗本が苦笑いを浮かべた。

「もうちょっと手加減してやればいいのにと思うんですけどね。でも、仕事はしっかりやってくれているので、こっちも口は出さないようにしているんです。元々、この会社も桂野家のものですし、トラがしっかり仕事をしてくれれば、先代への一番の恩返しにもなりますから」

「会社が桂野家のものというのは？」

「先代社長には息子が一人おりまして、それがトラの父親なんです。先代は息子に会社を継がせたかったようですが、息子のほうは仕事もせずぶらぶら遊んでばかりいました。結婚はしていましたが、夫婦の仲もよくなかったみたいで。結局、トラが中学のときに離婚して、そのころからトラは荒れ始めたようです」

栗本が茶をすすった。

「十年前に先代社長が亡くなり、先代の息子は肝臓を患って病院を出たり入ったりで。会社を継ぐ人間がいなくて、桂野家の遠縁だった私が社長を引き受けました。それまではほかの土建会社で働いていたんですけど」

「出所者を積極的に受け入れてくださったのは、栗本さんが社長になってからですよね。何かきっかけはあったんですか」

「私が社長を引き受けたときに、ちょうどトラが少年院から出所したんです。家族や親せきは、トラと関わりたくない感じでしたし、トラのほうも、また悪さをしでかしそうな雰囲気でした。私は、生前、先代から、虎彦の面倒を見てくれと頼まれていたので、何とかまっとうな道に進ませてやろうと、トラをここで働かせました。最初は全然いうことを聞かないんで、苦労も多かったですけど」

「そうだったんですか」

「何とかアイツも人の道を踏み外さない人生を送れるようになりましてね。そのとき、やりがいを感じたんです。こういう若者がまだ世の中にいるなら手助けしたいと。だから、うちの社員は、ほとんどがわけありですよ。刑務所に入ったことはなくても、トラみたいに若いころに悪かったり、ひきこもりの経験があったりとか」

ひきこもり。おのずと聡也のことが頭に浮かんできた。

急に外が騒がしくなった。バンと数台のトラックが会社の敷地に入ってきた。

「現場から帰って来たようです」

バンからニッカボッカー姿の作業員たちがぞくぞくと降りてくる。

「じゃあ、香取を呼んできます」

栗本が事務所を出て行った。窓越しに眺めていると、栗本は荷下ろしを始めた作業員の一人に話しかけた。その作業員が事務所のほうに目を向けた。鋭い眼光にあごひげ。首筋まで伸びた後ろ髪。香取だった。

栗本に肩を叩かれると、香取は事務所に向かって歩き出した。栗本のほうは、その場に残ってほかの作業員たちの仕事を見守っている。

香取が事務所に入ってくると、「お先です」と声がして、事務の中年女性がキーホルダーの鈴を鳴らしながら、香取とすれちがいで事務所を出て行った。

事務所には芦立と香取以外、誰もいなくなった。

香取は芦立の前で直立すると、無言で会釈をした。芦立は微笑を浮かべて、「ごくろうさま」と声をかけ、向かい側に座るよう促した。

腰を下ろした香取は、顔をうつむけて芦立と目を合わせようとはしなかった。

「あの、何でしょうか」香取が警戒心を含ませた声で尋ねた。

「いろいろな会社にお邪魔して、社長さんや元受刑者に話を聞いているんです。ただの雑談ですから、何でも気楽に話してください。最近、仕事のほうはどうですか」

「話すことはありません」香取が目を伏せたままこたえる。

「たとえば人間関係で悩んだりはしていませんか」

「建前はいいから、はっきりいってくれませんか」

顔を上げた香取と視線がぶつかった。その目がかすかに充血していた。

「前みたいに会社の人間を殴ったりしないか心配で、俺のことを見に来たんでしょ」

芦立は香取の問いにはこたえず微笑を保った。香取が桜栄土木でトラブルを起こさないかは、もちろん心配だ。だが、今は匿名の投書を刑務所に送った人物を特定するのが一番の目的である。まずは香取に全部吐き出させる。

「話したいことがあるんじゃないですか」

「だから、何もないです」

香取が顔をそむけた。苦いものでもかみ締めたような目をして窓の外を眺めている。

事務所の外では、栗本が従業員を集めて何か話をしていた。

香取は仕事のことが気になるのだろうか。仕事は熱心だと栗本もいっていた。

何となく香取の横顔を見つめていた芦立は、あることに気づいてハッと息を呑んだ。

香取の耳に白い塊がこびりついていた。

「もういいですか。仕事が残ってるんで」

香取はそういって立ち上がると、芦立の言葉を待たずに事務所を出て行った。にわかに脈が乱れ、芦立は深く息を吸った。ほかの従業員に混じってトラックから器材を下ろす香取を目で追う。

結局、香取は何も語ろうとはしなかった。だが、大きなてがかりを見つけた。香取の耳に付着していた白い塊——おそらく、あれはセメントコンクリート。刑務所に届いた封筒の底にわずかに溜まっていた白い粒と同じものではないのか。

事務所を出ると、夕暮れどきの空は薄赤く染まっていた。

栗本に挨拶してから辞そうと思ったが、事務所の外にその姿は見えなかった。

「オイ！　チンタラすんじゃねえよ」

太い声があたりに響き渡った。

声のほうに反射的に目を向けた。ひときわ派手な紫色の作業着。身体は、ほかの誰よりも大きい。年齢は三十代。無精ひげに細くつり上がった目。どういうわけか鉄パイプを握っている。

その男と目が合うと、男が肩を揺らしながら近づいてきた。

芦立は自然と身を硬くした。

「オウ。何か用か」

男は鉄パイプを自身の肩に乗せて、肩たたきをするように動かしている。

「栗本社長は、もうお帰りですか」

「用があって帰った。それより、あんた誰？」

ほかの従業員たちが遠目で二人のやり取りを見ている。

加賀刑務所から来たと口にしないほうがいいかもしれない。

「法務省の職員です」

「ハアン？　法務省だと」

男があごを上げて、芦立に尖った視線を落とす。「名刺を見せてくれ」

芦立は仕方なく名刺を差し出した。

男は名刺をつまんで一瞥すると、フンと鼻を鳴らして、胸のポケットに押し込んだ。

「あの失礼ですが、お名前をお聞きしてもよいでしょうか」

男は鉄パイプを肩から下ろすと地面に突き刺して、

「桂野だ」と太い声でいい放った。

この男が桂野虎彦——。

芦立がしばし呆然としていると、桂野は背を向けて、元いた場所に戻っていった。

「何やってんだ。おせえぞ。早くやれ」

作業場にドスの利いた声が響き渡った。

3

会社を訪れた甲斐はあった。車に乗り込んだ芦立はエンジンこそかけたが、その場にとどまって思考を整理した。

香取の耳にこびりついた白い塊——投書の差出人は香取と考えていいかもしれない。そして何よりの収穫は、桂野と会えたことだ。従業員への怒声。初対面の芦立への横柄な態度。前科者特有の空気。専務のイジメという投書の内容は、嘘ではなさそうだ。あの桂野に対して、香取が反感を抱くのも無理はない。面談のとき、途中で香取が外に目を向けていた。あのときの険しい眼差しは、桂野に向けたものだったのではないか。

もしそうなら、香取は爆発寸前だ。大きなトラブルを起こす前に何とかしなくては。

仕事を終えた従業員たちが自分の車に乗り込んでいく。ヘッドライトを点けた車が、次々と駐車場を出て行った。

やがて型の古い黒い軽自動車に香取が乗り込むのが見えた。車が動き出したので、芦立はゆっくりとアクセルを踏み、香取のあとを追った。

環状道路を五分ほど走って、香取の車はコンビニの駐車場に入った。駐車場は広かったので、香取の車から離れた場所で車を停めることができた。

店に入った香取は、レジでタバコを買うと、軒下の喫煙所でタバコを吸い始めた。香取以外に誰もいない。芦立は車を降りて香取のいる喫煙所に近づいた。

芦立の姿を認めた香取は、不機嫌な表情を浮かべると、斜め上を向いて煙を吹き上げた。

「何すか、ったく」

事務所で面談したときとは違い、香取は感情をあらわにした。

「もう少しだけ話を聞かせてほしいの」

「こんなところまでやってきて、一体、何なんですか。嫌がらせですか」

「嫌がらせではありません」芦立は強い口調でいった。

「じゃあ、いわせてもらいますけど、さっきみたいに事務所まで来てうろうろされたら困るんですよ。まわりからは何かやらかしたんじゃないかって目で見られるし」

香取が芦立から顔を背けた。その耳には白い塊がへばりついたままだった。

「あなたよね」

言葉が口をついて出た。

「何がですか」

「投書よ」

「投書？　そんなもん知りませんよ」

「我慢していることがあるなら話してほしいの」

「不満はいっぱいありますよ。でも話してどうにかなるんですか」

互いの視線がぶつかり合う。あと少し。あと少しで香取は本音を語りそうだ。

そのとき、派手な電子音が二人の間を流れた。

香取がズボンのポケットから携帯電話を取り出した。険しかった表情がわずかに緩んだ。香取はタバコを消すと、駐車場の隅に移動して、誰かと話し始めた。

会話はすぐに終わり、香取が芦立のところへ戻ってきた。

「用事ができたんで、もう勘弁してもらえませんか」

「あと少しだけ話をさせてもらえないかしら」

「急ぐんですわ。ドラッグストアにオムツを買いに行かねえと」

「オムツ？」

「ちょっと前にガキが生まれたんです。女房から、紙オムツを切らしたって電話があって」

「結婚してたの？」

香取が小さくうなずいた。

「おめでとう……」

香取は軽く頭を下げると、いそいそと車に乗り込んだ。

黒い軽自動車が駐車場から出ていくのを眺めながら、芦立はぼんやりと考えた。

ガキが生まれたんです――感情を押し殺した表情の香取だったが、その目は幸福に満ちていた。妻に頼まれてオムツを買いに行く良夫。今の香取に、会社への不満を刑務所にぶつけるなんて考えは思いつくだろうか。

香取じゃない。では、国分か。

国分は会社の借り上げアパートに住んでいる。アパートの住所は、協力雇用主契約を結ぶ際に、会社情報のデータに登録されている。車に戻った芦立はファイルから住所を確めると、カーナビに入力した。この場所からアパートまでは一キロメートルほどの距離だった。

国分に会えなくても、住まいだけは見ておこうと、ナビに従って車を走らせた。

古い住宅街に入り細い路地を進むと、そのアパートはすぐに見つかった。アパートの前には、大きなSUVがハザードランプを点滅させて停まっている。芦立の車を停めるスペースはなかったので、三十メートルほど先へ進み、道幅が広くなったところで車を停めた。

車を降りて道を戻った。街灯は少なく道は暗い。空き家が多いのか、窓に光が灯っている家のほうが少なかった。

目当てのアパートは二階建てだった。道路から奥に向かって延びる通路があり、壁には古びたドアが並んでいる。おそらく社員用に古いアパートを買い取ったものだろう。トタンの壁は錆(さ)びが激しく、築三十年以上は経過している年代物だ。しかし、出所したばかりの人間にとって寮が完備されているというのはありがたい。

芦立が通路に足を踏み入れようとしたところで一階の奥のほうから声が聞こえた。

「じゃあな」男の声がした。

芦立はとっさに引き返してアパートと隣家の間にある電信柱の陰に身を隠した。

足音がして大きな人影が現れた。その人物は停めてあったＳＵＶの運転席のドアを開けた。ハザードランプの光が顔を照らして、芦立の息は止まりそうになった。そこにいたのは、桂野虎彦だった。

芦立が身を隠している電柱の横を、ＳＵＶが通り過ぎて行く。

テールランプが見えなくなるのを見届けて、芦立はアパートの通路を進んだ。一番奥、五番目のドアの前で立ち止まった。表札には手書きで国分と書いてある。

芦立は、ドア上のはめ殺しのガラスを見上げた。通路の光に照らされているだけで、部屋のなかに灯りはついていない。

桂野と話していたのは、おそらく国分にちがいない。桂野は心の病でふせっている国分のもとへ何を伝えに来たのか。

——今話を聞いてみようか。

ドアをノックしようと手を振り上げたが、芦立の手はそこで動かなくなった。

なぜか場面が愛知の自宅に変わっていた。目の前にあるのは、聡也の部屋のドアだった。

心理カウンセラーの声が耳の奥で聞こえた。——無理に外に出そうとしてはいけません。

やがて芦立はそっと手を下ろすと、ドアに顔を近づけて耳を澄ませた。

一分、二分と過ぎていく。

いくら待っても、ドアの向こうはまるで空洞のように何の音も聞こえなかった。

4

翌日、火石が総務課長室を訪れた。

「桜栄土木に出向かれたそうですね。どうでしたか」

芦立は、昨夕、見聞きしたことを火石に語った。桜栄土木に出向いたあと、もう一度香取に接触し、妻子がいるとの話を聞いたことや、国分の住む会社の借り上げアパートで桂野を見かけたことも伝えた。

話を聞き終えた火石は「香取は投書の差出人ではなさそうですね」といった。

「私もそう思いました。ただ、投書にあったイジメというのは事実かもしれません」

「桂野という専務のことですね」

「粗暴な印象を受けましたし、休職中の国分のアパートに行ったのも気になります。もしかしたら国分を脅しに行ったのかもしれません」

「脅し？」

「私の名刺から刑務所の職員だと知り、何か感づいて国分を問いただしたか、あるいは都合の悪いことを隠すために、口裏を合わせろと迫ったのかもしれません」

芦立の推理に、火石が軽くうなずいた。

「指導官。今回、私は元受刑者が会社でトラブルを起こすことばかり心配していましたが、少し考えを改めなければいけないのかもしれません。投書の差出人がもし国分なら、彼は苦しい思いを吐露したくて刑務所あてに投書を出した可能性があります」

栗本社長の評では、国分は真面目で従順な性格だという。国分の心の病は、怪我がきっかけではなく、桂野のいじめによってストレスをため込んだのが原因という可能性もある。

「桜栄土木について何か情報が得られないか、私のほうでもネットで検索してみました」

火石が一枚の紙を差し出した。ネットの匿名掲示板をプリントアウトしたものだった。

「この掲示板には加賀刑務所のことが書き込まれているのですが、半年前に『Ｏ（オー）土木のＫ（ケー）は最低だった』という書き込みがありました。もしかしたら、Ｏ土木は桜栄土木で、Ｋは桂野という意味かもしれません」

ネットの匿名掲示板に出所者が刑務所がらみのネタを書きなぐっているというのは、よく聞く。しかも、昨日は桂野を直に見たので、火石から聞いた書き込みの内容にもさして驚かなかった。

「文章の最後が『だった』という過去形なので、会社を辞めた四人のうちの誰かが書いたのかもしれないと、彼らの名前を検索してみました。結局、書き込んだ人物を特定できそうな情報にはたどりつけませんでしたが、偶然こんなのを見つけまして」

火石が差し出したのは、ネットのニュースサイトにアップされた新聞記事だった。

『アパート火災　男性一名死亡』

日付は二か月前。群馬県のアパートで火災があり、逃げ遅れた男性が一名死亡したという内容だった。死亡したのは内海（うつみ）幸生（ゆきお）。三十五歳となっている。

男性の名前を見ても、何の記憶も想起されなかった。

「内海は二年前に加賀刑務所を出所して、桜栄土木に就職しています」

「火災で死亡した人物が服役していた内海で間違いないのですか」

「管轄の警察署に照会したところ、加賀刑務所に服役していた内海との確認が取れました」

男性一名死亡。その文字が急にかすみ、投書の字面に置き換わった。

——また殺される。

何かが芦立の頭蓋を叩いた。

「内海は、香取や国分と接点はあったのですか」

「香取との接点はなさそうでしたが、内海と国分は刑務所で同じ居室でした」

芦立はつばを呑み込んだ。国分と内海がつながった。もし、国分が投書を出したのなら、「殺される」という文言は、内海の死と何か関連があるのかもしれない。

心を病んだ国分は真っ暗な世界で気配を消しながらも、外の世界に助けを求めた。それがあの投書なのではないか。

国分を死なせるわけにはいかない。国分のもとへ行ってみるか。しかし……。

不意に国分と聡也が重なりあい、心理カウンセラーの言葉がよみがえった。

——こちらから手を差し伸べるのは、かえって逆効果になることもあるんです。

会ってもいいのか。国分は本当にそれを望んでいるのか。

悩んでいると火石の視線を感じた。芦立の葛藤に気づいている眼差しだった。

火石に判断を仰ぐか? いや、だめだ。これは自分で決めるべき案件だ。

芦立は、数秒だけ瞑目した。

決断に時間は要しなかった。目を開き、「国分に会いに行ってきます」と火石に告げた。

「私もご一緒させてください」

「今日の夕方にでも行こうかと思いますが、指導官のご都合は?」

「大丈夫です」

火石の瞳がかすかに揺れ動いた。

「お義姉さんのことは、よいのですか」

火石があいまいにうなずく。らしくない態度が妙に気になった。

「昨日は、警察に連絡したのですよね」

「義姉と姪を連れて警察に行ってきました。警察に動いてもらうには、被害届を出す必要があるのですが、義姉がそれは少し待ってほしいといいまして」

「どうしてですか」

「児嶋のこと……本橋のことを、まだ信じたいっていうんです」

芦立は、弥生の気持ちが何となく理解できた。金をだまし取られたと認めたくないのは、ある種の防衛本能からくるものだ。認めてしまえば、だまされた自分への嫌悪感が心の底ではびこる。

「義姉を説得して、近いうちに警察に被害届を出させるつもりです」

「私でよければ、いつでも相談に乗ります」

「ありがとうございます」

礼の言葉を口にしつつも、火石の表情はどこか憂いの色をたたえていた。

この火石をもってしても、うまくいかないことがある。身内のことほど、そうだ。

息子の問題を抱える芦立には、それがよく理解できた。

5

夕方、芦立が運転して、火石と一緒に国分のアパートへ向かった。

アパートの前にＳＵＶは停まっていなかったが、昨日と同じ、少し離れた場所に車を停めた。

一階の一番奥にあるドアの前に立った。はめ殺しのガラスを見上げたが、室内に灯りはついていない。なかに人はいないのではと思えるほど、ひっそりとしている。

ドア横のチャイムを押すと、なかから呼び出し音が聞こえてきた。

待ってみたが、ドアの向こうからは何の音も聞こえてこない。

芦立は一つ息を吸ってから、ドアをノックした。

「国分さん、いらっしゃいますか」

返事はなかった。

もう一度、ノックした。

「国分さん、いらっしゃいますか」

ドアの向こうでかすかに音がした。

芦立はドアに顔を近づけ、「加賀刑務所の芦立と申します」と小声で告げた。

沈黙。数秒がとても長く感じられた。やはり出てこないか……。

息を潜めていると、ガチャと音がしてドアが開いた。

薄暗がりのなかに、虚ろな顔が現れた。無精ひげに、肉が削げ落ちた頬。添え木で固定されている右腕。国分亮一だった。

芦立、火石の順で自己紹介をした。

「急に押しかけてすみません。会社をお休みになっていると聞いたものですから」

感情の起伏を失っているのか、国分は二人を見ても驚いた様子はなかった。

「少しお話を聞かせてほしいのですが。もし、よかったら、車のなかに移動しませんか」

国分は無表情のまま首を横に振ると、「どうぞ、入ってください」といった。

三人は、狭いキッチンを通り抜けて奥の部屋に入った。

乱雑な部屋を想像していたが、意外にも整理整頓が行き届いていた。布団は畳んで部屋の隅に置いてある。ずっと部屋にいても、寝ているわけではないようだ。刑務所生活の習慣が今も染みついているのかもしれない。

「座布団も、飲み物もありませんが……」

「そんな気遣いはいりません」と芦立がこたえる。

三人とも畳の上で正座した。

「栗本社長から我々のことを聞いていますか」と芦立が尋ねた。

「いいえ、何も」国分は、ぼそりとこたえた。

芦立は、昨日、栗本や香取に話したのと同じように、受刑者が仕事に就くための参考にしたいので、いろいろな会社をまわって出所者から話を聞いていると説明した。

「さっそくですが、仕事の内容とか人間関係で悩みがあれば、話してもらえないかしら」

「何もありません」

声こそ小さいが、断固とした口調だった。香取のときと同じで、国分も何もかもを拒否するような空気を発している。

「怪我をしたそうですね。腕の調子はどうですか」

「少しずつ、よくなっています」

国分は目を伏せたままで、態度に変化はない。芦立は少し踏み込んでみることにした。

「その怪我って、仕事中の怪我なの」

「はい」

「本当？　嘘ついていない？」

芦立が強い口調で迫ると、国分の表情に戸惑いが混じった。

「これは、自分の不注意です」

おそらく嘘はついていない。だが、ぴんと来るものがあった。国分は胸のうちに何かを隠している。

「国分さん、辛いことがあるなら話してください」

「話すことは何もありません」

やはり、一切を拒絶する口調だった。

部屋の空気が膠着（こうちゃく）した。部屋の隅に置かれた目覚まし時計の針の音だけが聞こえてくる。

「国分さん」火石が穏やかな声で呼びかけた。

「内海幸生をご存知ですよね」

国分の頬がぴくっと動いた。

「内海が桜栄土木を辞めたのは一年前。あなたが働き始めたのは半年前。会社での接点はありません。しかし、あなたは加賀刑務所で、内海と同じ居室でした」

「それが、どうかしたんですか」

「内海は二か月前に亡くなりました」

「……」

それまで虚ろだった国分の表情に苦しげな色が差しこんだ。国分は内海が死んだことを知っている。

「内海のようになりたくなかったら、しっかり働け。そういわれたんじゃないですか」

膝に置いた国分の手が震えていた。

「あなたの口から聞きたいのです。内海のこと、あなたが仕事に行けなくなった理由を。どうか話してください」

「……」

狭い室内に時計の針の音だけが鳴り響いた。

火石と芦立は、時間の感覚がなくなるほど待ち続けた。

やがて国分は深く息を吐きだすと、重い口を開いた。

6

芦立の車は、桜栄土木の事務所を目指していた。

ハンドルを握る芦立は、国分の言葉を思い出していた。

――前は、あんな人じゃなかったって聞きました。

会社の敷地に車を乗り入れると、芦立、火石の順で事務所の外階段を上がっていった。

「こんばんは」

事務所のドアを開けると、桂野が一人パソコンに向かってキーボードを打ち込んでいた。

顔を上げた桂野は剣呑な眼差しで芦立を睨みつけると、その視線を背後の火石に動かした。

「そっちのあんたは誰？」

「加賀刑務所の火石と申します。遅い時間に申し訳ありませんが、どうしても桂野さんとお話ししたいことがありまして」

「出てってくれ。こっちは仕事がたまってて忙しいんだ」

「そこをお願いします」

言葉こそ丁寧だが、引くことはないと感じさせる押しの強さが火石の声にはあった。

桂野は、おおげさにため息をつくと、応接セットに移動してソファに腰を下ろした。

芦立と火石は失礼しますと断って、桂野の向かい側に座った。

「で、話って何だよ」桂野が胸のポケットから煙草を取り出した。

先日、加賀刑務所に匿名の投書が届いたんですが、と火石が語り始める。

「そこに桜栄土木のことが書かれてありまして」

「ウチの会社のこと？」

煙草をくわえようとした桂野の動きが止まった。

「投書には、桂野さん、あなたのイジメのことが書かれてありました」

「何だ、チンコロかよ」といって桂野が大きな舌打ちをくれた。

チンコロ——。受刑者が使う隠語で密告を意味する。

「ムショあてに送るなんて。一体、どいつのしわざだ」

「投書の差出人が誰なのか気になりますが、まずは桂野さんに訊きたいことがあります。あなたは社員イジメをしているのですか」

「そんなことするわけねえだろ。ただ……」桂野が不敵な笑みを浮かべた。「社員教育が厳しいのは大いに認めるけどな」

芦立は黙って奥歯をかみ締めた。隣の火石は平然としている。

「で、あんたら、俺に何がいいたいんだ」

桂野は、くわえた煙草に火をつけた。

「協力雇用主のことです」

「悪いが、そういうの、俺はわからねえ。社長と話してくれ」

桂野は上を向いて盛大に煙を吐くと、半笑いの唇に煙草を差し込んだ。

——本当にこの男が。

車のなかで火石から聞いた話がまだ信じられなかった。

芦立は火石に、(ここは私が)と目で断ると、「桂野さん」と語気を強めて呼んだ。

「なんだよ」

「昨日、私がここを訪れたとき、鉄パイプを持って横柄な態度を見せたり、社員を大声で叱り飛ばしたりしていましたよね」

「それがどうした」

「あれは、わざとだったんですか」

桂野は目を丸くすると、次の瞬間、豪快な笑い声をあげた。

「わざとも何も、知らない奴がガンとばしてくりゃあ、何者なのか訊くのが普通だろ。それによ、社員を叱り飛ばすのだっていつものことだ。さっきもいったじゃないか、社員教育は厳しいって」

社員教育という名のイジメ。加害者は桂野。これで決まりではないのか。そんな思いもよぎるが、すとんと胸に落ちてこないのもたしかだった。

芦立は半信半疑のまま、核心に迫ることにした。

「投書には、専務のあなたが社員をイジメていると書いてありました。だから、昨日はそのイメージに沿った姿を私に見せるのが目的だったのではないのですか」

「どうして、俺がそんなことをする必要がある？」

「それは——」

芦立はいいよどみ、火石に視線を移した。すると火石が、

「刑務所に投書を出したのが、あなただからですよ」と瞭然（りょうぜん）とした声でいった。

「ハア？」

桂野の声が裏返った。

火石の推理を聞いたとき、まさかと思った。なぜなら、桂野が投書を出す動機が見当たらないからだ。協力雇用主から外れて元受刑者の受け入れをやめれば、国からの協力金、安価な人件費、さらには社会貢献という宣伝材料が消えてなくなる。それは桜栄土木にとって痛手だ。しかも桂野は現場を取り仕切っている。人手が足りなくなれば、仕事もやりにくくなる。その当人が自身と会社を貶（おとし）める内容の投書を出したり

するだろうか。

「自分が悪者になる覚悟で投書を出したんですよね」火石が畳みかける。

「あんた、何おかしなことといってんだよ」

「もう一度いいます。投書を出したのは、あなたです」

火石と桂野の視線が絡み合う。桂野は火石を見据えたまま煙草を吸いつける。火石のほうは感情を消した顔で桂野を凝視している。

桂野がフッと笑い、先に視線を外した。宙を見上げて煙を吐く。

「そう、あれを書いたのは俺だ」

「わざわざご自身の名前を出してまで、あんな投書を出したのはなぜですか」

「ムショ帰りの人間なんて使えない奴ばかりで、こっちは、ほとほとうんざりしてるんだ。それで、ああいう投書を出して、協力雇用主から外してもらおうと思ったわけよ」

「本当にそれが理由でしょうか」

「どういう意味だ」

「あなたが手首に巻いている、それは数珠ですよね。何のために巻いているのですか」

「これか？　ファッションみたいなもんだ」桂野は持ち上げた手首をぐるぐるとまわした。

「内海幸生が亡くなってから巻くようになったと国分さんから聞きました」

桂野の顔が急に歪んだ。

「あんたたち、国分に会ったのか」

アパートで国分から聞いた話によると、桂野は、桜栄土木の従業員、とりわけ前科者のことをいつも気にかけていた。ときには、おせっかいが過ぎて、いざこざになることもあるが、従業員たちは、みな、桂野を頼りにしているという。

内海にしてもそうだった。体調を崩して桜栄土木を辞めたあと、仕事を求めて関東方面に移ったが、それからも内海は桂野とときどき連絡を取り合っていた。

「アパート火事で内海が死んだとき、桂野さんはすぐに群馬へ向かったとうかがいました」

「ちっとは責任を感じてたからな」

桂野が煙草を灰皿に押しつけた。

「俺と出会っちまったせいであいつは体を壊した。転職したはいいが、火事に巻き込まれて死んじまったって聞くと、何だかこっちも寝覚めが悪くてよ。だから、もう元受刑者を会社に入れたくないんだ」

「それで、協力雇用主から外れようと、あんな投書を出したのですか」

「そのとおりだ」桂野がうなずく。

「桂野さん。私はあなたが本当のことを話しているとは思えないんですが」

「いや、これが事実だ。この俺が……内海を殺したようなもんだ」

「会社の従業員は、みんなあなたのことを慕っていると聞きました。従業員が会社を辞める原因は、あなたにあったわけじゃないのでは」

「何だ、慰めているのか？」

桂野は笑おうとしたらしいが、唇は吊り上がらなかった。

「本当のことを話してください」

目を逸らした桂野は、新しい煙草に火をつけた。煙を吐き出すときの表情はどこか苦しげで、何かに耐えているようだった。

いいたくてもいえない。香取、国分と同じだ。

「では、私がいいましょう。原因は栗本社長ですね」

「――」

「従業員をイジメているのは、栗本社長だと国分から聞きました」

「何かの間違いじゃないのか。国分の奴、でたらめいいやがって」

「嘘をつくのはやめてください。桂野さん、あなたが一番わかっているはずでしょう」

桂野が、ぐっと奥歯をかみ締めるのがわかった。

――栗本社長が怖くて……。

国分からその言葉を聞いたとき、芦立はにわかに信じられなかった。丸顔で愛想よく笑う社長。温厚で腰の低い、あの人物が社員をイジメているなど、想像もつかなかった。

「桂野さん、本当のことを話していただけませんか」

火石の声が届いていないかのように、桂野は固まっていた。煙草が短くなり、灰がテーブルに音もなく落ちる。やがて表情から険しさは消え、鬱積した疲れが浮き上がってくるのが見えた。

「前はあんな人じゃなかった」と桂野がつぶやいた。

国分から聞いたのと同じセリフだった。

「不景気が長く続く今の世の中が社長を変えちまったんだ――」

ここ数年、会社の資金繰りは苦しかった。採算割れになりそうな仕事でも取れるものは取らないと会社はまわらない。利益を出すには、人件費を削らなくてはならなかった。

「社長は社内預金と称して従業員の給料を天引きしていたが、天引き分がまともに支払われたことなんてなかった。でも、それはまだいい。会社が苦しいのはみんなわかっていた。だけど……」

不満のある従業員は辞めていったが、みんながみんな辞めるわけではなかった。前科者が正社員として働ける会社など、なかなか見つからない。待遇に不満はあっても桜栄土木なら社員寮も完備している。

「景気が悪くなって社長もストレスが溜まっていたんだと思う。従業員への接し方が、どんどん厳しくなって」

栗本は社員にきつい言葉を浴びせた。なかでも元受刑者には容赦がなかった。

——このカラスどもが。

——おまえらなんて、うちの会社を辞めたら行くとこなんてないからな。

——ムショにいくか、死んで地獄に落ちるか、そのどちらかだ。

「ウチらの業界では仕事ができない奴をカラスって呼ぶんだ。内海は少し抜けたところはあったけど、明るくていい奴だった。もう二度と人様には迷惑はかけないってのが口癖で。内海は栗本社長からひどい暴言を浴びせられても黙ってこらえてた。だけど、ある朝、体が動かないと連絡があって……。それから数日たって、会社を辞めたいと相談を受けた。あいつがしんどそうに仕事をしていたのは知ってたから、俺は引き留めなかった。しばらくして、群馬で就職したからアパートの保証人になってほしいと連絡を受けて、これで大丈夫だと安心してたんだ。ところが、二か月前に警察から俺んところに……」

桂野はそこで言葉を切り、下唇をかんだ。

「警察の話によれば、火災が起きたとき、ほかの住民はすぐに避難したのに、内海だけ逃げ遅れたのは、向精神薬で深い眠りに入っていたせいじゃないかって。そのあと、葬式のときにちらっと耳にしたんだ。内海は、以前の記憶がフラッシュバックするから薬を手放せないと周囲に漏らしていたって。それを聞いた瞬間、胸が締めつけられてよ。うちの会社で受けたひどい仕打ちがあいつの心にずっとこびりついて、生きる気力を取り戻せていなかった。だから、あいつは火事に気づいていても、わざと逃げなかったんじゃないかって」

桂野はあふれる感情を抑えるかのように両頰を膨らませてから、ふうっと息を吐いた。

「俺は思ったよ。うちの会社が内海の心を壊して死に追いやった。罪を償い、まっとうに生きようとする人間の人生を潰したんだってな。この桜栄土木は、元受刑者を受け入れてるなんて自慢できるような会社じゃない。むしろ逆だ。こんな最低の会社、出所した人間を受け入れる資格なんてないんだ」

「桂野さん」

芦立はたまらず声をかけた。

「そこまで思うなら、専務のあなたが、社長に従業員たちへの態度を改めるよう進言したらどうですか」

「社長に意見をいうなんて、できるわけがない。あの人は桂野家の恩人だ。祖父が始めたこの会社を、ウチのオヤジがどうしようもねえから、二つ返事で引き受けてくれて。しかも、それだけじゃない。少年院から出てきた俺のことを、何とかまともな道に進ませようとホントよくしてくれた。オヤジは半年前に病気で亡くなっちまったが、こうして会社が続いているのは、全部社長のおかげなんだ。社長の立ち振る舞いに、俺なんかがどうこういう資格なんてない」

桂野が目頭を押さえた。苦しみにもがくその姿は、初めて見たときとは別人だった。

匿名の投書に込めた桂野の思い――内海のような不幸が起きないようにするには、刑務所との関係を断ち切って、元受刑者の受け入れをやめるしかない。しかし、会社で起きている真実を暴露し、社長の評判を落とすようなことがあってはならない。ならば、社長ではなく、自分が元受刑者たちをイジメていたことにすればいい。桂野には少年院に入所していた経歴がある。もしも、刑務所の人間が来たら、自分が元凶だという言動を示して信じ込ませようとした。

あの温厚な栗本が社員を蹂躙（じゅうりん）するような言動をしていたとは……。話を聞いたとき、芦立は信じられなかった。だが、今なら思い当たることもある。現場から戻ってきた香取に栗本が声をかけたとき、香取の表情は硬かった。芦立との面談のとき、香取は窓の外に険しい視線を送っていたが、あれは桂野に対してではなく栗本に向けたものだった。

「国分を心配して、アパートによく通っているそうですね」

「内海みたいになってほしくないからな。最近は少し話もできるようになって安心してたんだ」

国分も栗本から激しいイジメを受けていた。昨日、偶然アパートで桂野を見かけたのは、口止めではなく見舞いだったのだろう。

「とにかく、これでわかっただろ。うちの会社が酷いところだって」

桂野が煙草を灰皿に押しつけた。

「協力雇用主から外すか、せめて、うちにあっせんなんてしないでくれ」

投げやりな声で桂野はそういい放つと、両の手のひらで顔をこすった。

これで投書の差出人は判明した。栗本社長の従業員への卑劣な言動が、会社をおかしくしていることもわかった。

桜栄土木には、来月出所予定の受刑者を一人採用してもらう予定となっていたが、白紙にするしかないだろう。第二の内海が出るようなことは、あってはならない。

だが、現状、香取と国分が桜栄土木にいる。この二人には刑務所として何もしてやれないのか。

火石はどう考えているのだろう？

見ると、火石は手元の書類に目を落としている。ネットの有料サイトから取り出した企業情報だった。

「桂野さんにお訊きしたいことがあります」

火石が顔を上げた。

「桂野利男さんというのは、半年前に亡くなったお父さんですよね」

「そうだ。ここ何年も病院を出たり入ったりで仕事は何もしていなかった」

「桂野さんにご兄弟は？」

「いねえよ」

「それなら大丈夫」火石が薄い笑みをたたえていった。

「大丈夫？」

桂野が怪訝な顔で火石を見た。芦立も、火石の発言の意図が理解できなかった。

「桂野さん。あなたは素晴らしい人です」

「何だよ、急に」

「少年院に入っていた経験がおありで、そこから更生なさった。元受刑者へのフォローや気遣いも、とても細やかだ。これからも加賀刑務所の協力雇用主として協力してください」

おいおい、と驚いた桂野が目を見開く。

「さっきまでの話、聞いてただろ。うちの会社は――」

「桂野さん。あなたが社長になればいいんです。それで会社は変われます」

「何いってんだよ。あんた正気か？」

「社長に意見できないとおっしゃっていましたが、法律的に解任を求めてはいかがでしょう」

「何だって」

「今から私の話をよく聞いてください」

有料サイトの企業情報によれば、桜栄土木の株式の保有比率は、社長の栗本が四十パーセント、専務の虎彦も四十パーセント、亡くなった利男が二十パーセントとなっていた。利男のすべての財産を唯一の相続人である虎彦が相続したとなれば、虎彦の株式の保有比率は六十パーセントとなる。

会社法では、株主の過半数が同意すれば、取締役を解任できると定められている。今の虎彦は、桜栄土木の株を半分以上保有する大株主である。つまり、虎彦が社長である栗本の解任を要求すれば、栗本は社長を辞めざるを得なくなる。

「大株主であるあなたにはその力があるんです」

硬い表情で火石の話を聞いていた桂野は、

「そんなこと、できねえ」といった。

「なぜですか。従業員を守りたいのでしょう?」

「法律とかの問題じゃない。何度もいうがあの人には恩がある」

その後も火石の説得は続いたが、桂野は「できない」の一点張りだった。

「ここまでいってもだめですか」

火石は大きなため息をついた。

「いくじがないですね。元暴走族のリーダーなんていっても、所詮はこの程度ですか」

芦立は思わず息を呑んだ。今のは、やや言葉が過ぎる。ここまでいわれたら、桂野のほうも怒るのではないか。

しかし、桂野のほうは、ぴくりと眉を動かしただけで、言葉の一つも返さなかった。

「行きましょう、芦立さん」

事務所を出て行く火石を、芦立は慌てて追いかけたのだった。

7

栗本が加賀刑務所を訪れたのは、それから一週間後のことだった。

午前中、総務課長室で決裁文書に印を押していると、就労支援室の稲代から、〈桜栄土木の栗本社長がお見えになっています〉と内線で連絡があった。

〈上の方にご挨拶をしたいとおっしゃっているのですが、火石指導官は、午前中は休暇をお取りになっていまして……〉

就労支援室の実質的な管理職である火石が不在なので、芦立のところに連絡してきたようだ。

芦立は、栗本が急に刑務所に来たというのが気になった。稲代に「すぐに行きます」と伝えて部屋を出た。

就労支援室に行くと、栗本が面談用の椅子に座ってお茶を飲んでいた。芦立に気づくと、「こりゃ、どうも」と立ち上がった。

「実はこのたび、社長を退くことになりまして。今日はそのご挨拶に参りました」

芦立が辞める理由を尋ねると、もともと桂野家から会社を預かって雇われ社長をしていただけなので、どこかで辞めどきを考えていたという。

「この前、お会いしたとき、そんなことは、おっしゃっていなかったのに。何かあったのですか」

「歳も歳なので、体にもいろいろガタが来てまして。それで決断しました」

栗本の目がかすかにさまよったように見えた。

「では、新しい社長はどなたが？」

「専務の桂野虎彦が社長です」

そういうことか。芦立は真顔を保ちつつ、心のなかで桂野に拍手を送った。火石の提案を頑なに拒否していた桂野だったが、大株主の権利を行使して栗本に社長退任を迫ったのだろう。

芦立は栗本を総務部長の常光のところへ案内した。栗本が社長を退くことになったと伝えると、常光は、栗本のこれまでの功績をたたえ、感謝の意を表した。

芦立と栗本は、玄関に向かって事務棟の廊下を歩いた。

「ここに来るのも、これで最後ですなあ」栗本は窓から見える刑務所の風景を眺めている。

玄関を出て少し歩いたところで、栗本の眼差しが急にきつくなった。栗本の視線は、建物の屋上にとまっている三羽のカラスをとらえていた。

カラスといえば——。芦立は思い出した。栗本は、カラスという業界用語を使って社員を罵倒していたと桂野がいっていた。

「あのカラスがどうかしましたか」

芦立の問いに栗本は、いや、何でもありませんと視線を前に戻した。険しさこそ消えたが、唇を軽く突き出している。どこか不満をためたような表情は、これまで見せたことのないものだった。

栗本が駐車場の白いセダンにキーを向けると、ピッと電子音が鳴ってハザードランプが二度点滅した。

「栗本社長。長い間、おつかれさまでした」

芦立の「社長」という言葉に、栗本の体がぴくっと反応したように見えた。

栗本はなぜか車のドアハンドルを握ったまま立ち止まると、「あの」といって振り返った。

「実は私、前にいた会社では古株の係長だったのが、桜栄土木で急に社長になったんです」

「そうでしたか」

「社長になれたときは嬉しかったですし、誇らしい気持ちもありました。でも、それは最初だけでした。人を使うのって難しい、社長って嫌な仕事だなと少しずつ思うようになりました」

栗本は声こそ穏やかだが、笑うに笑えない、泣き笑いのような顔になっていた。

「だって、器の大きさが試されるわけですから。ポストが人を育てる、なんて言葉もありますが、あれは嘘です。少なくとも私には当てはまりませんでした。一合枡は、いつまでたっても一合枡でした」

芦立は栗本を見つめた。その頬には、悔恨の色がうっすらと浮かんでいるように見えた。

「あれっ。何だか、最後に変な話になってしまいましたが、これで失礼します」

栗本はぺこりと頭を下げると車に乗り込んだ。

白いセダンはゆっくりと滑り出して、門の外に消えていった。

8

総務課長室に戻ると、芦立は桜栄土木の電話番号を押した。

電話には、ワンコールで桂野が出た。「加賀刑務所の芦立です」と名乗ると、〈ああ、あんたか〉とぶっきらぼうな声が返ってきた。

「新たに社長になられたと栗本さんからうかがいました。今後も、末永いお付き合い、よろしくお願いします」

〈わかった、わかった〉と早口で桂野がこたえる。どうやら忙しい様子だ。

「では、これで」と芦立が電話を切ろうとすると、〈ああ、ちょっと待った〉と桂野の声が大きくなった。

〈この前、一緒に来てた、もう一人の……〉

「火石ですか」

〈そう。あの人に伝えておいてくれ。栗本さんに社長の交代を求めたとき、株の話は

しなかったたってな〉

「どういうことですか」

〈法律を持ち出して栗本さんを追い出すようなやり方は、したくなくてな。俺の言葉であの人にちゃんと話して、社長の座を譲ってもらおうと直談判したんだ〉

「それで直談判はうまくいったんですか」

〈正直、きつかった。おまえに会社経営なんてできるのか、カラスの集団をまとめ切れるのかって、さんざんいわれたし、俺もひるみそうになった。だけど、なんとか踏みとどまって、最後は、うんといってもらった〉

芦立は感心した。きっかけは火石の提案だったのかもしれないが、桂野は覚悟を決めて自分なりに筋を通したのだ。

「桂野さん。ひとつ、私からもいいですか」

〈何だよ〉

「カラスって鳥は、ほかの鳥よりも頭がいいそうですよ」

〈へえ、そうなのか。じゃあ、これからも元気なカラスをうちにまわしてくれよ〉

受話器の向こうで、〈社長、ちょっとお願いします〉、〈今、行く〉とやり取りが聞こえた。

〈忙しいから、もう切るぞ〉と声がして、電話は唐突に切れた。

芦立は受話器を置くと、机の引き出しから封筒を取り出した。桂野から送られてきた例の投書だった。芦立はそれを両手で挟んだ。

――たしかに念がこもっていた。

だがそれは恨みではなく、従業員への優しさという念によって記されたものだった。

午後、出勤した火石を総務課長室に呼んで、桂野が社長に就任したことを伝えた。

「株の話を持ち出さなかったのは、桂野さんらしいですね」

「桂野さんに、元暴走族のリーダーなんてこの程度ですかと挑発したのは、彼の心に火をつけるためだったのではないですか」

芦立の問いかけに、火石は軽く微笑むだけで肯定も否定もしなかった。だが、あれは計算ずくの言葉だったはずだ。

芦立はほかにも訊きたいことがあった。

「もしかして火石指導官は、投書の差出人が桂野さんだと最初から考えていたのですか」

「その考えはなかったです。ネットの匿名掲示板で、『O土木のKは最低』という書き込みがあったと芦立課長にお伝えしましたが、あのときは、O土木は桜栄土木で、Kは桂野さんだと思っていました。芦立さんから桂野さんの乱暴な態度を聞いたときも、やはり桂野さんがイジメの加害者だろうと思いましたし。ただ……どこか腑に落ちないものを感じていたのもたしかです」

「どういうところがですか？」

「投書のとおり、桂野さんによるイジメが事実なら、投書を出したのが香取、国分のどちらにせよ、刑務所の職員がわざわざ会社を訪れたら、イジメの件を少しは口にしたと思うのです。ところが、彼らは語ることを一切拒否した。その様子から、これはほかに何かあると思いました。イジメの加害者は桂野さんではないけども、会社にはイジメらしきものがある。でなきゃ、投書など届かない。では、イジメの真の加害者は誰かと考えているうちに、ふと気づいたんです。Kというのは、桂野さんだけでなく栗本氏のイニシャルにもなると。そこで栗本氏をイジメの加害者と仮定して、香取や国分の立場になって想像すると、栗本氏の所業を告白すれば、自分たちなどすぐに解雇される、だから口を閉ざしたのではないかと」

芦立は火石の説明に聞き入りつつ、ほろ苦い思いを抱いていた。香取、国分との面談の際、自分は火石のような考えには至れなかった。

「国分が勇気を出して真実を話してくれたのが、大きかったです。あれがなければ、私も桂野さんに強く迫れませんでした」

「これで桜栄土木はいい方向に向かいそうですから、一安心ですね」

芦立がそういうと、火石がふうっと大きく息を吐いた。

存外に重いため息だったので、何となく気になった。表情にも何か憂鬱な陰が漂っている。

「火石指導官。顔色がさえないようですが、大丈夫ですか」

「あ、はい」

そういえば、火石は今日の午前中は休んでいたという話だった。

「もしかして、お義姉さんのことですか」

火石は口を結んで、あごを少しだけ引いた。気にはなったが、話す気はないようだ。

「仕事があるので、これで失礼します」

火石は頭を下げると、静かに総務課長室を出て行った。

9

今日は定時退庁を奨励している水曜日なので、夜六時を過ぎると、総務部の事務室には誰もいなくなった。課長室に芦立だけが残っている。早く目を通してしまいたい決裁書類はいくつかあったが、部下の手本となるべき管理職が、定時退庁の奨励日にいつまでも仕事をしているわけにもいかない。

キャビネットに決裁書類を入れて鍵をかけていると、通勤バッグのなかで携帯電話が震え出した。

振動はすぐには鳴りやまなかった。電話か。取り出して画面を見ると、早智子だった。

また夫が家に帰ってきたのか。それとも、聡也に何かあったのか。

通話ボタンを押して、携帯電話を耳に当てた。

「もしもし」

〈瑛子ちゃん？　あたし早智子〉

音が割れたような早智子の声が耳に飛び込んできた。かなり興奮している。この前、夫が急に家に来たと連絡を受けたときの比ではない。

「何かあった？」

〈さっきね、聡ちゃんと会ったよ〉

芦立の心臓がドクンと音を立てた。

「ちょっと待って！　どういうこと」

家事を終えて帰ろうとしたら、突然、階段を降りてくる音が聞こえて、聡也が現れたという。

〈オバチャン、この前は鍵を開けてなくてごめんって〉

「ホントに聡也がそういったの？　あの子が部屋から出てきたの？」

〈ほかに誰がいるっていうの。聡ちゃんだったよ〉

「聡也は、どんな様子だった？」

〈それがね、普通なのよ。いつもご飯を作ってくれてありがとうって〉

不意に目頭が熱くなった。

〈玄関の鍵がかかってた日のことも話してくれたんだけど、あれは開け忘れたんじゃなくて、私が来る直前までドアの前にいたんだって〉

「何のために？」

〈私が来たら、鍵を開けて玄関で挨拶するつもりでいたんだけど、チャイムが鳴ったら急に怖くなって部屋に逃げ込んだらしいの。でも、次はしっかり心の準備をして、挨拶しようと思ってたんだって〉

「そう……」

強くこみ上げてくるものがあった。聡也はただ部屋に閉じこもっていたわけではない。狭い部屋のなかで、もがき苦しみ、前に出る努力をしていた。そしてその一歩が、今日実現した。

〈じゃあね〉早智子が明るい声で電話を切った。

涙はすぐには止まらなかった。芦立はハンカチで目頭を押さえると、これ以上、気持ちを高ぶらせないようにと、何度も呼吸を繰り返した。

　ようやく気持ちが落ち着いてきた。コンパクトで顔を確かめたが、元々化粧は薄いので、崩れたようには見えなかった。目は少し赤いが、総務部の事務室には誰もいないので、見られることもないだろう。

　聡也の声が無性に聞きたくなった。官舎に戻ったら、自宅に電話をしてみようか。いや、急ぐのはよくない、もう少し待ったほうがいいだろうか。そんなことを考えながら、課長室のドアを閉めて鍵をかけた。

　事務室の電灯を消そうとしたところで、広い室内に外線電話のベルが鳴り響いた。受話器を取った芦立は、鼻声にならないよう注意して「加賀刑務所です」と告げた。

　電話の相手は〈金沢東部警察署、刑事課の比留と申します〉と名乗った。

　警察署――胸にざわりと波が立った。

〈そちらに火石さんという職員の方はいらっしゃいますか〉

「はい、おります」

〈今日はまだ刑務所に？〉

「別の部署なので確認してみないとなんともいえませんが」

〈至急、おつなぎいただきたいのですが〉

「あの、どういったご用件でしょうか」

〈申し訳ないですが、ご本人にしかお話しできないことなので〉

「私、総務課長の芦立と申します」

比留という刑事は、一瞬、ためらったようだが、早口でこういった。

〈実は、火石さんのお身内が怪我をして病院に運ばれました。すぐに病院まで来ていただけないかとお伝えしたくて〉

胸が早鐘を打ち始めた。

「わかりました。少しお待ちください」

処遇部の刑務官部屋に電話をまわすと、夜勤担当の若い刑務官が電話に出た。火石はいるかと確認すると、近くにいたのか、すぐに火石に替わった。

〈火石です〉

「警察から電話が入っています」

電話の向こうで息を呑むのがわかった。

芦立は電話をつなぐと、受話器を置いた。火石の身内——考えられるのは、弥生か華。怪我をしたのはどちらだ。あるいは二人ともか？　いずれにせよ、警察が連絡してきたとなると軽い怪我ではない。

芦立は戸締まりをして事務室を出ると、処遇部に通じる廊下へと歩を進めた。

カッカカッと床を叩くような足音が聞こえ、顔面蒼白の火石が廊下の向こうから駆けてきた。

「指導官、何があったんですか」

「姪が大怪我をして病院に運ばれました」

「交通事故ですか」

「いいえ」火石が表情をゆがめた。「家の近くで血だらけで倒れていたらしいんです」

廊下を突き進む火石を芦立は追いかけた。早鐘は痛いくらいに芦立の胸を打ち続けている。

芦立が、私の車で病院へ行きますかと声をかけると、火石はすでにタクシーを呼んだという。

玄関を出ると、スロープのところへタクシーが滑り込んできた。

華は血だらけの大怪我。刑事が連絡してきたというのも気にかかる。このまま一人で行かせるわけにはいかないと、芦立もタクシーに一緒に乗り込んだ。

加賀刑務所を出たタクシーは、車通りの少ない幅広の道をしばらく進んだ。芦立も火石も無言だった。やがて車は街なかに入ると、華が運ばれた大学病院のある小立野（こだつの）台地をめがけて坂道を上っていった。

坂の上にたどり着くと、大きな病院が目の前に見えた。

芦立と火石は、正面玄関に横づけされたタクシーを降りると、開業時間が過ぎて薄暗くなったロビーを横切り、時間外窓口へ向かった。

火石は時間外窓口のカウンターに飛びつくと、「すいません」と大声を張り上げた。

「少し前に若い女性が運ばれたと聞いたのですが！」

窓口の男性職員は手元のバインダーに視線を落とすと、淡々とした声で、「その女性のお名前と、あと、あなたのお名前も教えていただけますか」と尋ねた。

すると火石は、はっきりした声で、

「女性の名前は木花司。私は司の叔父で、火石大輔と申します」とこたえた。

10

芦立と火石は、救急処置室の前にある椅子に腰を下ろしていた。

火石は両手を組んで、祈るような目で救急処置室のドアをじっと見つめている。

今、このドアの向こう側で、塚崎華こと木花司が手当てを受けている。

さきほど時間外窓口で火石が、「木花司」と告げたとき、芦立は、一瞬、誰のことかわからなかったが、すぐに思い出した。塚崎華というのはペンネームだった。

「華さんの本名は、木花司さんというんですね」

ドアに目を向けたままの火石が、かすかにうなずいたよう見えた。

「失礼ですが」と声をかけられた。

振り返ると、スーツ姿の男が二人立っていた。目つきの鋭いほうが「電話を差し上げた東部署の比留です」と名乗り、懐から警察手帳を取り出した。

火石、芦立の順で名乗った。

「病院から怪我の具合はお聞きになりましたか」

「いいえ。まだ、何も……。救急処置室が取り込んでいるみたいで。刑事さん、何かご存じなら、教えてください」

「どうやら体だけでなく顔も負傷しているようです」

「顔ですか！」火石が刮目した。

「両頬を深く切られて鼻骨は陥没し、腹部には深い刺し傷を受けています。準備ができ次第、すぐに手術室に移されると聞いています」

芦立は悲鳴が漏れそうになって手で口を押さえた。

刑事さんっ、と火石が比留の両腕を掴んだ。

「どうしてそんなことに！　何があったんですか！」

そのとき、救急処置室に通じる自動ドアが開いた。

ドアの向こうからストレッチャーベッドが現れた。医師と看護師に囲まれてベッドが勢いよく進み出す。

芦立は、ベッドに横たわるものを見て息が止まりそうになった。

それは人というよりも、巨大な白いさなぎだった。体は白いシーツに覆われ、顔にも真っ白な包帯が巻かれていた。顔の中心あたりは、何か被せてあるのか異様に盛り上がっている。包帯の隙間から目と口だけが、かろうじて確認できた。

「おい、大丈夫か！」

火石がベッドにしがみつこうとしたので、看護師が慌てて止めに入った。

「ベッドには触れないでください！」

「容態は？　教えてください！」

「ご家族の方ですか」

ベッドの脇にいた背の高い男性医師が火石に話しかけた。

「はい、そうです」

「今から緊急手術を行います。刺し傷が内臓に達していて、出血量も多く危ない状態です。私ともう一人、別の医師で腹部と顔面の手術を同時に行います」

「助かるんですよね？　顔は元に戻るんですよね？」

「全力を尽くします」

火石が医師を押しのけてベッドに近づいた。

包帯の隙間に見える目がうっすらと開いた。

「聞こえるか！　俺だ。聞こえるか！」

「離れてくださいっ」

看護師が火石をベッドから引き離そうとした。しかし、火石が離れようとしないので、見かねた刑事たちが火石の胴体を抱え込んだ。

それでもなお、火石はベッドを追いかけようとしたが、二人の刑事に押さえ込まれて動けない。

医師と看護師に囲まれたストレッチャーベッドがエレベーターに収まった。

エレベーターのドアが閉まり、刑事たちが火石から腕をほどいた。

火石はよろよろと前に進むと、急に全身の力が抜けたようにすとんと両ひざをついた。さらに両手をつき、四つん這いの姿勢になった。

ウウッ、ウウッと獣の咆哮のような声が廊下を伝った。

刹那、その声が途切れた。

「つかさ――――っ」

耳を裂くような絶叫が廊下に響き渡った。

灯りの消えた暗いロビーの片隅で、芦立と比留は火石を挟んで座った。

静かな空間に、火石の呻(うめ)き声だけが鳴り響いている。

火石は、口元をハンカチで押さえ、肩を上下させて嗚咽を繰り返していた。真っ赤な両目からは途切れることなく涙が流れ落ちていく。

そんな火石に芦立はかける言葉もなく、ただ見つめることしかできなかった。

比留は感情を消した顔でじっと火石を見ている。落ち着きを取り戻すのを待っているのだろう。

「け、刑事さん」

しゃくりあげながら、火石が口を開いた。

「も、もう大丈夫です……何があったのか……話してください」

比留が手帳を開いた。

「通報があったのは、司さんの家の隣に住む六十代の主婦からでした。玄関のチャイムが鳴ったので外に出てみると、顔と上半身を血だらけにした司さんが玄関の外で倒れ込んでいたそうです。それですぐに救急車を呼んだと」

「司は、誰かに刺されたんですか」

「そのご婦人がいうには、チャイムが鳴る三十分ほど前に、司さんの家から激しくいい争う声が聞こえていたそうです。声の主というのは、司さんと母親の弥生さんのようだったと証言しています」

「義姉が司を刺したんですか！」

「断言できませんが、事件への関与の可能性は高いと思われます」

「今、義姉はどうしているんですか」

「行方がわからない状態です。現在、自宅から半径五キロ以内に緊急配備を敷いて弥生さんを捜しています」

　母親が娘の顔を切りつけるなんて……。本当に弥生がやったのだろうか。思い出されるのは、弁当屋でにこやかな笑みを浮かべて接客する弥生の姿だった。

「親子の間でトラブルなどはなかったか、聞いていませんか」

　火石が下唇をかんだ。話すのをためらっているのか、すぐに口を開こうとはしない。見かねた比留が火石にぐっと顔を近づけた。

「弥生さんは、以前、覚せい剤取締法違反で二度逮捕されていますよね。もしかして、薬物中毒だったということは考えられませんか」

　火石はいったん目をつぶって重い息を吐くと、

「最近、精神的に不安定になっていたのは、たしかです」といった。

「出所してからはずっと調子がよさそうで、もう大丈夫だろうと思っていました。ところが、最近、信頼していた人にお金をだまし取られて……」

　火石がキッチンカーの話をすると、比留は「その件なら私もちらっと耳にしていました。弥生さんがその被害者だったとは知りませんでした」といった。

「そのことが原因で気持ちが乱れていました。一度、私が様子を見に行ったときも、もう誰も信じられない、何もする気が起きない、といってふさぎこんでいました」

「弥生さんが薬物に手を出していた可能性は」

「わかりません」と火石は首を振った。「ただ司が、義姉の様子が明らかにおかしいときがあると漏らしていたので、もしやという思いはありました。それで司には、しばらくの間、義姉を家の外に出さないほうがいいといっておいたんです」

「弥生さんが行きそうな場所に心当たりはありませんか」

「場所は思いつきませんが、気になる人物を一人知っています」

火石が男の名前を挙げた。それは弁当屋に現れていた元クスリの売人だった。

比留はその男のことを手帳に書き留めると、「少し外します」といって、その場から離れていった。


芦立と火石は付き添い専用の待合室に移って、手術が終わるのを待った。

十二畳の和室には芦立と火石の二人だけだった。壁の時計を見上げると、針は十時十五分を指している。病院に到着してから三時間が過ぎていた。

火石は、小さい声で何かをつぶやきながら、じっと目をつぶっている。

ドアをノックする音がした。手術が終わったのかと思ったが、現れたのは比留だった。

「気になる情報が入りました。片町の雑居ビルの裏で四十歳前後の女性が頭から血を流して倒れているとの通報がありました」

「その女性は、義姉なのですか」

「身分を証明するものは何も持っていなかったので、木花弥生さんかどうかは、まだわかりません。今、救急車でこの病院に運ばれています。女性は意識不明だそうです。あっ……ちょっと失礼」

比留が懐から携帯電話を取り出して耳に当てた。

「わかった」とこたえて比留はすぐに電話を切った。

「救急車が到着したようです。弥生さんかどうか、一緒に来て確認していただけますか」

火石と比留が部屋を出て行った。

芦立は気もそぞろで一人待っていると、しばらくして、顔色を失った火石が戻ってきた。

「運ばれてきたのは、義姉でした」

火石の言葉に、芦立の全身が総毛立った。

「今はどんな状態ですか」

「意識不明のままです。警察がいうには、飲食店の従業員が裏口のそばで倒れている義姉を発見したそうです。雑居ビルの上階にいて非常階段から転落した可能性が高いという話でした。そのビルには、クスリの元売人が出入りしているバーがあったようです」

目を充血させた火石は、血が滲みそうなくらいに唇をかみしめた。もはやこの状況から、弥生が薬物に手を出していたのは否定できないとの結論に至ったのだろう。

火石が「頼まれたんです。兄に……」とつぶやいた。

「物心つく前に父を亡くした私にとって、歳の離れた兄がずっと父親代わりでした。その兄が、死ぬ間際、義姉と司のことを頼むと私にいいました。兄に頼みごとをされたのは、そのときが初めてで、何があっても絶対に二人を守ろうと胸に誓いました。だから、義姉が逮捕されて、司が高校を辞めたとき、私は二人のために力を尽くしました」

火石は何かを思い出そうとするかのように目をつぶった。

「出所した義姉を見ていて、更生できた、もう大丈夫だと思いました。でも、そうじゃなかった」

どれだけ手を差し伸べても、更生は失敗することもある。受刑者を見ていれば、よくわかる。割り切らないとやっていけない。それが刑務官という仕事。だが、今はそのことを火石に伝えても、何の意味もなさない。

「二人には絶対に助かってほしいんです。生きてさえすれば、またやり直せるんだから」

火石がかすれた声でいった。

思いは芦立も同じだった。——助かってほしい。

芦立は両手を組んで、弥生と司のことを祈った。

午前零時をまわったころ、司の手術を担当した二人の医師が部屋を訪れ、手術が終わったと火石に告げた。

損傷した内臓は、縫合がうまくいき、切除せずに済んだと、医師の一人が落ち着き払った声で説明した。

「顔については——」

もう一人の医師は、明らかに声のトーンが低かった。

「鼻骨は、修復困難と判断して、粉砕した骨を取り除きました。もう一度整復手術が必要になりますので、そのためにシリコンの土台を埋めました。あと、両頬の切り傷はかなり深かったので、縫合にかなりの時間を要しました」

説明を聞くだけで、芦立は気が遠くなりそうだった。

「司の顔は元に戻るのですか」と火石が尋ねた。

「鼻は前と同じ形状にほぼ復元できます。頬のほうは残念ながら、多少傷が残ります」

火石は額にこぶしをあてて、ぎゅっと目をつぶった。

「これで命は助かったんですよね」

芦立が尋ねると、二人の医師は「大丈夫です」とうなずいた。

医師たちが部屋を出ていくも、ドアは開いたままだった。

外で待っていたのか、別の医師が現れた。

「木花弥生さんのことでお話が」

「どうしたんですか！」

火石がカッと目を見開く。

「残念ですが、お亡くなりになりました」

頭蓋骨の骨折と脳内出血が激しく手のほどこしようがなかった。心臓だけは動いていたが、今しがた脈拍の停止を確認したと医師は語った。

「お呼びするまで、もうしばらく、ここでお待ちください」

医師が一礼して部屋を出て行った。

火石は、石と化したかのように動かない。時間はただ流れ続けている。

空寂の世界で芦立は自分の呼吸音だけを耳にしていた。

「火石さん……」

大丈夫ですか、と声をかけようとして芦立は言葉を失った。

目が異様だった。火石の目は、光も、意思も、感情もない灰色の穴だった。

くらり、と火石が動いた。

「義姉は、死んだのですか」

火石が尋ねたのは、芦立ではなく、目の前の壁だった。

「義姉は……死んだのですか」

見えない何者かに向かって問いかけるように、火石は繰り返した。

火石が両手で壁を叩く。次の瞬間、ゴツッと音が鳴り、火石が壁に顔面を押しつけた。

「おおおおお」

深夜の待合室に、喉を引き裂くような慟哭がとどろいた。

エピローグ

四年後――。

十月初旬、金沢の街には細かい雨が降っていた。キュッ、キュッとフロントガラスからワイパーの鳴く音が聞こえてくる。

芦立はタクシーの窓から、灰色がかった街の風景をどこか懐かしい思いで眺めていた。

「金沢って街は、日本で一番晴れの日が少ないんですよ」

自慢話をするような運転手の言葉に、芦立は初めて知ったかのように、「そうなんですね」とあいづちを打った。

金沢を訪れるのは、加賀刑務所で総務課長を務めていたとき以来だ。

今、芦立は岐阜県にある女子刑務所で総務部長の職に就いている。各刑務所が持ちまわりで行う部長級ブロック会議が、今年は加賀刑務所で開催され、芦立は久しぶりに金沢を訪れた。

会議は午後三時に終わった。あとは特急に乗って愛知の自宅に帰るだけ。しかし、金沢駅でふと思い立った芦立は、花屋で生花を買うと、タクシーに乗り込んだ。向かう先は奥卯辰山墓地公園。ひがし茶屋街の背後に立つ小高い山にその墓地はあった。

加賀刑務所に赴任していたころ、所長の指示を受けて、ある刑務官を監視した。業務の範囲を逸脱した命令だったが、それが小事と思えるほど、その刑務官に絡む痛ましい事件に遭遇した。

加賀刑務所時代の思い出といえば、刑務所のなかで起きたどんな出来事よりも、あの事件が最も深く記憶に刻まれている。

当時は地元のマスコミに大きく取り上げられ、刑務所内でも話題となった。だが、どれほどインパクトのある事件であっても、その場にとどまる者たちの記憶からは徐々に薄れていくのかもしれない。

久しぶりに訪れた加賀刑務所では、あの事件のことなど忘れたかのように、刑務官は目の前の業務に没頭していた。前に何があったかなど、いちいち覚えていられないほど、毎日、突拍子もないことが起きてその解決に頭を悩ませる。それが更生の最前線というものだ。

勾配がきつくなり、坂を上るタクシーのエンジン音が大きくなった。

そういえば、現覚は今も元気にしているだろうか。現覚が住職を務める寺は、たしかこのあたりにあるのではなかったか。

眼下に広がる茶屋街の黒い屋根瓦を眺めながら、芦立は刑務所ラジオの現覚の声を思い出した。ほかの刑務所でもラジオ放送は行われているが、現覚の声と語りは格別だった。

墓地の入り口でタクシーを降りた。タクシーに乗る前より、雨は弱くなっていた。傘をさして霊園のなかを進む。おおよその場所は覚えていたので、目的の墓はすぐに見つかった。

墓石の側面を眺めた。木花弥生。享年四十三。

記憶の引き出しがヌッと開き、辛い思い出がよみがえった。過去に二度、覚せい剤で逮捕されていた木花弥生は、またも覚せい剤に手を出していた。開業資金をだまし取られて精神が不安定になり、弁当屋に現れていたクスリの売人から覚せい剤を買っていた。

司は火石に、母親の様子がどこかおかしい、もしかしたらまたクスリをやっているのかもしれないと相談した。このときは、火石もまだ半信半疑だった。火石は司に、とりあえず弥生を外に出さないようにと指示した。万が一、覚せい剤に手を出していたとしても、ここで食い止める。外に買いに行かせず、弥生の体から覚せい剤を抜き、禁断症状が終わるまで家に閉じ込める。弥生のためにとれる最善の策はこれだと火石は司に伝えた。

司は学校を休み、弥生から離れないことにした。弥生には禁断症状が現れ、司に凶暴な態度を表すようになった。やはり覚せい剤に手を染めていた。やめさせるにはここが踏ん張りどころと、司は覚せい剤を求めて外に出ようとする弥生を阻んだ。

だが、弥生の禁断症状は激しさを増していくばかりで、なかなか峠を越えなかった。怒鳴り合い、つかみ合いは当たり前になった。それでも司は弥生のそばから離れず、体を張って弥生と向き合った。

そして悲劇は起こった。

幻覚に襲われた弥生は刃物を振りかざして司に襲いかかった。司の腹を刺して、外に出ようとしたが、それでも司は、弥生を外に出すまいと、しがみついて離れなかった。

覚せい剤が欲しくて欲しくてたまらない。自分の邪魔をする司をもはや娘と認識できないほど弥生は狂っていた。隣に住む主婦の話では、「このバケモノ、成敗してやる」と連呼する弥生の声と、「お母さん、やめて」と叫ぶ司の悲痛な声が聞こえていたという。

二人はもみ合い、やがて司の上に馬乗りになった弥生が、司の顔に刃物を向けた。

必死に止めようとした司だが、異常な力で迫ってくる弥生には勝てなかった。背けた横顔に刃先が食い込み、弥生は司の顔をそのまま横に切り裂いた。

悲鳴を上げてのたうちまわる司を置いて、弥生は家を出た。弥生はその足で繁華街に行き、弁当屋に来ていたクスリの売人が出入りしているバーを訪れた。

店に売人はいなかった。バーの店員は、尋常ではない弥生を見て、とりあえず店の外に連れ出した。店の前で待つという弥生に、ここにいられたら困る、売人が店に来たらすぐに伝えるのでそれまで非常階段で待ってくれと言い聞かせ、弥生もそれに従った。

それから三十分後、同じビルの一階にある居酒屋の店員が裏口からゴミを外に出そうとしたとき、路上で血を流して倒れている弥生を発見した。

バーは雑居ビルの六階にあった。禁断症状でまともな姿勢を保てなかった弥生が、バランスを崩して非常階段の手すりから外に落ちたというのが警察の見立てだった。

弥生ともみ合って内臓と顔に大怪我を負った司はなんとか一命をとりとめたが、弥生のほうはその晩、病院で死亡が確認された。

司の大怪我と弥生の衝撃的な死は、兄の遺志を受けて、二人の面倒を見てきた火石の精神をズタズタに切り裂き、計り知れないダメージを与えた。

事件の翌日以降、火石は出勤しなかった。当初は警察の聴取を受けるためだったが、聴取が終わったあとも精神的な不調を理由に欠勤を続けた。

結局、芦立は火石とは会えずじまいとなった。事件から十日後、火石に法務省矯正局付けの人事異動が発令された。

キャリア刑務官の身内で殺人未遂事件が起きたことを法務省幹部は一大事ととらえ、もはや火石の意思とは関係なく、法務本省へ急きょ籍を移したのだった。

芦立は火石と会うこともなく、次の人事異動期に加賀刑務所を離れた。あとで人づてに聞いた話では、火石は一年の休職期間を経て復帰したが、その勤務先は、法務本省でも刑務所でもなく、法務省所管の外郭団体だった。しかも、心身の不調から完全に回復したわけではなく、体調面を考慮しながらの復帰だという。

木花司がどうしているのかもわからなかった。事件後、芦立は、入院中の司のもとへ見舞いに行こうとしたが、連絡を取った木花家の親族から、顔に残った傷によって、本人は精神状態がとても不安定で誰とも会えない状態だと聞かされた。以来、司とも接触したことはなかった。


芦立は傘を置いて、石壇に花を供えた。

手を合わせて瞑目していると、木々の揺れる音とかすかな雨音が耳を覆った。

コツ、コツ。

水の跳ねる音をともないながら、ヒールの硬い足音が耳に届いた。

通路を見ると、傘をさした女性がこちらに向かって歩いている。

女性は黒いジャケットにスカート。傘の下から顔が見えた瞬間、芦立は声を上げそうになった。そこにいるのは、目の前の墓で眠っているはずの木花弥生だった。

どうして！　驚きで身体が動かない。

女性は芦立の前で立ち止まり、傘を下げた。

「加賀刑務所の芦立さんですよね」

芦立の喉から、ああ、と軽い悲鳴のような声が漏れた。

この女性は弥生ではない。

「もしかして、あなた、華さん……いえ、司さんなの？」

「お久しぶりです」

ショートボブの黒髪に薄化粧。四年ぶりに会う司は、以前とは雰囲気がまるで変わっていた。

「その節は、いろいろとお世話になりました」

芦立は司の顔をまじまじと眺めた。鼻筋は以前と全く変わらない。きっと精緻な整形手術を施したのだろう。しかし、薄いメイクの下には顔を横切る大きな傷跡が残っていた。

芦立は、出張で金沢を訪れてここに立ち寄ったと話した。

「母のこと覚えていてくださったんですね。ありがとうございます」

何かが芦立の胸を、ずんと打った。話し方、表情、立ち振る舞い。四年前とは明らかに違う。あの事件のあと、悲しみや苦しみと長く向き合いながら、今日に至ったのだろう。

「司さんは、今も金沢に？」

「はい。今日は、就職が決まったので、母へ報告をと思い、参りました」

それでスーツなのか。司はたしか……。

「脚本の勉強をなさっていたのよね。ペンネームは塚崎華」

「それは、もうやめてください」

司は、はにかんだような笑みを浮かべて軽く首を振った。

本当の名が木花司というのは、火石と病院に駆けつけたときに初めて知った。

「私、ずっと気になってて。いつか司さんと会えるときがあったら、あのペンネームの由来を聞いてみたかったの」

「深い意味はありません。きはなつかさの姓と名前の順番を逆にしただけです」

逆にすると、つかさ、きはな。つなげると、つかさきはな。なるほどそういうことだったのか。

「でも、ペンネームはもう使っていません。シナリオの専門学校は、母が亡くなってすぐに辞めたので」

「じゃあ、今日決まった就職先って、どこなのか聞いてもいいかしら」

「はい」とこたえた司は、肩にかけていた黒い革バッグから一枚の紙を取り出した。

法務省人事通知書――見慣れた様式が目に入った。

　内定通知
　火石司を法務省矯正局に平成×年四月一日より国家公務員として採用する。

　衝撃に芦立の息が止まった。

「木花という苗字だと、ネットで検索すると過去の事件がすぐにわかってしまうので、事件のあとに叔父と養子縁組をしました。だから、今は――」

司は目を細めて照れくさそうに「父と娘です」といった。

苗字が火石に変わっているのも驚きだが、就職先は法務省矯正局。

「司さん、これ法務本省の辞令よね？」

「義父（ちち）と同じ上級試験に合格して、採用していただくことになりました」

ただの公務員ではない。国家Ⅰ種試験合格のキャリア組。さらなる衝撃に芦立は声を失った。

すごい。本当にすごいわ。だけど……。

もしも自分が司の立場なら、上級試験に合格しても、法務省矯正局だけは選ばない。これは火石大輔と同じ道だからだ。義父が挫折した道を選べば、辛い過去の記憶が想起されることも当然あるだろう。普通は、この役所だけは避けたいと思うのではないか。

「どうして矯正局を選んだの？」

「刑務官になりたくて矯正局を希望しました」

「刑務官に？」

「はい。母のような人間を一人でも減らしたい。そのためには、義父の思いを受け継いで、更生施設の質を今よりも向上させる。それが私の志望動機です」

司のまっすぐな視線が芦立を射抜いた。

「事件のあと、私は顔の傷のことで悩み苦しみました。結局、母は更生できなくて、私をこんな目に遭わせた。そう思うと、母を憎いと思う気持ちもわいてきて。でも、やっぱり母のことは好きで……。それならいっそ、すべて忘れてしまいたいと思うこともありましたが、鏡でこの顔を見れば、事件のことを忘れるなんてできないし」

司は指先で自分の鼻にそっと触れて、目を伏せた。

「そんな私は、これからどうやって生きていけばいいのか。顔と心の傷にどう折り合いをつけて生きていこうか。悩み抜いてたどりついたのは、乗り越えるのでも、逃げるのでもなく、結局、ただ抱えて生きていくしかないという思いでした」

司の放つ一言一言が、芦立の胸の深いところに染み入っていく。

「義父は加賀刑務所に来る前、監獄法の約百年ぶりの大改正に携わっていました。その義父が、霞が関から金沢に転勤してきたときに、こんなことをいってたんです。法律が変わっただけでは現場は簡単には変わらない、自ら刑務所に赴いて新たな更生の枠組みを浸透させたい、だから刑務官の職についたんだと。だけど、義父は事件が原因で心を病んでしまい、道半ばで刑務官の職から退くことになりました。さぞ無念だっただろうと思います」

芦立は、火石大輔のことを思い出した。受刑者、刑務官双方のために力を尽くしてくれた。難しい問題に遭遇しても、いつも、どこか涼しげに仕事に取り組んでいた。まわりから浮いた存在だったが、火石を頼る上司や同僚が大勢いたのも事実だった。

「そんな義父のことを考えているうちに、ふと、閃いたんです。かわりに私が新しい更生の枠組みを刑務所に浸透させたらいいんじゃないかって。そのときは、ただの閃きだったんですけど、いつのまにか自分の運命みたいに思えてきて、それで刑務官を目指すことにしたんです」

雲の隙間から差した光がゆっくりと司を照らしていく。

「雨、やんだみたいですね」と司が空を見上げた。

目の前の細い身体が、ひとまわりも、ふたまわりも大きく見えた。

芦立は右手を差し出した。「火石司さん。内定おめでとう」

「ありがとうございます」

司がその手を握った。

手を離したあと、司はじっと自分の右手を見つめていた。

「どうしたの」

「あの……一つ、お願いがあるんです。ずっと憧れていたことがあって」

「何？」

司は恥ずかしそうに、瞬きを二度繰り返すと、

「敬礼をしてみたいんです」といった。

「いいわよ。教えてあげる」

芦立が模範的な敬礼をして見せた。

「あっ、かっこいい。じゃあ、私も」

司が敬礼をする。

「なかなか、うまいわね」

「鏡を見てよく練習するんです。でも、人前でやったのは、今日が初めてで」

司は得意げに首を傾げると、澄んだ両目を軽く細めた。

芦立は、その表情に、四年前、喫茶店で初めて会ったときの、無邪気だった司を少しだけ見た気がした。

顔の傷を見ると、どうしても胸に痛みを覚える。だが、この子は同情など望んでいない。

芦立は、司が父の信念を受け継ぎ、刑務官の道を全うしていくことを心から願った。

本書は、二〇二二年二月に小社より単行本として刊行した『看守の信念』を文庫化したものです。この物語はフィクションです。作中に同一の名称があった場合でも、実在する人物、団体等とは一切関係ありません。

〈参考文献〉

『刑務所の中』　花輪和一　講談社漫画文庫
『ここがわからん浄土真宗　あらゆる疑問に答え、誤解をとく』　大法輪閣編集部［編］　大法輪閣
『13歳からの仏教　一番わかりやすい浄土真宗入門』　龍谷総合学園［編］　本願寺出版社
『サラリーマン、刑務所に行く！』　影野臣直　サンエイ新書
『土木現場用語おもしろ事典』　土木用語研究会［編］　山海堂
『塀の中の事情　刑務所で何が起きているか』　清田浩司　平凡社新書
『もしも刑務所に入ったら』　河合幹雄　ワニブックスＰＬＵＳ新書

〈解説〉前作のサプライズを軽々と飛び越えた骨太にして珠玉の一冊

大矢博子（書評家）

やはり前作の話から始めるべきだろう。

二〇一九年に刊行された『看守の流儀』（のちに宝島文庫入り）を読んだときには快哉を叫んだ。素晴らしい小説だったのだ。石川県の加賀刑務所（架空）を舞台に、警備指導官の火石を探偵役として綴られる連作ミステリである。刑務所のリアル、魅力的な謎、緻密な伏線とドラマティックな真相、謎解きと不可分の人間ドラマ、そして最後に待ち受ける驚愕の仕掛け——どこから見ても文句のつけようのない、骨太にして珠玉の一冊だった。

その続編（という表現は正確でないかもしれないが、ここではお許し願いたい）である。もちろん期待せずにはいられない。しかし同時に一抹の不安があった。『看守の流儀』のサプライズはいわば飛び道具のようなもので、あれを上回るのは不可能だろう。とすれば、普通の刑務所ミステリになってしまうのでは？

いやいや、とんでもない！　まさか超えることはあるまいと思った『看守の流儀』のサプライズを、本書は軽々と飛び越えたのだ。前作をお読みの人は「そんなことができるの？」と思うだろう。できたんですよ。ビックリだね。まさかこんな手で来るとは。

ただこのサプライズは、前作を読んでいることが大前提になる。前作の存在そのものが大きな伏線なのだ。したがって、もしも前作を知らずにたまたま本書を手に取ったという人がいるなら、まずは『看守の流儀』からお読みいただきたい。

ということで本書の内容を見ていこう。前作同様、五つの短編が収められている。

第一話「しゃくぜん」は、仮釈放前教育で海岸清掃のボランティアに出た受刑者の話。随行の刑務官が目を離した隙に受刑者がいなくなり――。

第二話「甘シャリ」では、食堂で集団食中毒が起きる。炊事係の受刑者が、前日の運動会で責められた恨みで何かを入れたのではと疑われたが、当人はなぜか肯定も否定もせず黙秘する。その理由は？

第三話「赤犬」では古い備品保管庫で原因不明の火災が起きる。最初に発見した就労支援スタッフがなりゆきで原因究明を手伝うことになったが――。

第四話「がて」は、手紙のやりとりをしているジャズシンガーに会ってきてほしいと刑務官が受刑者から頼まれる物語。だがその住所にはそんな店も女も存在しなかった。受刑者はいったい誰と手紙を交わしていたのか？

第五話「チンコロ」は、刑務所に届いた匿名の手紙から始まる。出所者を積極的に受け入れている土木建設会社で、出所者がいじめを受けているという。総務課長の芦立（あだち）はその会社を訪れ、様子を窺（うかが）うが——。

五編いずれも、極めてトリッキーでレベルの高い謎解きが並ぶ。短編であるにもかかわらず二転三転する展開の構成が見事だ。受刑者の話だけでなく、各編で中心となる刑務所スタッフにもそれぞれ事情があり、葛藤があり、人間ドラマとしても読み応えは抜群。

謎解きのキーパーソンは指導官の火石。どの話も別の刑務所スタッフが視点人物となり、火石がここ一番でさりげなく真相を示唆する構成も、前回を踏襲している。

そんな五編を貫く形で、ひとつのドラマが展開する。火石を快く思わない刑務所長が、総務課長の芦立に火石の周辺調査をさせるのである。確かに観察していると、火石には妙な行動が散見される。いったい火石は何を隠しているのか——というのがもうひとつの筋だ。

ここに、息子が引きこもりという芦立の家庭の事情がかかわってくるのが読みどころ。収録された各編の視点人物たちも、出世や人事にまつわる悩みを抱えていたり、過去の失態を後悔していたりする。罪を犯した人たちを管理し導く側の刑務官もまた、未熟な部分や癒やせない傷を抱え、それと戦っている人間なのだ。

そして火石もまた例外ではないことが次第にわかってくる。本シリーズには更生とは何かという大きなテーマがあるが、これは受刑者に限らない。傷を負った人や後悔を抱えた人がそれにどう向き合うかを、本書は描いているのである。

そのひとつの選択が示されるのが、エピローグだ。前作で、なぜ火石が加賀刑務所勤務を希望したのか上司から尋ねられる場面があったのをご記憶だろうか。そのとき火石は「出身地なのでここで働きたいと」とだけ答えている。そこに込められた本当の意味が、本書で初めて明らかになる。本書を読み終わったあと、前作を読み返したくなること必至だ。

今回もまた、骨太にして珠玉。前作を超えるサプライズと感動を、たっぷり味わっていただきたい。

二〇二三年八月

宝島社
文庫

看守の信念
(かんしゅのしんねん)

2023年10月19日　第1刷発行

著　者　城山真一
発行人　蓮見清一
発行所　株式会社 宝島社
〒102-8388　東京都千代田区一番町25番地
電話：営業 03(3234)4621／編集 03(3239)0599
https://tkj.jp
印刷・製本　中央精版印刷株式会社

Printed in Japan
First published 2021 by Takarajimasha, Inc.
ISBN 978-4-299-04729-8